密室ミステリーアンソロジー

密室大全

青柳碧人　大山誠一郎　恩田 陸
貴志祐介　中山七里　東川篤哉
麻耶雄嵩　若竹七海
千街晶之・編

朝日文庫

本書は文庫オリジナル・セレクションです。

目次

密室大全

密室龍宮城

青柳碧人

青柳碧人（あおやぎ・あいと）
一九八〇年、千葉県生まれ。早稲田大学卒。二〇〇九年『浜村渚の計算ノート』で第3回「講談社Birth」小説部門を受賞してデビュー。近著に『赤ずきん、ピノキオ拾って死体と出会う。』『名探偵の生まれる夜　大正謎百景』『クワトロ・フォルマッジ』など。

一、

むかしむかしあるところに、浦島太郎《うらしまたろう》という、たいそう気立てのいい漁師の若者がおりました。太郎は年老いた母と二人で暮らしておりました。ある日の朝、太郎はいつものように魚を釣りあげ、家へ帰ろうと浜辺を歩いていました。すると、五人ほどの子どもたちが何かを囲んでいるのが見えました。子どもたちは、一匹の亀を棒でいじめていたのです。

「やーい、のろまのろま」「かおを出してみろ、やーい」

「これこれ、子どもたち」

太郎はたまりかねて声をかけました。

「そんなことをしたらかわいそうじゃないかね。どれ、ここに、さっき釣ったばかりの魚がある。これと、この亀とを交換してはくれないだろうか」

太郎は、びくを子どもらに差し出しました。子どもらは顔を見合わせました。いちばん年上らしい男の子が太郎のびくをひったくると、逃げるように走っていきました。ほかの子どもらも追いかけるように去っていきます。

「まって」

いちばん小さな男の子が、何かを投げ捨てていきました。それは、薄桃色の、小さな貝のようでした。亀がばたばたと砂を散らしながら、貝に向かって這《は》い寄り、大事そうに拾いました。亀は短い首をぐいっとまげて太郎のほうを向くと、「助かりました」と女の声で言いました。太郎は驚きました。

「亀よ、お前は人の言葉をしゃべるのか」

「私はただの亀ではありません。龍宮城《りゅうぐうじょう》の乙姫《おとひめ》様にお仕えする者です」

龍宮城のことは、幼い頃に母から聞いたことがありました。海の底にあり、美しい乙姫様と、それに仕える海の生き物たちが楽しく暮らしているお城です。太郎は他愛もないおとぎ話だと思っていたのですが、人の言葉を話す亀を目の前にして、本当なのだと信じました。

「お名前を教えてください」

亀が太郎に訊《き》きます。

「浦島太郎という」

「浦島さん。助けてくれたお礼に、あなたを乙姫様に会わせたく思います。龍宮城へお連れしましょう。この、とき貝を、私の甲羅の真ん中にあるくぼみに押し込んでもらえますでしょうか」

とときき貝。このおかしな名前の貝のことも、母から聞いたことのあるような気がしましたが、よく思い出せません。太郎が甲羅を見ると、真ん中にこの貝がはまるくらいの小さなくぼみがあるのです。太郎は、貝をくぼみに押し込みました。亀は四つの足を動かし、波打ち際のほうを向きました。

「浦島さん、私の背中に乗ってください」

太郎が甲羅にまたがると、亀はずるずると波打ち際へ進んでいきます。太郎は慌てて降りようとしますが、まるで尻を膠《にかわ》で貼りつけられたように、甲羅から離れることができません。

「おいおい、亀よ」

「大丈夫です」

ひときわ大きな波がやってきました。太郎は亀ごと、その波に呑《の》まれていきました。

二、

それはまったく、不思議なことでした。亀は太郎を乗せたまま、ぐんぐんと海の底に向かって泳いでいきます。太郎の顔や体には、水が風のように押し寄せてくるのですが、まったく息苦しくないのです。それどころか、魚や烏賊《いか》、海草など、普段は見ることのできない海の中の光景が美しく、楽しいくらいです。

「どうして、息ができるのだ」

「ととき貝のおかげです」

亀は答えました。

「この貝には不思議な力があり、まあるい泡のようなものを作るのです。水を防いでくれるわけではないのでしょうが、この泡の中にいる限り、息も、お話も、不自由しないのです」

そういえば、母はそんなことを言っていたかもしれません。太郎が手を伸ばすと、何かに触れた感覚はないのですが、膜のようなものをすり抜けて、外に手が出たような感じでした。中に入っているとわかりませんが、たしかに亀と太郎は、泡のような玉に包まれているのでした。

小さな魚たちが群れをなして泳いでいます。どれだけ深くもぐったのでしょうか。本当に、夢のような心地です……。

「ほら、見えましたよ」

やがて海の底にぴったりくっついた、ぼんやりと光るくらげの傘のような半分の玉が見えました。玉はだいぶ大きく、中に壁全面を珊瑚《さんご》で覆われた、立派な二階建ての建物が見えました。建物の角は、玉の縁すれすれのところにあるようでした。

「たらばさん、たらばさん」

立派な鉄の扉の前までたどり着くと、亀は呼びかけました。扉の脇の壁の、小さな窓が開きました。顔を覗《のぞ》かせたのは、赤ら顔で目のぎょろりとした男でした。

「おお、亀ではないか」

その目が優しげになります。

「その人間は何者だ」

亀は男に、浜辺であったことを話しました。

「ふうむ。それはたしかに、乙姫様に会ってもらわねばなるまい。少し待つがよい」

たらばと呼ばれた男は引っ込みました。やがて、ぎぎ、と音がして門が開きました。そこには、たらばが立っていました。いぼだらけの真っ赤なよろいかぶとに身を包み、同じくいぼだらけのさすまたを携えています。髭《ひげ》だらけの顔、太い手足。毘《び》沙門天《しゃもんてん》をさらに力強くしたようなその厳《いか》めしい姿に、太郎は思わず身震いしてしまいました。

たらばが門を閉める音を後ろに聞きながら、亀は太郎を乗せたまま、すいと入っていきます。白い玉砂利《たまじゃり》の敷かれた空間でした。ここが玄関なのでしょう。目の前には、漆《うるし》を塗ったような黒い両開きの扉があります。

「浦島さん、もう降りていただいてけっこうです」

太郎は亀の背中から降りました。身の回りは海の水に満たされていますが、立って歩くのも動き回るのも、まるで陸《おか》と同じふうにできるのでした。

「参りましょう」

ふと見ると、そこにはもう亀の姿はなく、十六、七ばかりの美しい娘の姿がありました。太郎は言葉もなく驚きました。

「龍宮城の門を入ると、海の生き物と人と、どちらの姿にもなることができるのです。たいていは皆、人の姿ですごしております」

そう言われてみれば、黒目がちな瞳に面影はありますし、着物や、肩から掛けている絹のような布の緑色は、あの甲羅を思わせます。よく見れば、娘の額には一寸ばかりの傷があります。浜辺で、子どもらに叩《たた》かれたときにつけられたものでしょう。亀は小首をかしげるようにして微笑《ほほえ》むと、黒い扉を開けて入っていきました。太郎も誘われるように、それを追います。

油で磨いたようにぴかぴかの、黒い石でできた床が広がっています。正面には赤い柵があり、黒い床はそのまま、左右に延びる廊下となっています。赤い柵の向こうには、中庭が広がっていました。

なんと珍しい庭なのでしょう。一面に敷き詰められているのは、まぶしいほど輝く真っ白い砂。珊瑚や美しい貝で飾られ、海草が揺れています。ひときわ目立つのは、大きなとき貝の置かれた中央の白い台と、それを囲む四つの岩です。赤、黄色、紫、緑色……まばゆいばかりに光を放っています。

「あれは柘榴《ざくろ》石、あちらは黄玉《おうぎよく》、紫水晶《むらさきずいしよう》に、翡翠《ひすい》です」

亀の口からは、太郎の聞いたこともない石の名前が出てきます。

「あの白い台は大理石です。あそこがちょうど龍宮城の中央になります。あの、大ととき貝による泡が、龍宮城全体を包んでいるのです」

それで太郎はようやく合点がいきました。くらげの傘のように見えていたあの膜が、とき貝による泡だったというわけです。

そのとき、太郎の足元で何かが動いた気がしました。床が、がさがさと動いています。なんだなんだと思っているうちに、小さな泡を立てながら、十四、五歳ばかりの、黒い着物を着た、顔の左側に二つの目が寄った女の子が現れました。太郎は思わず、尻もちをついてしまいました。

「平目、いたずらはよしなさい」

亀がたしなめました。平目という魚が、砂の色に合わせて体の色を変えることができるということは、漁師である太郎も知っていましたが、こんなに目の前でそれを見たことはなかったのでした。

「亀、どうしたの、そんなふうになってしまって」

平目は怒られたことなどまるで意に介さず、亀の顔を見つめます。額の傷を心配しているのでしょう。

「心配はないわ。それより平目、乙姫様はどこにいるの」

「春の間にいるわ」

「ありがとう。浦島さん、こちらです」

亀は太郎を連れ、左へと進んでいきます。ある部屋の前まで来ると、白木で造られた観音開きの戸を開けました。中庭と同じように白い砂が敷き詰められた、一畳ほどの間でした。襖《ふすま》があり、その奥から何やら楽しげなお囃子《はやし》が聞こえてきます。

亀は「失礼します」と襖を開きました。

それはまさに、春の光景でした。清らかな流水のほとりに青々とした芝が生い茂っています。桜の木が数十本あり、今を盛りと満開になっています。ひときわ太い桜の木の下では一人の剽軽《ひょうきん》な顔をした男がくねくねと踊っており、十四、五の女子《おなご》たちが三人、きゃっきゃと囃《はや》し立てながら飛び回っているのでした。少し離れた岩に、紫色の高貴そうな着物を着た細面《ほそおもて》の若者と、真っ赤な着物を着た十八ほどの女性が座って女の子たちの踊りを見ています。

太郎の目をもっとも引いたのは、緋毛氈《ひもうせん》に座り、きらびやかな衣装を身にまとった髪の長い女性でした。そばに六歳ばかりの男児が寄り添い、大きな扇子《せんす》であおいでいます。

「乙姫様」

亀が声をかけると、緋毛氈の女性はゆっくりとこちらを向きました。紫色の着物を着た若者と、赤い着物の女性もこちらを見ます。男も女子たちも踊りを止《や》めました。

「まあ、亀。浜辺で大変な目に遭ったのですね」

乙姫様は、口元に手を当てました。白い肌に、星のように輝く二つの目。鼻は大きすぎず、その唇は桜貝のように可憐《かれん》です。

「こちらにいらっしゃる浦島太郎さんが、私のことを助けてくれたのです」

亀が事情を話すと、乙姫様は立ちあがり、太郎に向かって頭を下げました。

「私の大事な亀を助けてくださいまして、本当にありがとうございました。お礼と言っては何ですが、おもてなしをさせていただきたく存じます。この龍宮城に、お好きなだけおとどまりください」

「は、はい……」

太郎は雷に打たれたように、背筋を伸ばして答えました。ひと口に言って、太郎はこの、夕凪《ゆうなぎ》の清らかさと深海の優美さを併せ持った女性に、すっかり魅了されていたのでした。

「わかし、すぐに鮟鱇《あんこう》や秋刀魚《さんま》たちに、宴《うたげ》の準備をするようにと言ってくるのです」

扇子であおいでいた男児はぴょこりと立ちあがると、

「御意にござりまする」

舌足らずの声でそう言い、ぴょこぴょことした足取りで春の間を出ていきます。なんとも愛らしい姿でした。


乙姫様と龍宮城の生き物たちはその夜、太郎のために宴を開いてくれました。酒も料理も美味《おい》しかったのですが、目を見張るべきは、その多彩な芸でした。鯛《たい》や平目、めばるに蝶々魚《ちょうちょううお》といった女子たちは可愛《かわい》らしく踊り、赤い着物を着た伊勢海老《いせえび》のおいせは、大人の香りを漂わせる舞を披露しました。紫色の着物の若者は海牛《うみうし》で、優雅な手妻《てづま》を見せてくれました。鮟鱇や秋刀魚や鰯《いわし》の笛太鼓、かわはぎの早変わり芸、蛸《たこ》の剽軽な踊り、雲丹《うに》の曲芸、海鼠《なまこ》の落語……珍しい見世物は尽きることを知らず、時間がいくらあっても足りないほどでした。

宴は丸一日続き、太郎は笑いに笑い、おおいに楽しみました。

ですからこのあと、あんなにひどい事件が待ち受けていたことなど、太郎は知るはずもなかったのです。

三、

二階建ての龍宮城は、上から見ると中庭を囲む真四角の形をしているようでした。門番で用心棒のたらばが守っている玄関は、ちょうど南に位置しています。一階は日々、ここに住む生き物たちが遊ぶ場となっており、二階はそれぞれの居室が並んでいるというのです。

太郎が通されたのは、二階の南東の端の客間でした。新品の畳の上に、ふかふかの布団が敷いてあります。丸一日の宴の後で疲れているはずが、太郎は興奮もあってまったく眠くありませんでした。しかしこれでは体が持ちません。目を閉じ、楽しかった宴を回想しているうち、ようやくまどろんできました。

そのとき、部屋の外で誰かの悲鳴が聞こえた気がしました。太郎は飛び起き、廊下へ出ました。黄色いおべべを着た女子が、泣きべそをかきながらこちらへ走ってくるのでした。蝶々魚でした。

「おやおや、どうしたのだ」

太郎が訊《たず》ねると、蝶々魚は太郎の前で止まりました。

「蛸のお兄さんが怒っているのです」

宴では剽軽な芸を披露した蛸は、話も面白く、なんとも気持ちのいい男でした。それが、なぜ怒っているというのでしょう。

「亀が、お兄さんの大事にしている壺《つぼ》を割ってしまったの」

蝶々魚によれば、蛸の居室である北東の隅の部屋は少し広いので、女子たちがそこに集まって踊りの稽古をすることが多いのだそうです。宴が終わって興奮冷めやらぬ皆はそこに集まり、いつものように稽古をしていたのですが、亀が誤って壺を落として割ってしまったということなのでした。蛸は真っ赤になって怒り、暴れ出しました。廊下の向こうを見ると、蛸の部屋の前で、鯛や平目やめばるがおろおろとしています。

「ぎゃっ！」

蛸の部屋から真っ黒な塊が飛び出てきました。それは、人の姿になった亀でした。太郎は廊下を走り、亀を抱き起こしました。その手には、べっとりと墨がついてしまいました。

「亀よ、大丈夫か」

部屋の中を見ると、蛸があたりかまわず墨を吐き散らしたようで、真っ黒になっていました。鯛や平目たちが逃げ惑います。

「蛸や、やめるのだ」

太郎は蛸を説得しにかかりましたが、真っ赤な蛸はまるで言うことをききません。

どすどすどすと、力強い足音が聞こえたのはそのときです。階段を上り、北の廊下を足早にやってきたのは、赤いよろいを身につけ、赤いさすまたを手にした屈強な男、門番のたらばでした。蛸はものすごい勢いで、廊下へ出てきました。

「ええい、こいつめっ」

たらばはさすまたを掲げると、すばやく蛸へと突き出しました。蛸は喉を取られ、苦しそうにもがきながら、壁に押しつけられてしまいました。蛸はなおも暴れますが、いぼだらけのさすまたは、そのぬらぬらとした体もしっかりと押さえつけています。二人の格闘に巻き込まれ、壁に掛けられていた鏡が落ち、割れてしまいました。女子たちが泣き叫びます。

「なんの騒ぎです」

振り返ると、太郎の泊まっている客室の前で、乙姫様がこちらを睨《にら》みつけていました。そばにはあの、わかしという名の男児がおどおどした様子で立っています。蝶々魚が乙姫様に近づき、事の次第を話しました。

「なんと、浦島様の前で情けない。たらば、蛸を懲罰の岩部屋に閉じ込めてしまいなさい」

「はっ、かしこまりました」

〈龍宮城見取り図〉

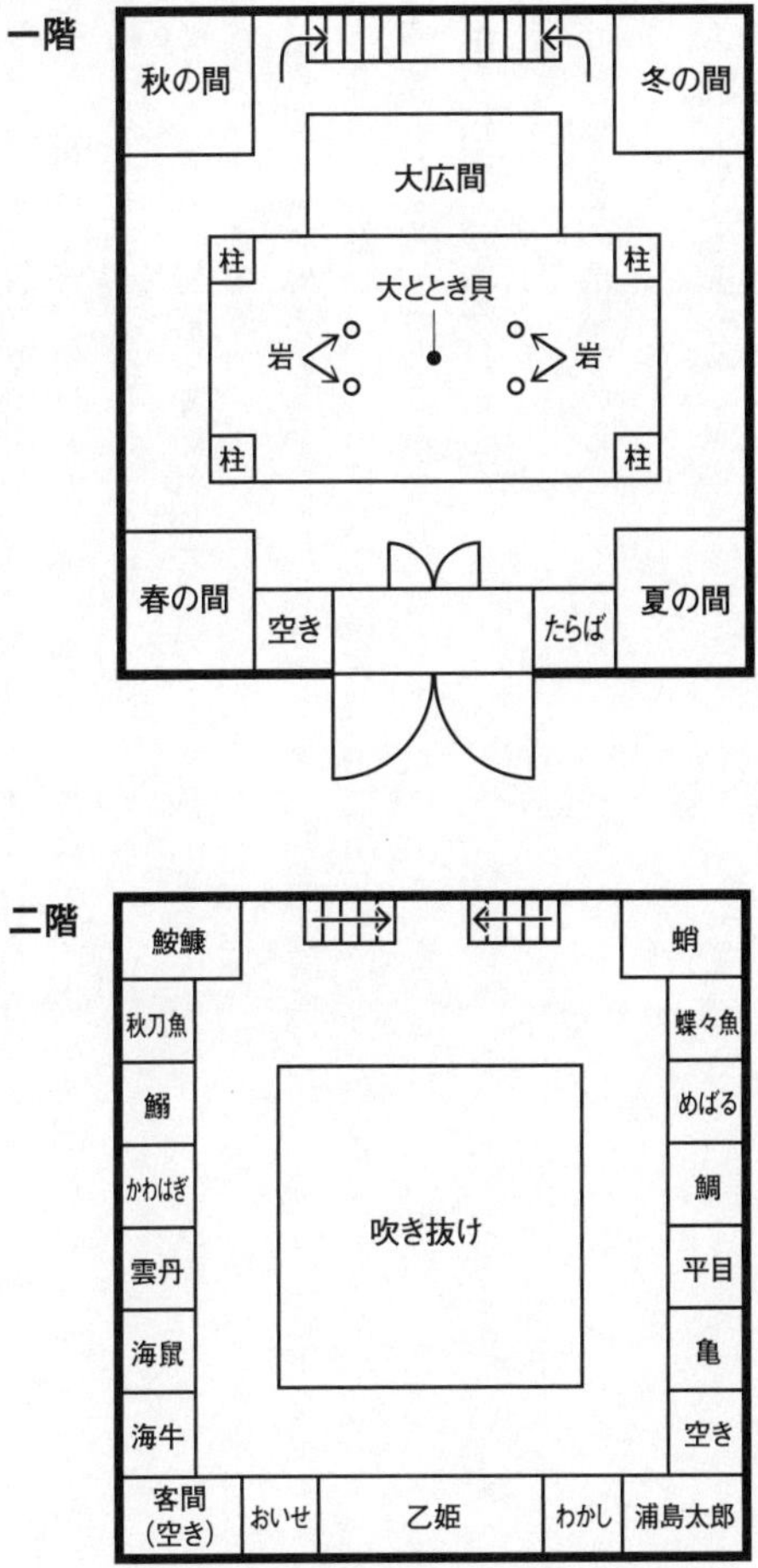
一階
秋の間
冬の間
大広間
柱
柱
大ととき貝
岩
岩
柱
柱
春の間
空き
たらば
夏の間
二階
鮟鱇
蛸
秋刀魚
蝶々魚
鰯
めばる
かわはぎ
鯛
吹き抜け
雲丹
平目
海鼠
亀
海牛
空き
客間
(空き)
おいせ
乙姫
わかし
浦島太郎

蛸は乙姫様の言葉を聞いて、なおも激しく身をよじらせますが、たらばはむんずとその体を摑《つか》み、どすどすと廊下を歩き、階段を下りていきました。

「皆の者、今日の踊りのお稽古は中止です。お部屋へ戻りなさい」

乙姫様が告げると、皆は素直に従いました。彼女たちの姿がすっかり見えなくなると、乙姫様はわかしを見下ろしました。

「わかし、あなたはこの蛸の部屋をきれいに掃除しておくのです」

「御意にござりまする」

舌足らずな声で答えると、「道具を取ってまいります」と、ぴょこぴょこ廊下を走っていきました。乙姫様は、この健気《けなげ》な男児を一番信用しているのかもしれません。

「浦島様、お見苦しいところをお見せしました」

乙姫様は太郎の顔を見ました。

「いえいえ」

「お詫《わ》びに、私の部屋へいらしてください」

「えっ……」

「二人で、お話ししとうございます」

そのうるうるとした瞳に、太郎は吸い込まれそうになりました。このような美しい女性の誘いを受けて、断れる男がいるでしょうか。

乙姫様の部屋は二階の南の中央、ちょうど玄関の上に位置していました。他の生き物たちの部屋よりも大きいその部屋は珊瑚が敷かれた床の中央に、あこや貝の寝台が置かれているのでした。

「どうぞ」

太郎は誘われるまま、その寝台に乗りました。そして、乙姫様の膝枕を許されたのです。もはや太郎の心は乙姫様のものでした。こうして二人でいると、太郎は深い安心感に包まれるのでした。

「浦島様……どうぞお休みください」

それはまるで、夜の浜辺の波音のように清廉な響きでした。もうこのまま、一生この龍宮城で暮らしてもいい。太郎はいつしか、そんなことを思うようになっていました。陸に戻れば、もう二度とこの龍宮城へ戻ってくることはできないかもしれない。鯛や平目たちの可憐な踊りも、美味《うま》い食事も、この美しい女性も、夢のように泡のように消えてしまうのではないでしょうか。

夢のように……。泡のように……。

四、

誰かの声がした気がして、太郎は目を開けました。乙姫様の膝の上に、頭が乗っています。はっとして身を起こします。

「これは失礼なことを。私はどれくらい、眠っていたでしょうか」

「さあ。三刻《みとき》（六時間）ばかりでしょうか」

「そんなに……」

「あれだけ長く宴をしたあとですもの」

乙姫様は優しく微笑みます。そのとき、やはり声が聞こえてきました。夢ではなかったようでした。大人の男が、泣いているようです。

「誰の声でしょう」

太郎が訊ねたそのとき、扉が激しく叩かれました。乙姫様はあこや貝の寝台から降りて、扉を開きました。

「ああ、あああ、あああ……！」

飛び込んできたのは、宴の席では見なかった一人の男でした。年の頃は三十か、ひょっとすると四十を超えているかもしれません。上半身は裸で、下半身も着物を引きちぎったような小さな布を巻いただけです。目は真っ赤で、顔じゅうにびっしょりと汗をかき、口をぱくぱくさせて何かを訴えようとしているようでした。

「あなたは、誰です？」

乙姫様の問いに、太郎はびっくりしました。乙姫様が知らない男が、この龍宮城にいるわけはありません。

するると突然、男は乙姫様の両肩をぐわっと摑みました。

「ああ、あああ、あああ……！」

「いやっ」

唖然《あぜん》としていた太郎ですが、乙姫様の声に我に返り、男に飛びかかります。

「こら、やめなさい」

事情はわかりませんが、不審な侵入者です。太郎は男を乙姫様から引き剝《は》がしました。勢い余って、男は廊下に倒れ込みました。

「ああ、あああ……」

男は起きあがる様子もなく、目からぽろぽろと涙を流し、天井を見上げたままです。いったいこの男は、何者なのでしょう。

「乙姫様！」

そのとき、東の廊下の角を曲がり、二つの人影が駆けてきました。赤いよろいのたらばと、黄色い着物の蝶々魚です。

「……誰です、こやつは？」

二人は、倒れている男の前で立ち止まり、不思議そうに男を見下ろしました。

「わかりません」

「あ、あああ、あああ……」

男は、なおも声を上げます。

「今すぐ追い出しなさい」

「は、……はい、わかりました。来い、曲者《くせもの》め！」

乙姫様に言われ、たらばは男の腕を摑んで無理やり立たせました。

「それはそうと乙姫様、大変です」

蝶々魚が叫びます。泣いているようでした。

「今度はいったい、何だというのです？」

「おいせ姉さまが死んでいるのです」

蝶々魚は言いました。

「なんですって？」

「冬の間の、かまくらの前に倒れているのです。首には昆布が巻きついて……」

太郎は聞きながら、背筋が凍りつくような感覚に見舞われました。

「おいせは、自ら命を絶ったようです」

曲者の腕を摑んだままのたらばが言いました。

「とにかく、いらしてください」

＊

龍宮城の一階は、四隅に四季の間があります。

南西にあるのは、太郎が初めて乙姫様とあいまみえた春の間、南東にあるのは青草生い茂る夏の間、北西にあるのは紅葉の美しい秋の間、そして北東にあるのは常に暗黒の雪景色に覆われた冬の間です。

おいせの死体は、その冬の間のほぼ中央に置かれたかまくらの前に、赤い着物を着た姿のまま仰向《あおむ》けに横たえられていました。首には、たしかに水に濡《ぬ》れた昆布が二重に巻きついており、おいせは両手で昆布の両端を握っていました。自分でその首を絞めたように見えます。

「おいせ姉さま……！」

おいせのそばで泣き崩れているのは鯛でした。

「いったい、なぜこんなことに」

乙姫様が悲しそうに、おいせの黒髪を撫《な》でました。

「おいせ姉さまは、悩んでいたのです」

平目が言いました。そのおべべは、死んだおいせの着物と同じく真っ赤でした。

「いつまでも、この龍宮城でぬくぬくと暮らしていていいのだろうか。厳しい大海へ出て、自分を試すことをしなくていいのだろうかと。私たちは、おいせ姉さまを引き止めていたわ。板挟みになった姉さまは、こうして自ら……」

「違うわ！」

平目の言葉を遮り、鯛が振り向きました。恨めしそうに平目を睨みつけます。

「おいせ姉さまは、強いお方よ。どんなに悩んでいたって、自ら首を絞めて死ぬなんて、そんな弱いことはしないわ。おいせ姉さまは、誰かに殺されたのよ」

がらんどうの冬景色と相まって、鯛の言葉は冷たくその場を支配しました。

「それに、おいせ姉さまは私に約束したもの。一緒に珊瑚の首飾りを作るって」

鯛は涙ぐみながら続けます。

「私との約束を果たさないまま、死んでしまうわけがない……」

「でも」

口を挟んだのは蝶々魚です。

「私たちがおいせ姉さまを見つけたとき、出入口の戸は、内側からかんぬきがかけられていたじゃないの」

「おう、そうだそうだ」

野太い声がしたので、皆は振り返りました。出入口を塞《ふさ》ぐように、たらばの大きな図体《ずうたい》がありました。曲者を龍宮城から追放したようで、冬の間へ戻ってきたのでした。

「おれが、この戸を壊すまで、中には誰も入れなかったはずだ。つまり、おいせはこの寂しい冬の間に自ら閉じこもり、かんぬきをかけ、果てたということだ」

「ひどい、ひどいです……」

乙姫様は、なんとも悲しそうな顔で目を伏せます。その仕草が、太郎の胸を打ちました。心の底から、なんとかこの人の助けになりたい。助けになれなくても、そばにいてあげたい。心の底から、太郎はそう思うのでした。

「あまりにも、ひどすぎる……」

乙姫様はそう言って、冬の間を出ていきました。誰も、その背中に声をかけることができず、追いかけることもできませんでした。乙姫様が去ってから、重い沈黙が冬の間を支配しました。

「これは、乙姫様を悲しませると思って言えなかったのだけれど……たらばを呼びに行く前、私がこの戸に耳を当てたのを覚えている？」

しばらくして、亀が口を開きました。蝶々魚に訊いているようです。

「ええ、覚えているわ」

「そのとき、かすかにおいせ姉さまの声が聞こえたの。『やめて……』って言っていたような」

一同の顔に戦慄《せんりつ》が走りました。亀は太郎の顔を見つめました。

「やはり、おいせ姉さまは誰かに殺されたのです。浦島様、どうかその者をつきとめ、おいせ姉さまの無念を晴らしてやってください」

「えっ」

寝耳に水とはこのことです。

「どうして、私が」

「私たち海の生き物には知恵が足りませぬ。人の知恵を使って、どうか、おいせ姉さまの無念を晴らしてやってくださいまし。乙姫様のためにも」

太郎の心は決まりました。太郎は漁師です。人（ではありませんが）が死ぬという大事件を調べるなど、したことがありません。しかし、あの人のためならばやってできないことはない、と熱い思いがこみあげるのを感じるのです。

「わかった」

かくして太郎は、龍宮城で起こったこの不可解な事件の調査にあたることになったのでした。

五、

「ではまず訊きたいのだが」

太郎は冬の間で、並み居る龍宮城の生き物たちの顔を見回しました。

「この部屋には、あの白木の戸と襖の他に出入りできるところはないか」

「あ……」

めばるが何かを思いついたようですが、

「いや、あそこは無理よ」

蝶々魚がすぐさま打ち消しました。めばるも「そうね」とうなずいています。

「どうしたのだ」

「実は奥の壁に、外界に通じる窓が一つ、あるにはあるのですが、外にはびっしりと珊瑚

〈冬の間 拡大見取り図〉

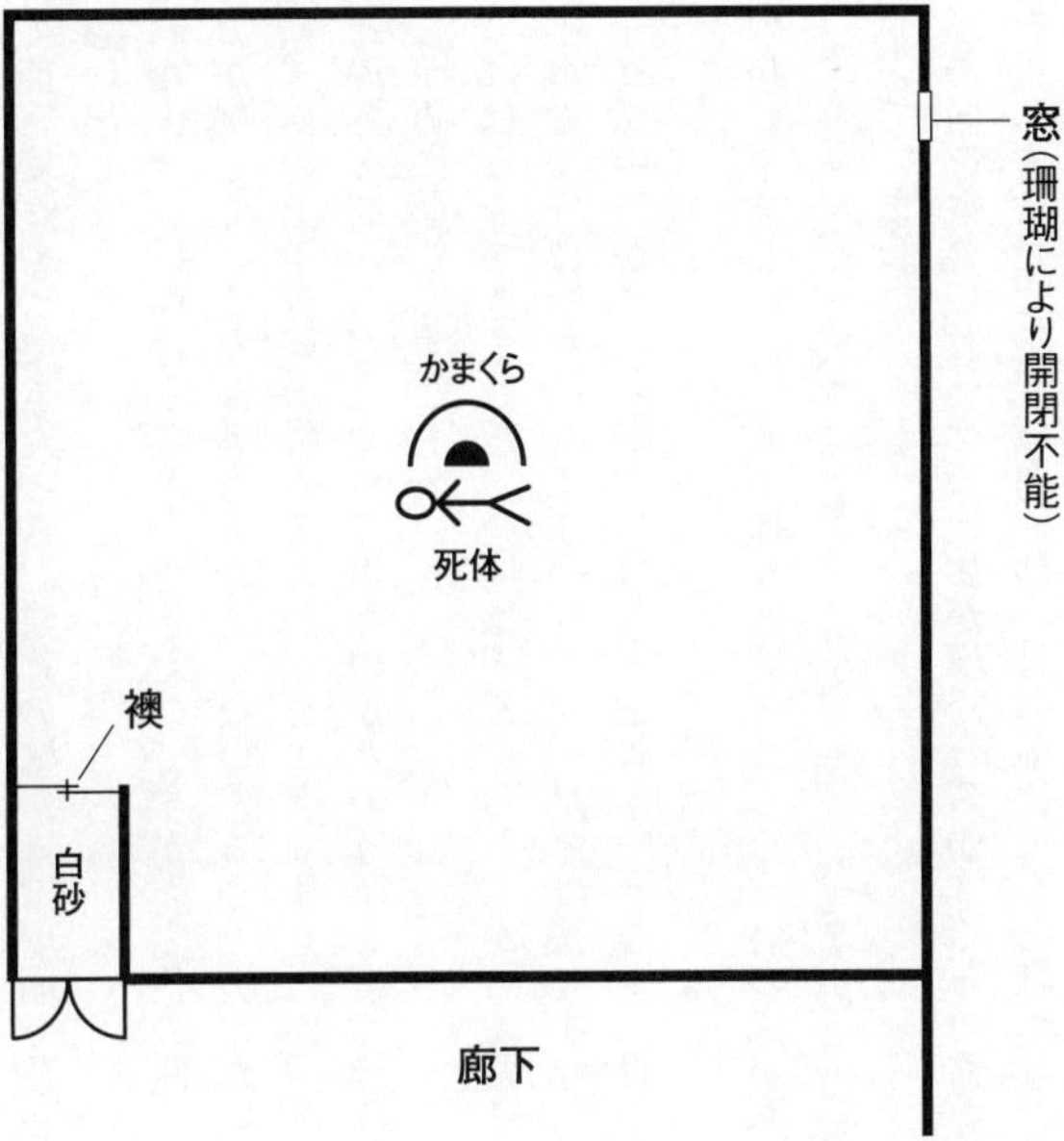

が張りついているので、開けることはできないのです」

　亀の背中に乗って龍宮城へやってきたとき、建物の壁がほぼ珊瑚で覆われているのを見たことを、太郎は思い出しました。

「龍宮城が建てられた大昔には開けることができたのですが、先代の龍王様が、珊瑚を張り巡らしておいた方が美しく、また曲者も入ってこないだろうと言ったそうです」

　曲者という言葉に、あの上半身裸の男のことが頭をよぎりましたが、とにかく今は、おいせを殺した者がこの冬の間からどうやって出たのかという謎を解くほうが先です。

「窓のほう、おたしかめになりますか」

　鯛が言うので、太郎はうなずきました。一同はぞろぞろと、がらんどうの雪の中を歩きました。雪は、万年雪のようにかちこちになっており、足跡は残りません。春の間に比べ、殺風景な部屋です。真ん中にかまくらがあるきり、枯れ木一本ない、真っ暗な雪景色なのです。

　一同は、黒い壁の角に来ました。一人が通り抜けられるくらいの窓があります。太郎は力を込めて開けようとしましたが、びくともしません。細い覗き穴の外には、たしかにびっしりと珊瑚が張りついていました。

　太郎はあきらめ、一同を率いておいせの死体が横たわるかまくらの横を通りすぎ、襖を開け、戸の前で足を止めました。足元は白い砂、目の前にはたらばが壊した白木の戸があります。

「おいせさんが誰かに殺されたのだとすれば、その者は殺したあとここを出て、何らかの手立てでこのかんぬきをかけたということになる」

太郎は一同を振り返ります。かんぬきは、一尺ほどの長さの丸い棒です。左右の扉にそれぞれ一つずつ鉄の輪がついており、これに通す作りです。戸は、今は蝶番《ちょうつがい》が壊されて外れていますが、もともとは枠にぴったりはまるようにできており、閉めてしまえばすこしの隙間もありません。外からこのかんぬきをかけるのは、まったくできないように思えます。不安な沈黙でした。

「よし」

太郎は、一同を安心させるように言いました。

「一人ずつ事情を聞こう。最後に生きているおいせさんを見たのは誰なのか、おいせさんが殺されたであろう頃にどこにいたのか、包み隠さず話してもらおう」

龍宮城の生き物たちは不安げな表情で、お互いの顔を見合わせるのでした。

＊

太郎による龍宮城の生き物たちの聞き取りは、春の間で行われました。実は春の間では、鰯、秋刀魚、鮟鱇、かわはぎの四人が花見の宴を開いていたのですが、たらばが強く迫って解散させられていました。ちなみにこの四人は、事件のあった時間もずっと宴を開いていたので、おいせを殺すことはできません。

満開の桜がはらりはらりと舞い落ちていきます。部屋の中なのに陽光おだやかでぽかぽかとしており、眠くなりそうですが、そういうわけにはいきません。

「たらばが蛸を捕らえて、懲罰の岩部屋へ運んでいき、乙姫様が私たちに部屋に戻るように言ったのは、覚えておいででしょう」

はじめの聞き取りの相手は、亀でした。亀は、ぽつりぽつりと話していきます。子どもらに殴られた額の傷は癒《い》えたようでした。

「あのあと、私たちは言いつけどおりにそれぞれの部屋に戻ったのですが、しばらくして、めばるが私の部屋にやってきて、『やっぱり踊りのお稽古をしましょうよ』と誘うのです。私もお稽古をしたくてしょうがなかったので、まずおいせ姉さまを誘おうと、二人で姉さまの部屋へ行ったのです。ですが、戸を叩いても返事がありませんでした」

そのときすでに、おいせは冬の間で死んでいたというのでしょうか。太郎は考えながらも、先を促します。

「しかたがないので、鯛と蝶々魚を誘いました。平目も誘おうとしたのですが、姿が見えませんでした。私たち四人は、一階の空いている部屋に行こうということに話がまとまりました。まず春の間を覗いたのですが、鮟鱇兄さんたちが花見をしていて、追い返されてしまいました。夏の間は雲丹と海鼠の兄さん二人が甲羅干しをしていましたし、もとより暑くてあそこでは稽古ができません」

雲丹と海鼠の二人も宴の後、ずっと一緒にいたので、おいせを殺すことができないことは明らかになっています。

「秋の間では海牛さんが俳句を詠《よ》んでいました。その横でお稽古ができぬわけでもないのですが、蝶々魚が恥ずかしがるものですから」

「なぜ恥ずかしいのだ？」

「浦島様、蝶々魚は、海牛さんのことが好きなのですよ」

龍宮城の生き物たちのあいだにも、いろいろな関係があるものです。太郎は、それについては詮索《せんさく》をしないことに決めました。

「それで、冬の間で稽古をしようということになったのだな」

「はい。ところが、冬の間の戸が開かないのです。あの戸にはかんぬきがありますが、今まで一度だって閉められたことはなかったのです。中の様子をうかがおうと戸に耳をあててみると、おいせ姉さまの苦しそうな声がしたのです。私は、蝶々魚たちと共に玄関からたらばを呼んできて、戸を叩きました。中からは返事がなかったので、たらばがさすまたで戸を打ち破りました。襖を開けるとかまくらの前に……」

亀は声を詰まらせます。

「おいせは『やめて』と言っていたのだな？」

「……はっきりとそう言っていたかは、実は自信がないのです。しかし、苦しそうでした」

「そのときお前と居合わせたのは、蝶々魚、鯛、めばる、たらばの四人だな」

「はい。……あ、いえ。平目もです」

「平目？　平目は姿が見えなかったと言ったではないか」

「私たちがおいせ姉さまの体を揺すっていると、出入口から『何かあったの？』と入ってきたのです」

「それまで平目はどこにいたのだ？」

「わかりません」

亀は首を振ります。太郎は、次に事情を聞く相手を平目にしました。

＊

「平目よ、蛸の騒動があったあと、亀やめばるが踊りの稽古に誘いに行ったとき、お前は部屋にいなかったということだが、どこにいたのだ」

平目は、顔の片方に寄った目をきょろきょろさせ、体をもじもじさせながらしばらく考えていましたが、やがて答えました。

「実は……、海牛さんを見ていたのです」

「海牛さん？」

「やることがなく、部屋を出て一階へ下りると、秋の間の近くで海牛さんが柵にもたれ、中庭を眺《なが》めているのが見えました。私はとっさに身を廊下と同じ色にして、海牛さんを見ていました」

　蝶々魚だけでなく、この平目も、美顔の海牛に思いを寄せているようです。

「海牛さんは、中庭を見て不思議そうに首をかしげていましたが、やがて秋の間に入っていきました。私も追って入り、落ちている紅葉の色に身を染めて隠れ、海牛さんを見ていたのです。俳句を考えている海牛さんの姿は、それは素敵でした。しばらくそうしていると、遠くから何かが壊されるような音、ついで悲鳴のようなものが聞こえた気がしました。私は何事かと廊下へ出て、冬の間のほうへ足を向けました。冬の間の戸は壊されていて、中へ入ると、おいせ姉さまが倒れていたのです」

　ここから先は、亀の証言と一緒であった。

「おいせを殺すほど憎んでいた者に心当たりはないか」

「ありません。……いえ、本当はあるのですが、その方はもうずいぶんと前におい せ姉さまと大喧嘩《おおげんか》をして、乙姫様の怒りを買い、龍宮城を出ていってしまったのです」

　それではその者には、おいせは殺せないでしょう。太郎はそれ以上、平目に訊くのをやめました。

＊

「いかにも、私は中庭を眺めていましたよ」

緋毛氈に座った海牛は、流れるような黒髪を梳《す》く仕草をしながら答えました。女性のような顔つきで、その声も透き通るような美青年です。

「いえね。いつもなら中央の大ととき貝の台と、それを囲む岩との均衡が美しいのですが、あのときに限って台と岩の配置がおかしい気がして。誰か中庭の模様替えでもしたのかと思っていたのですが、さっき見たらいつも通りでした。気のせいだったようです」

何がおかしいのか、ははは、と海牛は笑います。

「お前の姿を平目が見ていたのは知っていたか」

「いえ。気づきませんでした。あの子は、床の色と同化できますから」

海牛は中庭を見ていたあと、秋の間へ入り、俳句をひねり出していたと証言しました。

亀や平目の証言と一致します。

「誰か、おいせに恨みを抱く者に心当たりはないか」

太郎のこの質問に、海牛は明らかに気分を害したようでした。

「この龍宮城は、誰もが羨《うらや》む理想郷です。みんな仲良く暮らしています。そのようないがみ合いとは縁遠いのです。私のために、誰も争ってほしくはないのです」

最後の一言は何なのだろう、と太郎は思いました。どうもこの青年は、顔はきれいなのですが、話がちぐはぐで信用できないところがあります。

＊

その後の聞き取りは、蝶々魚、めばる、たらば……と進み、龍宮城のほとんどの生き物について行われました。

「やあ……先刻は、みっともないところを……。へえ、おいらで、最後みたいです」

やってきた蛸は、ひょろ長い手ではげ頭をぴちゃぴちゃ叩きながら、ばつが悪そうに笑います。最後というところに、太郎はひっかかりました。事件が起こってからというもの、部屋にこもりっきりになっている乙姫様がやってこないのは別として、他にもう一人くらい住人がいた気がしていたのです。

「浦島の旦那《だんな》、どうかしましたか」

考えていると蛸が話しかけてきましたので、太郎はとりあえず、蛸の話を聞くことにしました。

「蛸よ。お前は、事件があったあいだ、ずうっと懲罰の岩部屋なるところにいたのだな？」

「ええ、そりゃもう。たらばのやつめ、力が強いもんだから、へえ」

「それはどこにあるのだ」

「地下ですよ。階段の下に、扉があるでしょう。あそこを開けると、地下に通じる階段がありまして、その下にじめじめした、陰気な岩部屋があるんですよ。へえ」

蛸は顔をしかめます。

「この龍宮城の仲間は、日々、仲睦《なかむつ》まじく暮らしております。それでもたまに悪さをして乙姫様を怒らせると、閉じ込められてしまうのです」

「お前は今の今まで、そこに入っていたというのか」

「そうです。おいせさんが殺されたなんてもう、驚いてしまって」

一つしかない岩部屋の鍵は、ずっとたらばが持っていたと言います。蛸には、おいせを殺す機会はなかったことになります。

「蛸よ。おいせを殺したいという気持ちを持つ者に、心当たりはないか」

「いやあ、おいせさんは、あの粗暴なたらばのことが嫌いで、近づくのも嫌だと言っていましたがね」

ぴちゃりとはげ頭を叩きます。

「しかし、たらばがおいせさんを殺すとは思えねえ。それよりはその、女の子たちのほうがね。しかしまあ、……おいらはとんとその、色恋沙汰というものに疎《うと》いもんでして、へえ」

「色恋沙汰？」

「海牛をめぐる色恋沙汰ですよ。浦島の旦那も、もう二日もこの龍宮城にいりゃ、わかるでしょうよ。あいつぁ、おいらと違って色男ですから。平目だけでなく、蝶々魚も、めばるも、鯛もみんな、海牛にホの字です。しかしその中で、海牛と一番親しかったのがおいせさんでしょうねえ。他の誰よりも、大人っぽいから」

「女子のうちの誰かが、海牛を奪うためにおいせを殺したということか」

「何もそこまで言っちゃいませんよ」

しかしながら、蛸の考えはそれに近いようでした。このとき、太郎の中にひらめきが生まれたのでした。

「まあ、この龍宮城じゃ前にも、河豚《ふぐ》の一件がありましたからねえ」

太郎が考えをまとめようとしているのに、蛸は事件と関係のないようなことを言いました。

「旦那が泊まってる隣の部屋、空き部屋でしょう。あそこには河豚という太った女がいたんですがね、これが海牛に夢中になった挙句、おいせさんに毒を飲ませようとしたしないって、おいせさんと大喧嘩をしたことがありましてね」

太郎はそんなことには興味がありません。興味があるのは、今、龍宮城で起こっている事件です。

「河豚のやつはもともと、毒を使わないという条件でこの龍宮城に置いてもらっていたんでね、乙姫様の怒りを買って、追放になったんですよ。ま、おいらはあれは、濡《ぬ》れ衣《ぎぬ》だったと思ってますがね。……ああ、すみません、関係のない話を。おいらの話、役に立ったでしょうか」

「ああ、ありがとう」

太郎は蛸と共に、緋毛氈から立ちあがりました。推理は、組みあがっていました。

六、

現場となった冬の間の出入口付近には、関係者たちがおおむね集まっていました。しかしやはり、乙姫様の姿がありません。

「乙姫様はどうしたのだ」

太郎は、集まった一同を見回して問いました。蝶々魚が答えました。

「気分がすぐれないとかで、お部屋にこもっていらっしゃいます」

「わかしもいないわ」

めばるが言いました。そういえば、春の間での聞き取りに、乙姫様だけではなくわかしも現れなかったことに、太郎はようやく気づきました。

「乙姫様のそばにずっとついているのでしょう」

亀が言うと同時に、ずい、とたらばが一歩前に出てきます。

「しかたなかろう。始めてくだされ、浦島殿」

たらばは、ぎょろりとした目で太郎を睨みます。

「おいせはやはり、殺されたのか」

太郎は、大きくうなずきました。

「理由は、海牛をめぐる色恋沙汰であろう」

居合わせた女子たちが、一斉に目を伏せました。やはり皆、うすうす感じていたことと思われました。問うた本人であるたらばは、目をぎょろりとさせたまま口を結んでいます。

蛸はぴしゃりとはげ頭を叩き、当の海牛だけが涼し気な顔をしています。

「その者は、踊りの稽古ならばここがよかろうとおいせを唆《そそのか》し、冬の間に招き入れ、隙を見て隠しておいた昆布をおいせの首に掛け、絞め殺した。かんぬきを内側からかけ、外に誰かの気配がしたときを見計らって声を出した。うめき声程度のつもりだったものを、亀が『やめて』と聞き違えたのは誤算だったのだろう。とにかくその者はここで、たらばが戸を壊すのをじっと待っていた」

「戸が壊されたとき、その者はまだ中にいたというのですか」

蝶々魚が口元に手をやりました。太郎はうなずきましたが、たらばが「いやいや」と首を振ります。

「おれはおいせの死体を見つけたあと、部屋の中をくまなく見て回った。見ての通り何もない部屋だ。どこを見ても、竜《たつ》の落とし子一匹いなかった」

「その者は襖の奥にいたのではない。ここにいたのだ」

太郎は足元を指さしました。そこには、真っ白な砂があるばかりです。

「浦島様、何を馬鹿なことを……」

蝶々魚はそこまで言って、はっとした顔になりました。一同の目が、一斉にある者に向けられます。その者の顔面は蒼白《そうはく》になっていました。太郎はその顔をじっと見つめます。

「平目よ。お前がおいせを、自殺に見せかけて殺したのだろう」

「ち、違います……」

「たらばが戸を壊し、五人が襖の奥のおいせを発見するまでを、この白い砂に紛《まぎ》れること
によってやりすごし、再び人の姿に戻って今来たかのように見せかけた」

「そんな、濡れ衣です！」

逃げ出そうとする平目の喉に、赤いさすまたがぐいっと当てられます。平目は壁に追い
やられ、龍宮城の仲間たちがその小さな体を囲みます。

「ひどいわ、平目。何も殺すことないじゃないの」

めばるが大きな目からぽろぽろと涙を流します。鯛と蝶々魚は、頭に手をやっていやい
やをするように首を振ります。亀は茫然《ぼうぜん》と平目を見ていました。

「違うわ。違うのよ」

「往生際が悪いぞ、へえ、平目。お前にしかできないだろう。かんぬきをかけた部屋の中
に潜むなんて」

蛸がぴしゃぴしゃとはげ頭を叩きます。たらばが、その恐ろしい顔を平目に近づけまし
た。

「おれは思い出したぞ。おいせが自ら死を選んだのだろうと初めに言い出したのはお前だ。

おれたちの気持ちを、おいせの自害へと導こうとしていたのだろう」

そんなこと、太郎はすっかり忘れていました。しかし考えてみればこれも、平目がおいせを殺したことを裏づけているように思えます。

「平目！」「この嘘《うそ》つき！」「不器量だからって、姉さまを妬《ねた》んでいたのね！」「裏切り者！」

龍宮城の生き物たちは今や、平目を口汚く罵《のの》り、吊《つ》るしあげようかという勢いです。

「おやめなさい！」

突然響いた大きな声に、騒ぎが一瞬にして鎮まりました。廊下の向こうから、乙姫様がやってくるのでした。乙姫様はなんとも悲しそうな顔をしていました。

「浦島様。ついに真相にたどり着いてしまったのですね」

どういうことでしょう。乙姫様の口ぶりに、太郎だけではなく、他の面々も不思議そうな顔です。

「たらば、平目を岩部屋に閉じ込めておきなさい。どうするかは、追って決めます」

「はっ」

「乙姫様！」

平目の悲痛な叫びは、今や太郎の耳を素通りしていきます。乙姫様は、真相を知っていたというのでしょうか。

「浦島様。お話がございます。今すぐ、私の部屋へ」

有無を言わさぬ様子で、乙姫様はそう告げました。

＊

「私は、悲しいのです」

あこや貝の寝台の上で、乙姫様は憂いのある表情で言います。あんなに甘いときを過ごしたあの寝台に、太郎は今は、上がることを許されていません。

「父の龍王から受け継いだこの龍宮城内で、目もあてられぬような醜い争いが……」

「乙姫様は、平目がおいせを殺したことに気づいていたのですか」

乙姫様は、潤んだ瞳で太郎の顔を見ました。

「ああ、なんとむごいことをお訊ねになるのでしょう。……しかし、気づいていたといえば気づいていたのでしょう。私が皆の心を、しっかり把握していなかったのがいけないのです」

「決してそんなことは……」

「浦島様。私は平目を罰せなければなりませぬ。それはそれは恐ろしい方法で」

太郎は背筋が寒くなりました。

「そのような中、あなた様をもてなすことはこれ以上はできませぬ。誠に勝手ながら、陸の世界にお帰りくださいませ。いらしたときと同じく、亀に送らせましょう」

乙姫様の鬼気迫る表情に、太郎は何も言えませんでした。もうここは、あの楽しい龍宮城ではないのです。よそ者の自分はとっとと帰ったほうがいい。太郎は自分に言い聞かせました。

　乙姫様は太郎の前に何かを置きました。重箱のような黒い箱に、赤い紐《ひも》がかけてあります。

「これは玉手箱という宝物です。これをお土産に差しあげます」

　太郎は受け取りました。

「私たち龍宮城の生き物は、外に出ても気持ちはそのままに過ごすことができます。しかし、あなたはそうはいきません」

「どういうことですか」

「いいですか、浦島様。この箱はどんなことがあっても、絶対に開けてはなりませぬよ」

　何やら話が通じなくなってしまったような気がして、太郎は寂しい気持ちになりました。しかし、うなずく他はありません。

　すると乙姫様はようやく、あの優しい顔に戻ったのでした。

「あなた様のことは、私、いつまでも忘れません」

　その声に、太郎は急に名残惜しくなるのでした。

七、

太郎は亀と共に龍宮城の玄関まで歩きました。たらばがさすまたを持ったまま、ぎょろりとした目で二人を見つめます。

「浦島様はお帰りです」

そう言うと亀はなぜか、たらばに一本の竹筒を差し出しました。

「たらばさん。これは私からの差し入れです。甘いお水です。この度のこと、いろいろお疲れだったでしょうから」

たらばは途端に、嬉《うれ》しそうに笑みを浮かべました。頰には赤みも差しているようでした。来たときからうすうす感じていましたが、たらばは亀に気があるようです。しかし、太郎にとってはもう、どうでもいいことでした。

たらばは、太いかんぬきを外しました。扉が開き、外の海の世界が広がっているのが見えます。

「浦島様、どうぞ、背中に」

そこにはもう美しい娘の姿はなく、浜辺で出会ったときのままの亀がいました。太郎は玉手箱を落とさないように大事に抱え、その甲羅にまたがりました。

陸への帰り道は、静かなものでした。せっかくの美しい景色も、太郎の心を楽しませるものではありませんでした。乙姫様はこれから、平目に罰を与えるのです。それはどんなに恐ろしいものでしょうか。あの美しい乙姫様がむごいことをするかと思うと、なんだかやるせない気持ちになるのです。

「浦島様」

どれほど龍宮城から離れた頃だったでしょうか。それまで黙っていた亀が口を開きました。

「平目はなぜ、冬の間の内側のかんぬきをかけたのでしょう」

今さら、不思議なことを言います。

「おいせが自ら首を絞めたように見せかけるためであろう」

「そんなの嘘だと、すぐに見破られてしまったではないですか。あの扉を開けておけば、誰がおいせ姉さまを殺《あや》めたのか、永遠にわからなかったはずです。白い砂に化けられるのはあの子だけなのですから、自分が殺したと言っているようなものではないですか」

そうでしょうか。しかしそう言われれば、そんな気もしてきます。

「白い砂に化けるといえば、平目が魚の姿から人の姿に変わるとき、すぐ前に化けていたものの色にお着物が染まってしまうことに、浦島様は気づいていましたか」

「いや……」

たしかに初めて平目に会ったとき、黒い床から人の姿に戻った平目は、黒い着物を着ていました。

「おいせ姉さまの死体を発見したとき、平目のお着物はどんな色でしたっけね」

　海の中をぐんぐん進みながら、亀は問うてきます。太郎はすぐに思い出しました。平目は、冷たくなっているおいせと同じような、真っ赤な着物を着ていたのでした。直前まで白い砂に化けていたのなら、白い着物でなければいけないはずです。

「……秋の間で、紅葉に隠れて海牛を見ていたというのは、まことだったというのか」

「そもそも平目は、おいせ姉さまと仲が良かったのです。二人で謀《はか》って、河豚の姉さまが毒を盛ろうとしたという噂《うわさ》を流し、追放に追い込んだくらいですから」

　亀は太郎の問いには答えず、なぜかもういなくなった河豚の話を始めました。

「河豚の姉さまは優しかった。私はあの、ぷっくらした愛らしい姿が大好きでした。おいせ姉さまに毒を盛ろうとしたなんて、嘘に決まっています。河豚の姉さまは龍宮城を出るとき、私に形見だと言って、毒の入った杯《さかずき》をくれたのです」

「亀よ。お前はなぜそのような話を」

「さて。お土産代わりでしょうか。さあ、そろそろ浜辺に着きますよ」

　ざばり、と音を立て、太郎の顔が海面に出ます。久々の日差しが、目を刺すようです。

ほどなくして、太郎はあの懐かしい浜辺に戻ってきました。

「それでは、浦島様、いつまでもお元気で」

「ああ……」

　どこか腑《ふ》に落ちない気持ちのまま、太郎は応えました。亀は二、三度手を振ると、波打ち際に消えていきました。別れはあっさりしたものでした。

それから、浜辺の様子がおかしいと気づくのに、そんなに時間はかかりませんでした。そこはたしかに、太郎が毎日魚を取っていた浜辺です。特徴的な岩や、遠くの山の景色などがそう教えてくれます。しかし、岩のそばに生えていた小さな松が、ぐにゃりと曲がった古い大木になり、木肌にはうろこのような苔《こけ》がむしています。太郎は母親が待つはずの家へと急ぎました。するとそこには太郎の家はなく、見たこともない石造りの建物が建っているのです。石……あれは本当に石でしょうか。あのように白く、真四角な石は、太郎は見たことはありません。

途方にくれていると、その建物から一人の老人が出てきました。その老人は、上半身と下半身が分かれた、奇妙な着物を着ていました。

「もし、お尋ねしたいのですが」

太郎が話しかけると、老人は仰天しました。

「ありゃあ。あんた、変な格好しとるな。浦島太郎さんみたいじゃ」

「いかにも、私は浦島太郎です」

「はっはは、面白いお方じゃ。浦島太郎といったら、もう四百年も前にこの浜辺から海に消えていったという男じゃ」

四百年……？

「そんなに真面目《まじめ》な顔をなさるな。子ども騙《だま》しの昔ばなしじゃ」

老人の笑い声はもう、太郎の耳には届いていませんでした。

どこをどう歩いたのでしょう。太郎はいつしかまた、浜辺に腰掛け、ぼんやりと海を見ていました。

「はっ」

太郎は手元に目を落としました。玉手箱です。これを開ければ何かわかるかもしれません。乙姫様との約束が、頭に浮かばぬわけではありませんでしたが、湧きあがる欲求を止めることはできませんでした。太郎は紐を解き、蓋《ふた》を開けました。

箱からは、白い煙がもくもくと立ちのぼりました。途端に、太郎の両手がしわだらけになっていきます。

老いていくのだ。そう感じたとき、太郎は唐突に思い出しました。

「とき貝」という桜色の伝説の貝。あれは「止時貝」と書き、持っている者の周りの時の流れを、止まっているほどに遅くしてしまうというものなのでした。龍宮城で太郎が過ごしたのは二日間。そのあいだに、止時貝の力の及ばぬ外の世界は、四百年の時が流れていたのです。

――私たち龍宮城の生き物は、外に出ても気持ちはそのままに過ごすことができます。しかし、あなたはそうはいきません。

太郎は、乙姫様の言っていたことの真意を理解しつつ、亀を助けたときのことを思い出しました。

亀はあのとき、浜辺の子どもにとどき貝を取りあげられ、少しのあいだ泡の外に出てしまったのでしょう。気持ちはそのままに、体だけは少し年老いてしまったのです。おそらく亀は龍宮城を発《た》つ前、平目や蝶々魚と同じく十四歳くらいの女の子だったのです。平目が「そんなふうになってしまって」と言ったのや、乙姫様が「大変な目に遭ったのですね」と言ったのは、額の傷のことではなく、亀の体が少し大人になってしまったことを言っていたのでしょう。龍宮城の生き物たちにとって、泡の外の時の流れは早いのです。

「……あっ！」

そして太郎は、煙の中ではたと気づいたのです。冬の間を閉じた部屋にする、もうひとつの方法に！

珊瑚で固められていたあの窓です。外の珊瑚をあらかじめ壊し、窓を使えるようにしておくのです。その者はおいせを冬の間におびき寄せて昆布で殺し、白木の戸にかんぬきをかけたあと、窓から外へ出て、門から何食わぬ顔をして入ります。珊瑚のほうは心配ありません。その後、中庭の中央にある大ととき貝を、台ごと南西の方へずらしておけばいいのです。龍宮城は、大ととき貝の不思議な泡に、その四隅がすれすれに入っていました。となれば、台を少し動かす事によって、泡全体が南西に移動し、冬の間の窓は泡の外に出るのです。太郎が眠りについていた三刻ばかりのあいだ、泡の外では数十年の時が流れ、龍宮城の生き物である珊瑚は再び壁を覆い、窓は使い物にならなくなるのです！　そういえば海牛が、中庭の台とそれを囲む岩の配置がおかしいなどと言っていたではないですか。

玉手箱からはなおも煙が出てきます。すでに骨と皮ばかりになってしまった太郎は首を振り振り、この突拍子もない説を頭からぬぐい去ろうとしました。しかし、また気づいてしまったのです。この説を裏づけるもう一つの事実に。

冬の間でおいせが殺められているあいだ、階上にある蛸の部屋も泡の外に出ることになります。だからこれを計画した者は気づかれないよう、その時間、蛸の部屋に誰も入れないように工夫をしたのです。しかし、被害をこうむってしまった者がいました。乙姫様より掃除を仰せつかったわかしです。泡の外に出たのは蛸の部屋のわずかな一隅だったでしょうが、掃除の途中にその場所に出てしまったわかしは、成長してしまったのでしょう。

「ああ……」

太郎はため息をつきました。わかしという魚が成長によって、いなだ、わらさ、鰤《ぶり》と名を変えることを、漁師でありながら今の今まで忘れていたことを嘆きました。乙姫様の部屋にやってきた、上半身が裸の怪しき中年の男。あれこそ、鰤になってしまったわかしの姿だったのではないですか！　たらばが、蛸を捕らえる際に壊した鏡の破片に映る自分の姿を見て取り乱し、言葉を失ったまま乙姫様に助けを求めに行ったに違いないのです。春の間での太郎の聞き取りに、わかしが現れるはずはありませんでした。あのときすでにわかしは、たらばによって追放されてしまったあとなのですから。

なんという恐ろしいことでしょうか。この、おいせ殺害計画を立てたのは誰なのでしょうか。

さすまたで珊瑚を壊したり、門を開けたりできるのは、たらばだけです。力の強いたらばならば、大とどき貝を台ごと動かすこともできたでしょう。しかし、おいせに嫌われているたらばは、おいせを冬の間におびき寄せることができません。

頭に浮かんだ絶望的な結論に、太郎は涙を流さずにはいられませんでした。蛸の部屋に誰も入らぬよう、蛸を怒らせて墨を吐き散らかせた者。おいせの苦しそうな声を聞いたというのも、平目に罪をなすりつけるための嘘だったのでしょう。たらばに色目を使って、協力させるのもわけはありません。差し入れと偽って、隠し持っていた河豚の毒を飲ませれば、秘密が漏れるおそれもありません。そもそも、太郎を龍宮城へ連れていったのだって、誤った結論を導くために、信用できる外部の者が必要だったからかもしれません。すべては、河豚を追放に追い込んだ、おいせと平目への復讐《ふくしゅう》のために。

「ああ、ああ……」

太郎は、砂浜にうずくまりました。穏やかな波の音も、今や何か、邪悪なものの囁《ささや》きに聞こえます。

このまま砂に還《かえ》ってしまいたい。何者でもなくなりたい。

太郎はそう思い、やがて、気が遠くなっていきました——。

白い砂がまぶしい、静かな浜です。そこに、弱々しい一羽の鶴がいました。鶴は悲しげに一声鳴くと、空へ飛び立ちました。寒空の青に去っていく、寂しい白。もう二度と、戻ってくることはないでしょう。

あとに残るのは、誰もいない海辺の、誰もいない時間です。波はいつまでもいつまでも、寄せては返しているのでした。

佳也子の屋根に雪ふりつむ

大山誠一郎

大山誠一郎（おおやま・せいいちろう）
一九七一年、埼玉県生まれ。二〇〇二年にパスティーシュ「彼女がペイシェンスを殺すはずがない」を発表、〇四年に『アルファベット・パズラーズ』を刊行し本格的にデビューする。一三年、『密室蒐集家』で本格ミステリ大賞を受賞。二二年、「時計屋探偵と二律背反のアリバイ」で日本推理作家協会賞を受賞。著書は他に「赤い博物館」シリーズ、「アリバイ崩し承ります」シリーズ、『仮面幻双曲』、『ワトソン力』。

1

目を覚ますと、白い天井が見えた。

胸元まで暖かな毛布がかけられ、後頭部には柔らかな枕の感触がある。

佳也子《かやこ》は手をつきながら、のろのろと起き上がった。パジャマを着せられていることに気がつく。

六畳ほどの広さの部屋だった。壁には白い壁紙が貼られ、床は同じく白いタイル張りになっている。室内にあるのはベッドとサイドテーブルと椅子と冷蔵庫。隅の壁にはエアコンがあり、温かな風を送り出している。

サイドテーブルの上には、佳也子のハンドバッグと畳まれた衣服が置かれていた。佳也子はベッドから身を乗り出し、ハンドバッグに手を伸ばした。携帯電話を取り出して開く。

一月三日の午前七時三分だった。

ここはどこなのだろう、と思った。最後に憶《おぼ》えているのは元日の夕暮れ時、林の中で睡眠薬自殺を図ったこと。そのときの凍えるような寒さと、黄昏《たそがれ》色に染まった空、そして空っぽの心。

佳也子は床に置かれていたスリッパを履くと、窓辺に歩み寄った。ずっと眠っていたためか、足元がふらつく。白いレースのカーテンを左右に払い、曇ったガラスを手で拭くと、黒い土の庭が見えた。砂利敷きの小道が鉄製の門へと続き、外には二車線道路が走っている。その向こうには冬枯れの林、さらにその背後には山頂に雪を頂いた山々がそびえていた。空は陰鬱な鉛色に閉ざされている。山々のかたちに見覚えがあった。元日に最後に目にした山々のかたちと同じだ。自殺を図った林からさほど離れていない場所のようだった。

ドアの開く音に、佳也子は振り返った。三十代半ばの女性が部屋に入ってきたところだった。小柄で華奢《きゃしゃ》なからだつきで、クリーム色のセーターに白と黒のチェック柄のスカートという格好をして、髪を後ろで結わえている。

「目を覚ましたのね。おはよう」

「――おはようございます。あの、ここは……」

「わたしの病院兼自宅よ」

そうか、と佳也子は思った。ここは病室だったのだ。

「香坂《こうさか》内科っていうの。わたしは院長の香坂典子《のりこ》。院長といっても医者はわたし一人だけれど」

「どうしてわたしはここに……」

「昨日のお昼頃、近所の林を散歩していたら、落ち葉の上に倒れている昏睡《こんすい》状態のあなたを発見したの。亡くなっているのかと思って一瞬どきっとしたけれど、確かめてみたら息があったから、急いでここに運び込んだわ。幸い、入院患者は一人もいなくて、病室が空いていたし。あなたは昨日一日眠り続けていて、今日三日になってようやく目を覚ましたの。――立っていないで、ベッドに横になって。まだ回復していないんだから」

「あ、はい」

佳也子は言われたとおりにベッドに横になり、毛布をかぶった。

「あなたが睡眠薬を飲んだのはいつだったの？」

「元日の夕方です」

「元日の夕方？　一昨日の夕方から今朝まで昏睡していたということは、相当な量の睡眠薬を飲んだのね。もう少し量が多かったら、そしてもう少し発見が遅れていたら、あなたは今頃生きていなかったかもしれない」

「生きていなかった……」

佳也子は呟《つぶや》いた。死に損なったという後悔も、もう少しで死ぬところだったという恐怖も、湧いてはこなかった。心を占めているのは虚《うつ》ろさだけだった。

「あなた、お名前は？」

「笹野《ささの》佳也子といいます」

「おいくつ？」

「二十五歳です」

「どこから来たの？」

「東京です」

「こんな季節に、東京からわざわざこの町へ？」

「ええ……」

「どうして睡眠薬なんか飲んだりしたの？」

佳也子は答えなかった。

──うちの息子をあなたと結婚させるわけにはいかない。

突き刺すような悲しみとともに、その声が蘇《よみがえ》った。

──だって、あなたのお父さんは……。

「ごめんなさい。言いたくないのだったら、言わなくていいわ」

「──すみません。あの、助けていただいてありがとうございます」

「お礼は要らないわ。医者として当然のことをしたまでだから」

そう言う彼女の顔がまぶしく感じられて、佳也子は窓の外に目を逸《そ》らした。そのとき、ちらりと白いものが舞うのが目に入った。それは見る見るうちに数を増し、辺りを白く染め上げていった。黒い土の庭も砂利敷きの小道も、鉄製の門もその向こうの道路も、たちまち白く変わっていく。雪が降ってきたのだった。

「──太郎を眠らせ、太郎の屋根に雪ふりつむ。次郎を眠らせ、次郎の屋根に雪ふりつむ」

同じように窓の外を眺めていた香坂典子が呟いた。

え？　と佳也子が聞き返すと、医師は微笑した。

「三好達治《みよしたつじ》の『雪』っていう詩。知ってる？」

「ええ。中学生の頃、国語の教科書で読んだことがあります」

「わたし、この詩が大好きなの。あなたはこの詩からどんな情景を思い浮かべる？」

「そうですね……。田舎の一軒家に静かに雪が降り積もっている。家の中では太郎と次郎という幼い兄弟が、母に見守られながら眠っている。まるで、雪そのものに眠らされたかのように……。そんな情景です」

「なるほどね。わたしの解釈はちょっと違うの。太郎と次郎は赤の他人で、遠く離れた別々の家に住んでいる。子供かもしれないし、大人かもしれない。太郎、次郎というのは仮名みたいなもので、人物A、人物Bというのと同じ。書かれてはいないけれど、太郎、次郎のほかにも、三郎、四郎……と無数の人たちがいて、それぞれの家に住んでいる。そうした無数の人たちの家々に、はるかな空の高みから雪が降り、白く積もっていく。彼らはお互いまったく面識はないけれど、今この瞬間、雪が降り積もる中で眠るという経験を共有することでつながっている……この詩を読むたび、そんな情景を思い浮かべるの。一人一人は孤独かもしれないけれど、みんなの屋根の上には同じ雪が降り積もっている、それだけは間違いない。そう思うと、孤独が少しは癒されるような気がする。もちろん、作者の三好達治はそんなこと少しも考えてはいなかったでしょうけれど、いったん作者の手を離れたら、どのように読み取ろうと読者の自由だものね」

「そうですね……香坂先生の解釈、とてもいいと思います」

窓の外を一面白に変えるほどの勢いで、雪は降り続いていた。今この瞬間にも、大勢の人たちの屋根の上に同じ雪が降り積もっている。そう思うと、医師の言ったように、確かに孤独が少しは癒されるような気がする。

「朝ご飯、食べる？」

「ええ、いただきます」

香坂典子は病室を出ると、ワゴンを押して戻ってきた。ワゴンの上にはお粥《かゆ》の入ったお椀《わん》とお茶の入った湯吞《ゆの》みが載っている。

「睡眠薬で胃が荒れているから、お粥がいいと思って作っておいたの」

「ありがとうございます」

お粥の匂いが佳也子の鼻をくすぐった。これほどおいしそうな食べ物の匂いは久しぶりのような気がした。

「お正月で看護婦が休みを取っているし、あいにく独り暮らしだから、きめ細かな看護はできないかもしれないけれど、してほしいことがあったら何でも言ってね」

「ありがとうございます」

不意に目頭が熱くなり、涙がこぼれた。涙を止めようとしたが止まらず、佳也子は嗚咽《おえつ》した。

「さあ、食べてちょうだい」

「――いただきます」

佳也子はスプーンでお粥を口に運んだ。一口ずつ口に運ぶたびに、温《ぬく》もりがからだ中に広がっていくのがわかった。

「親御さんかお友達に連絡したら？　きっと心配しているわ」

佳也子が食べ終えると、香坂典子が言った。

「――ええ、そうですね」

佳也子はためらった末、三沢秋穂《みさわあきほ》の携帯に電話することにした。

「佳也子？　佳也子なの？」

親友は急《せ》き込んで尋ねてきた。

「ええ」

「今、どこにいるの？」

「福島県の月野町《つきのちょう》っていうところ」

心配させてごめんなさい、と佳也子が言うと、とたんに携帯から秋穂の怒鳴り声が飛び出した。

「元日の朝、さようならって電話をかけてきてから今日三日まで、どこに行ったのか探し回ったんだよ！　さんざん心配して、何度も電話したのに、一度も出ないってどういうことよ！」

「——本当にごめんなさい」

「ごめんなさいで済んだら警察要らないわよ！　この三日間、あたしがどれだけ心配したと思ってるの！」

秋穂は怒り、佳也子はひたすら謝った。だが、親友の怒る声を聞いていると、元気が出てきた。ここに、わたしのことを心から心配してくれる人がいる。そう思うと、心が少し暖かくなった。

「早く帰っておいでよ」

秋穂はしんみりした口調になって言った。

「うん、もう少ししたら帰る」

「きっとだね？」

「ええ、きっと。約束する」

2

秋穂に電話をかけたあと、佳也子はベッドに横たわり、香坂典子が貸してくれた三好達治の詩集を読んでいた。医師も病室の片隅で椅子に座って本を読んでいる。佳也子がまた自殺を図ったりしないよう見張っているのかもしれなかったが、決して気詰まりではなかった。室内はどこまでも静かで、ときおり門の外の道路から、タイヤにチェーンを巻いた車の走る音がかすかに聞こえてくるだけだった。

昼になると、香坂典子がまたお粥を運んできてくれた。

雪がやんだのは午後四時のことだった。陰鬱な鉛色の空の下、病院の庭も、門の外の道路も、その向こうの林も、さらにその向こうの山々も、すべてが白く染まっている。それは心に染み入るように美しい光景だった。二人は黙って本を読み、ときおり外の景色を眺め、そしてまた本を読み続けた。

「近所のスーパーまでちょっと買い物に行ってくるわね」

午後五時になったとき、香坂典子が言った。

「胃に優しい食べ物がいいから、今晩はクリームシチューにしようと思うんだけれど、牛乳を切らしてしまって」

「こんなに寒いのに、すみません」

「気にしないで。今日は一歩も外に出ていないから、少しは外に出なくちゃ」

医師はにこりと笑って病室を出て行った。

しばらくして、雪の積もった庭を歩いていくコート姿の香坂典子が見えた。まっさらな雪に、ブーツの足跡が印されていく。彼女は門を出て左に曲がり、道路を歩いて消えていった。

佳也子は詩集を置き、いつしか回想に耽《ふけ》っていた。

恋人の弘樹《ひろき》から不意に連絡が途絶えたのは、去年のクリスマスイブのことだった。一緒に過ごそうと約束していたのに、弘樹は待ち合わせの場所に来なかった。病気にでもなったのか、事故にでも遭ったのかと心配して、携帯に電話しても相手は出ず、メールしても返事はなかった。

そして、大晦日《おおみそか》、弘樹の母親が佳也子の住むマンションを訪ねてきて言ったのだった。

——うちの息子をあなたと結婚させるわけにはいかない。

——だって、あなたのお父さんは人殺しじゃない。

——あなたには殺人者の血が流れているのよ。

——どうしてそのことを隠していたの。

確かに、佳也子の父親は人を殺した。父親は大工だったが、酔ってささいなことで喧嘩《けんか》して、相手を刺し殺したのだった。母親は離婚して佳也子を引き取った。それ以来、佳也子は父親に会っていないが、獄中で病死したという。母親も三年前に亡くなった。

大晦日の夜、弘樹の母親が帰ったあと、佳也子は弘樹の携帯に電話した。だが、何度かけても弘樹は出なかった。優しい笑みも将来への誓いも、たやすく消えるものでしかなかったのだ。

その晩泣き明かしたあと、佳也子は家を出た。どこか遠いところへ行きたかった。東京駅で秋穂の携帯に電話してさようならと告げたあと、終点までの切符を買って東北新幹線に乗った。行き先も定めていなかったが、高校の修学旅行で福島に行ったことを思い出し、そこで降りた。福島の街を当てもなくさまよったあと、私鉄に乗り、辺鄙《へんぴ》な駅で降りた。バスに乗ってしばらく走ると、月野町という停留所があった。詩的な響きに惹《ひ》かれてそこで降り、近くにあった林に足を踏み入れた。

木々の枝に葉は一枚もなく、寒々とした姿を晒《さら》していた。地面には落ち葉が厚く積もり、佳也子が歩くたびに乾いた音を立てた。凍えるように寒かったが、虚ろになった心にはむしろそれがふさわしかった。

佳也子は歩き疲れると、落ち葉の上に身を横たえた。ハンドバッグから睡眠薬を取り出し、駅前で買った缶入りのお茶で、何錠も何錠も喉に流し込んだ。

静かだった。染み入るような寒さに包まれながら、佳也子は黄昏色に染まった空を見上げていた。やがて、佳也子の意識は薄らぎ、寒さも黄昏色の空も消えていった。

*

ふと回想から覚めて窓の外を見ると、ちょうど香坂典子が帰ってきたところだった。門を抜け、雪に足跡を印しつつ庭を横切ってくる。手にはスーパーマーケットのビニール袋を提げていた。

「ただいま」

やがて、病室のドアが開いて、彼女が入ってきた。寒さのためか、頬が赤くなっている。

「スーパーはがらがらだったわ。大晦日はすごい人出で、みんな奪い合うみたいにして買い物をしていたけれど、やっぱり三が日は空いているわね」

「寒かったでしょう。わざわざお買い物をしていただいてすみません」

「いいのいいの。ちょうどいい運動になったから」

香坂典子は病室を出て行った。やがて、台所で調理する音がかすかに聞こえてきた。とても心の落ち着く音だった。

午後六時過ぎ、香坂典子が食器の載ったワゴンを押して病室に入ってきた。食器にはクリームシチューやフランスパンが盛られている。シチューからは暖かな湯気が立ち上り、おいしそうな匂いが室内に広がっていった。

佳也子がベッドの上で起き上がると、香坂典子がシチューの入った皿とスプーンを渡してくれた。いただきます、と言い、スプーンでシチューを口に運ぶ。鶏肉《とりにく》もじゃがいもも玉葱《たまねぎ》も人参《にんじん》も、口の中でとろけそうに柔らかかった。医師も佳也子の隣で食べている。

食べ終えて満腹になると、眠くなってきた。まるで赤ちゃんみたい、と佳也子は自分でもおかしくなった。

香坂典子は食器をワゴンに戻すと、ベッドに横になった佳也子にそっと毛布をかけた。

「あなたのからだはまだ弱っているんだから、食べたら眠って体力を回復することが一番よ。おやすみなさい」

おやすみなさい、と佳也子もほほえんだ。

ここ数日の中で、一番安らかな眠りだった。

3

チャイムの音で目が覚めた。

頭痛がし、からだがだるかった。枕元の携帯電話を開くと、四日の午前七時六分だった。

佳也子はベッドから降り、あまりの寒さに身震いした。窓辺に立ち、カーテンを左右に払って窓ガラスの曇りを拭くと、庭の雪の上には昨日の夕方香坂典子が印した足跡のほかに、片道の足跡が一筋印されているのが見えた。誰かが訪ねてきたのだ。

チャイムがまた鳴らされた。片道の足跡の主が鳴らしているらしい。

「香坂典子さん、いらっしゃいますか？　警察の者ですが」

大きな声が聞こえた。警察？　警察がこんな朝から何の用だろう。

チャイムは何度も鳴らされるのに、医師が出て行く気配はいっこうになかった。仕方なく、佳也子はサイドテーブルの上に畳んで置いてあった服を手に取ると、急いで着替えた。

病室のドアを開けると、タイル張りの廊下が延びていた。廊下を進むと、長椅子と観葉植物の置かれた待合室に出た。ガラス製の玄関ドアの向こうに、五十前後の男が立っているのが見える。男の背後の雪に、昨日の夕方香坂典子が印した足跡と、男のものらしい片道の足跡が印されているのが見えた。

玄関ドアには鍵はかかっていなかった。佳也子がドアを開けると、

「香坂典子さんですか」

と男が尋ねてきた。長身で痩せぎすの男で、短く刈った髪は白いものが混じったごま塩頭になっている。

「いえ、違います。わたしはこちらに泊めていただいている者です」

「香坂典子さんはいらっしゃいますか？」

「実は、わたしも先ほど起きたばかりで、今朝はまだ香坂さんには会っていないんですけれど……。あの、警察の方が何のご用ですか？」

「二十分ほど前に、署に匿名の通報がありましてね。香坂さんがこちらで殺されているというんですよ」

「――殺されている？」

「念のため、調べさせてもらってよろしいですね」

刑事は有無を言わせぬ口調でそう言うと、靴を脱いで上がり込んできた。

佳也子は不安が湧きあがってくるのを感じた。悪戯《いたずら》電話なのだろうか？　だが、香坂典子の姿が見えないのはどういうことだろう？

刑事は鋭い眼差《まなざ》しを周囲に配りながら歩いていく。佳也子は震えながらそのあとをついていった。震えているのが寒さのためなのか不安のためなのか、自分でもわからなかった。

受付や診察室を見たが、香坂典子の姿は見当たらなかった。続いて刑事は佳也子のいた

病室を覗《のぞ》き込んだが、もちろんここにも医師の姿はない。

病室の前の廊下には、病室に通じるのとは別のドアがあった。刑事がそこを開けると、板張りの廊下が延びていた。どうやらこのドアから先が住居らしい。

刑事と佳也子は板張りの廊下に足を踏み入れた。左手にトイレや風呂がある。右手のドアを開けると、そこはダイニングキッチンだった。

そして、その床に、香坂典子が仰向《あおむ》けに倒れていた。クリーム色のセーターを着ていたが、その左胸は赤黒く染まり、包丁が突き立っていた。

佳也子は悲鳴を上げると、その場にしゃがみ込んだ。

＊

刑事は顔を引き締めると、携帯電話で署に連絡した。捜査班が到着するのを待つあいだ、向井《むかい》と名乗った刑事は、佳也子がここにいる事情を尋ねてきた。佳也子はここ数日のことを詳しく話した。近所の林で自殺を図ったこと、香坂典子に助けられたこと、今朝、チャイムの音で目を覚ましたこと……。

二十分ほどして、パトカーが何台も到着した。次々とドアが開き、刑事たちが降りてくる。辺りは騒然とした空気に包まれた。

捜査が行われているあいだ、佳也子はパトカーの後部座席で待つことになった。運転席には若い刑事が座り、ルームミラー越しにさりげなく佳也子を見張っている。

一時間ほどのち、向井刑事がやって来ると、パトカーの後部座席のドアを開き、佳也子の隣に乗り込んできた。刑事はしばらくのあいだ何も喋《しゃべ》らなかった。佳也子が沈黙に耐えられなくなったとき、刑事が口を開いた。

「昨晩、あなたは夕食後、すぐに眠り込んだそうですね。何時頃だったか憶えていますか?」

「香坂さんが晩ご飯を運んできてくださったのが午後六時過ぎでしたから、眠り込んだのも六時台だったと思います」

「被害者の死亡推定時刻は午後七時頃でした。つまり、犯人はあなたが眠り込んで間もなくこの病院にやって来て、被害者を殺害したことになります。被害者は後頭部を鈍器で強打されて昏倒《こんとう》したあと、台所にあった包丁で左胸を刺されました。即死だったようです」

命の恩人が殺されたとき、佳也子は眠り込んでいて、助けを呼ぶことすらできなかったのだ。おのれの無力さに思わず唇を嚙《か》みしめた。

「ところで、昨日の午後五時、被害者は牛乳を買いに行ったそうですね」

「ええ。晩ご飯のクリームシチューに使う牛乳を買いに行ってくださったんです」

「近所のスーパーマーケットの聞き込みをしたところ、昨日の午後五時過ぎに被害者が牛乳を買いに来たという店員の証言が得られました。ただ、そうすると、おかしなことになるんです」

「何がおかしいんでしょうか?」

「気象台によれば、昨日、この地域で雪が降りやんだのは午後四時です。そして、午後五時、被害者が近所のスーパーマーケットへ牛乳を買いに行き、病院の周囲の雪に往復の足跡が印された。ところが、病院の周囲の雪には、このときの被害者のブーツの足跡以外に、まったく足跡が残っていないんですよ。捜査班が病院に入る前に確認しましてね」

「まったく足跡が残っていない……?」

「そうです。犯人が出入りした足跡がないんです。まっさらな状態でしてね、足跡はおろか、いかなる痕跡も残されてはいませんでした。犯人がこの病院にやって来て、被害者を殺害し、立ち去ったのだとすれば、どうしてそのときの足跡が残っていないんでしょうかね?」

相手が何をほのめかしているかに気がついて、佳也子は愕然《がくぜん》とした。警察は佳也子が香坂典子を殺したと思っているのだ。

「犯人は香坂先生の足跡を踏んで往復したんじゃないでしょうか? 香坂先生の足跡にぴったり重なるようにすれば……」

佳也子は必死に頭を働かせて言った。

「我々もその可能性は真っ先に考えました。しかし、足跡を詳しく分析した結果、その可能性は否定されました。足跡を踏めば二重になるはずですが、残っていた足跡にはそうした痕跡はまったくなかったんですよ」

「じゃあ、昨晩、夜中にまた雪が降って、犯人の足跡や香坂先生の足跡を消してしまったんじゃないでしょうか？　犯人はそのあと、香坂先生とまったく同じブーツを履いて、まっさらになった雪に香坂先生の足跡を偽造したんです」

「それもありえないんです。気象台によれば、この地域では昨日三日は午前十時に雪が降り始めたが、午後四時に雪がやんで以降はまったく降っていないそうです。午後五時に印された被害者の足跡がその後の降雪で消えてしまったということはありえないんですよ」

「人工的に雪を降らせて、香坂先生の足跡を消してしまったら……」

「どうやって人工的に雪を降らせるというんです？　降雪機でも用意するんですか？　あいにく、現場周辺には、そうした痕跡はありませんでしたね」

向井は嘲《あざけ》るように言うと、佳也子の顔を見据えた。

「とすれば、考えられることはただ一つしかないんです。あなたが被害者を殺害したんですよ」

——あなたには殺人者の血が流れているのよ。

そんな声が、佳也子の脳裏に響いた。

わたしが……殺した？

わたしは香坂典子を殺して、そのことを忘れてしまっているのだろうか？

＊

「この人殺し！」

パトカーの外から、不意に罵声《ばせい》が飛んできた。

見ると、ウィンドウ越しに三十過ぎの女が佳也子を睨《にら》みつけている。小柄で華奢なからだつきで、どことなく香坂典子に似ていた。

「おい、この人は誰だ？」

向井はうんざりした顔でウィンドウを下げると、三十過ぎの女に付き添っていた刑事に問いかけた。

「被害者の妹の桑田洋子《くわたようこ》さんです。三十分ほど前に被害者に電話をかけてきたので、捜査員が出て事件のことを告げたところ、現場に駆けつけてきまして……」

「あんたが姉さんを殺したのね！」

桑田洋子はなおも佳也子に罵声を浴びせた。佳也子の胸が鋭く痛んだ。

「まあまあ、まだこの人が殺したと決まったわけじゃないんだから」

洋子の隣に立っていた四十前後の男がなだめる。

「あなたは？」

向井が問うと、「洋子の夫で、桑田武《たけし》といいます」と男は答えた。

「でも、病院の周りの雪には、昨日の夕方に姉さんが買い物に行ったときの足跡しかなかったって刑事さんが言っているわよ。犯人の足跡は一つもなかったって。だったら、この女が姉さんを殺したとしか考えられないじゃない。姉さんは自殺を図ったこの女を助けたのに、この女はその恩を忘れて姉さんを殺したのよ」

「でも、この人には動機がないんじゃないのか」

と夫が指摘する。

「きっと、姉さんはこの女が自殺を図ったことをとがめたんでしょう。それで口喧嘩になって、この女はかっとして姉さんを……」

「あなたは三十分ほど前に被害者に電話をかけたそうだが、どんな用件だったのです？」

向井は桑田洋子の言葉をさえぎって尋ねた。

「昨日、伯父が亡くなったの。そのことを知らせようと思って」

「——伯父が亡くなった？」

「青森県の八戸《はちのへ》で独り暮らしをしている伯父。わたしや姉とは疎遠だったので、亡くなったことを知らせてくれる人もいなくて、今朝、新聞を見て初めて知ったの」

「新聞を見て？　新聞に訃報が載るほど有名な方だったんですか」

「伯父は香坂実《みのる》というんだけど、五年前まで東北一帯で大規模に不動産業を営んでいて、かなり名が知れていたの。昨日の夕方、伯父の知人が自宅を訪ねて、庭の池で溺れて亡くなっている伯父を見つけたんだって。亡くなったのは昨日の正午頃だったみたい。高齢だったから、庭を散歩していて足を滑らせて池に落ちたんでしょうね。今朝の新聞で訃報を読んで、姉さんに知らせようと思って電話したら、知らない男の人が出て、刑事だっていうじゃない。姉さんは殺されたって。それで、急いでここに駆けつけてきたの。そうしたら、姉さんが助けた自殺未遂の女が、姉さんが殺されたとき同じ家の中にいて、しかも周りの雪には犯人の足跡がないっていうじゃないの。どう考えてもこの女が犯人に決まって……」

「捜査は警察に任せてください」

向井は桑田洋子の言葉をふたたびさえぎると、彼女に連れ添っていた刑事に、「連れて行ってくれ」と命じた。なおも何か言い募ろうとする彼女を、刑事と夫の桑田武がなだめながら連れて行った。

「任意同行をお願いしたいのですが、よろしいですね？」

向井が佳也子に訊《き》いてきた。佳也子はうなずかざるをえなかった。「出してくれ」と向井が運転席の刑事に言い、パトカーは走り出した。

誰一人頼る者のいない見知らぬ町で、殺人の嫌疑をかけられ、警察署へ連れて行かれようとしている。佳也子は猛烈な孤独に襲われた。

「あの、電話してもいいでしょうか？」

佳也子は向井に尋ねた。

「電話？　誰に？　弁護士にですか？」

「いえ、友人にです」

「どうぞ。あなたは逮捕されたわけではないですから、ご自由に電話してくださってかまいませんよ」

向井は愛想よく言ったが、その目は佳也子の一挙手一投足を鋭く監視しているようだった。

佳也子は秋穂の携帯に電話した。

「あ、佳也子？　今どこ？」

親友の元気な声が響いた。

「まだ月野町にいるの」

「早く帰ってきなよ。待ってるから」

「実は、帰れなくなってしまって……」

佳也子は自分を助けてくれた医師が殺害されたことを話し、病院の周囲に犯人の足跡がないことから佳也子に嫌疑がかけられ、警察に任意同行を求められていることを告げた。

「でも、佳也子が人を殺したって？　そこの警察は頭がおかしいんじゃないの？」

「でも、犯人の足跡がない以上、わたしが殺したとしか考えられないって。ひょっとしたら、わたしは香坂先生を殺したのに、そのことを忘れてしまっているのかも……」

「何を馬鹿なこと言ってるの！　あんたに人殺しなんかできるわけないでしょ。わかった、今すぐそっちへ行くから、待ってるんだよ」

「え、今すぐ？」

「あんたをそのままにしておいたら、警察に無理やり自白させられそうだからね。これから新幹線に乗ってそっちに行くから」

「でも、こんな遠いところまで……」

「あんたね、自分の身が危ないときにそんなこと心配しなくていいの。午後にはそっちの警察署に行くからね、それまでがんばるんだよ。やってもいないことをやったなんて認めちゃだめだからね」

「え、ええ」

「あたしがついているから、元気出して！　じゃあね」

電話は切れた。この世に少なくとも一人は、わたしが無実であることを無条件に信じてくれる人がいる。佳也子は涙がこぼれそうになった。

4

パトカーは二十分ほど走って警察署に着いた。四階建ての建物で、建ってからかなり経《た》つらしく、壁のあちこちに染みができている。

佳也子は取調室に入れられ、向井刑事に訊問《じんもん》されることになった。机を挟んで佳也子と向き合った向井は、病院の周囲に犯人の足跡が印されていない以上、犯人は佳也子でしかありえないと繰り返し主張し、罪を認めるよう迫った。佳也子はそのたびに否定したが、次第に否定する気力も失われてきた。

――わたしは香坂先生を殺したのに、そのことを忘れてしまっているのではないだろうか？

そんな恐ろしい問いが脳裏で何度もこだまする。唯一心を支えてくれるのは、午後にはこちらに来てくれるという秋穂の約束だった。『やってもいないことをやったなんて認めちゃだめだからね』という彼女の言葉だけが、心の支えだった。

どれほどの時間が経っただろうか。ドアにノックの音がして、若い刑事が顔をのぞかせた。

「警部。厄介なことになりました。密室蒐集家《しゅうしゅうか》のご登場ですよ。参考人に会わせていただきたいと言っています」

「――密室蒐集家だと？」

向井が顔を歪《ゆが》めた。

「冗談や伝説のたぐいじゃなく、本当にいたのか。――仕方がないな。通してくれ」

「――密室蒐集家って誰ですか？」

佳也子はおずおずと尋ねた。

「警察内部で存在が噂《うわさ》されている、探偵気取りの変人ですよ。密室殺人が大好きで、どこで耳にするのかは知りませんが、密室めいた事件が起きたと聞きつけては姿を現すんです。警察庁の上層部に有力なコネがあるらしくて、捜査に協力するようにと捜査本部に電話がかかってくるらしいんですよ」

「刑事さんとは面識がおありなんですか」

「とんでもない、初めてですよ。それにしても、驚いたな、まさか実在するとは。私はてっきり警察内部で囁《ささや》かれる冗談か伝説だと思っていたんだが」

「本名はなんとおっしゃるんですか」

「妙な男でね、名前を聞いても名乗らないそうなんです。密室蒐集家と呼んでください、の一点張りだそうでしてね」

ふたたびノックの音がして、ドアが開いた。若い刑事に案内されて、三十歳前後の長身の男が入ってきた。猫のようにまったく足音を立てず、床の上を滑るように歩いてくる。

鼻筋の通った端整な顔立ちで、澄んだ切れ長の目をしている。黒いセーターに茶色のズボンという格好で、左手にはきちんと畳んだコートを抱えていた。

「このたびは無理を聞いていただいて申し訳ありません」

そう言うと、両手を脇にそろえて深々と頭を下げる。どこか浮世離れした雰囲気を漂わせていた。

「いや、あなたのお求めならば、こちらも応じざるを得ませんからね」

向井は忌々しさを隠そうともせずに応えると、密室蒐集家を座らせた。

「しかし、あなたがこの事件に出馬されるとはどういうわけです？　この事件は密室でも何でもありませんよ」

「いえ、私は密室殺人だと考えています。警察の方々はこちらの笹野佳也子さんが犯人だとお考えのようですが、私は彼女が無実だと思っています。そして、彼女が無実ならば、犯人は雪に足跡を残さずに現場に出入りしたことになる。密室殺人ではありませんか」

「あなたねえ、いくら密室が好きだからって、無理やり密室を作ろうとしていませんか？現場には被害者ともう一人の人物しかおらず、周囲は雪で覆われていて、しかも犯人の出入りした跡はない——となれば、普通に考えたら、被害者と一緒にいた人物が犯人に決まっているでしょう。何も密室だと難しく考える必要はない」

「しかし、佳也子さんが犯人だとしたら、彼女の行動はあまりに非合理的ではないでしょうか。犯人の出入りした足跡がないならば、自分が疑われることは一目瞭然です。なぜ、犯人の出入りした足跡を偽装しておかなかったのでしょうか。そもそも、彼女が犯人だったならば、犯行後、現場で一晩過ごしたりはせず、すぐに立ち去ったはずではないでしょうか。彼女が犯人だと主張するのなら、警察は、彼女が犯行後、現場で一晩過ごした理由をどうお考えですか？」

逆に質問されて、向井は一瞬、言葉に詰まったようだった。

「——確かに、彼女が犯行後、現場で一晩過ごしたのは奇妙に思われます。しかし、犯行時刻は午後七時頃だったんですよ。この田舎町で、この時刻に宿を探すのは大変です。タクシーを呼んだところで顔を覚えられるし、外で一晩過ごすには寒すぎる。とすれば、現場で一晩過ごすというのはそれなりに合理的な選択肢だと思いますがね」

「なるほど、おっしゃるとおりです。しかし、解せないことが一つあります。今朝、警察が現場に向かったのは、香坂典子が殺害されているという匿名の通報が警察に入ったからだそうですね。その通報をしたのはいったい誰なのです？」

「それは……」

「これが通常の事件ならば、第三者がたまたま現場を訪れて遺体を発見し、警察に通報した——ということも考えられますが、この事件では、現場の周囲は雪に覆われていて、犯人の足跡はまったくなかった。つまり、たまたま現場を訪れて遺体を発見した第三者の足跡も当然なかったのです。匿名の通報者は、いったいどうやって事件のことを知ったのでしょう？」

　向井はしかめっ面をして黙り込んでいる。

「事件のことを知りえたのは犯人だけです。ならば、匿名の通報者は犯人だと考えられます。犯人は佳也子さん以外の人物であり、その人物が佳也子さんを罠《わな》に陥《おとしい》れようとしているとしか考えられないではありませんか」

「しかし……しかし、現場に犯人が出入りした足跡がないことはどう説明するんです？　このことに説明がつかない限り、佳也子さんが犯人であるとしか考えられません。あなたには説明できるんですか？」

「今のところはできません。だから、佳也子さんのお話を詳しく聞かせていただきたいのです。よろしいですね？」

「……仕方がない。好きにしてください」

　向井はしぶしぶ承知した。

　密室蒐集家に問われるままに、佳也子は元日の夕方、林の中で睡眠薬自殺を図ってからのことを話し始めた。彼はときおり穏やかな声で相槌《あいづち》を打ちながら、じっと耳を傾けている。話しているうちに、佳也子は不安が消えていくのを感じた。この男には、どこか人の心を落ち着かせるところがあった。気がつくと、自分の身の上や自殺を図った理由まで話していた。

「どうですか、犯人の足跡がないことに説明がつきますか？」

佳也子が語り終えると、向井が嘲るように密室蒐集家に問いかけた。

「説明がつかないこともありません」

密室蒐集家は微笑しながら答えた。

「ほう、それは興味深いですね。ぜひ聞かせていただけますか」

向井がわざとらしく感心しながら言う。

「その前に、昨日の午後五時に被害者が近所のスーパーマーケットへ牛乳を買いに行ったときの往復の足跡の写真を見せていただけますか」

向井は若い刑事に命じて、鑑識係から写真を取ってこさせた。密室蒐集家はそれを受け取ると、芸術品を鑑賞するような手つきで眺め始めた。

「なるほど。行きの足跡と帰りの足跡が重なっていませんね」

「それがどうかしましたか？」

「なかなか面白い手がかりです。足跡はどの辺りまで残っていましたか？」

「現場の門のすぐ外を二車線道路が走っているんですが、そこまでです。そこから先は道路を走る車に消されて残っていませんでした」

「足跡が被害者のブーツによって印されたことは間違いないのですね？」

「ええ。被害者のブーツと足跡を照合したところ、完全に一致しました」

「足跡を見ると、靴底の模様がはっきりと残っており、傷のようなものも見当たりませんから、新品の靴によって印されたものですね。古い靴ならば、持ち主によって磨《す》り減り方が異なりますし、傷もできますから、靴底の模様にそれぞれ個性が生じてくる。だから、印される足跡も靴によって異なり、足跡を見ればどの靴で印されたかすぐにわかります。しかし、新品の靴はそうはいかない。靴と足跡が完全に一致したとしても、それは問題の靴と同じ種類の靴で足跡が印されたことを意味するに過ぎず、問題の靴そのもので足跡が印されたとは限りませんよ」

「確かに被害者のブーツは新品でしたがね。あの足跡は実は犯人のものだった、犯人は被害者と同じ種類のブーツを履いて、被害者の足跡を踏みながら現場に出入りしたのだ、とおっしゃりたいんですか？　それは無理です。足跡を踏むと、どれほど注意しようとも必ず二重になる箇所が出てきますが、残っていた足跡にはそうした痕跡はまったくありませんでしたから」

　密室蒐集家は微笑した。

「いえ、私はそのようなことを考えているわけではありません」

「じゃあ、どんなことをお考えなんです？」

「まず考えられるのは、佳也子さんが昨晩眠り込んだときの病院と、今朝目を覚ましたときの病院が違うという可能性です」

「昨晩眠り込んだときの病院と、今朝目を覚ましたときの病院が違う？」

「そう、別の病院だったのです。佳也子さんが昨晩眠り込んだときの病院をA、今朝目を覚ましたときの病院をBとしましょうか。犯人は眠り込んだ佳也子さんと被害者の遺体を、病院Aから病院Bへと運び込み、立ち去った。今朝、佳也子さんが目を覚ましたのは、昨日午後五時に被害者が近所のスーパーマーケットへ牛乳を買いに行ったときの足跡が印されている病院Aではなく、犯人が佳也子さんと被害者の遺体を運び込み、立ち去ったときの足跡が印されている病院Bでした。ところが、病院Aと病院Bが同一だと思われたために、病院の周囲には昨日午後五時に被害者が印した足跡以外に足跡はないということになってしまったのです。

問題の足跡を見ると、行きの足跡と帰りの足跡が重なっていません。だから、行きと見えた足跡が実は帰りで、帰りと見えた足跡が実は行きだったとしてもおかしくはない。被害者が買い物に出かけた足跡と見えたのは、犯人が現場から立ち去った足跡であり、被害者が買い物から帰ってきた足跡と見えたのは、犯人が現場にやって来た足跡だったとも考えられるのです。

また、被害者のブーツは新品で、足跡にそのブーツ固有の特徴が残りません。だから、問題の足跡は、犯人が同じ種類のブーツを履いて残したものであってもおかしくはないのです」

「本気でおっしゃっているんですか？　そんなことできるはずがないでしょう。そっくりな見かけの別の病院があるというのはいくらなんでも無理です」

「そっくりな見かけの病院である必要はないのです。佳也子さんは昨日一日、病室から一歩も外に出ていないのですから、そっくりな見かけの病室であればよいのです。病室だけをそっくりにするのはさほど難しくはないでしょう」

「あなたの説にはまだ無理がある。現場には行きと帰りの足跡が一筋ずつしかなかった。だから、もしその足跡が犯人の残したものだとしたら、犯人が現場におもむいたのは一度だけということです。あなたの説だと、犯人は佳也子さんと被害者を現場に運び込んだそうだが、すると犯人は二人のからだを一度に抱えて運び込んだことになる。どれほどの怪力の持ち主だって、大人の女性二人を抱えて歩くのは無理でしょう」

密室蒐集家は微笑して頭を下げた。

「おっしゃるとおりですね。この説は成り立ちません」

「もう少しましな説を披露していただけませんかね」

「では、こういう説はどうでしょう。今朝、あなたと佳也子さんが被害者の遺体を発見したとき、現場にはまだ犯人が隠れていたとしたら。現場の病院兼自宅は何部屋もあるそうですから、隠れる場所はいくらでもあるでしょう。そして、捜査班が到着したら、刑事の一人であるようなふりをして、こっそりとその場を立ち去る」

向井は首を振った。

「それも無理ですね。もしその説が正しかったら、捜査員の数が途中で一人増えたことになる。しかし、私は捜査班がパトカーで到着するのを見ていましたが、そのときパトカーから降りた捜査員たち以外に捜査員が一人増えたなんてことはありませんでした」

「では、こういう説はどうでしょう。現場の周囲の雪には、昨日の午後五時に印された被害者の足跡しかなかったそうですが、本当にそうでしょうか。ほかにもあるのではないでしょうか？」

「ほかにも？」

「たとえば、今朝、匿名の通報を受けて現場を訪れた刑事の足跡です」

「――何をおっしゃりたいんですか」

「犯人は昨晩、爪先立ちをしながら現場を訪れ、犯行に及び、また立ち去った。そして今朝、匿名の通報を受けたと称して現場を訪れ、昨晩の爪先立ちの跡を踏み消していったとしたらどうでしょうか。爪先立ちの跡ならば、普通に歩いてできる足跡より小さいですから、足跡で踏み消すことができるでしょう」

向井は密室蒐集家を睨みつけた。

「――私が犯人だとおっしゃるんですか」

「いえ、犯人の足跡がないことを説明しようとしたら、そういう説明も考えられるということです」

「私にはアリバイがあります。昨晩七時頃は、署で書類と格闘していましたから。同僚が何人も一緒にいましたよ」

「失礼しました」

密室蒐集家はまた頭を下げた。向井はうんざりした調子で、

「私が犯人でないとしたら、ほかにどんな説明が考えられますか?」

「そうですね……」

密室蒐集家が語ろうとしたとき、みたびノックの音がして、若い刑事が顔をのぞかせた。

「警部。三沢秋穂という女性が参考人に面会を求めています。参考人の親友だそうですが」

秋穂がはるばる東京から来てくれたのだ。佳也子は胸が熱くなった。

「参考人の親友? 連れてきてくれ」

一分後、秋穂が取調室に飛び込んできた。

「佳也子、大丈夫?」

「秋穂……」

「いじめられたりしていない? ひどいことされていない?」

「ええ、大丈夫」

秋穂は室内をぐるりと見回すと、向井と密室蒐集家を睨みつけた。

「佳也子を疑っているのはあんたたちなの? 佳也子が人を殺すわけないでしょ! あんたたちの目は節穴?」

向井は唖然《あぜん》として、言葉も出ないようだった。

密室蒐集家が立ち上がり、一歩前に出た。

「あなたのおっしゃるとおり、佳也子さんは犯人ではありません」

「あなたは誰？」

秋穂は気おされたように言った。

「名乗るほどの者ではありません」

「佳也子は犯人ではないって言ったよね。犯人は誰なの？」

「犯人はあなたですよ、三沢秋穂さん」

5

佳也子は密室蒐集家が何を言ったのか、理解できなかった。

「あたしが犯人ですって？　馬鹿なこと言わないでよ！」

秋穂が笑い飛ばした。

「あたしは東京にいたし、殺された人とは何の面識もないのよ。なんであたしが犯人なのよ」

「では、あなたが犯人である理由をこれからご説明しましょう」

そう言うと、密室蒐集家は佳也子に目を向けてきた。

「佳也子さん、あなたは一月三日の午前七時過ぎ、病院で目を覚ましたそうですね。そして、そのあとすぐに、雪が降り始めた。つまり、一月三日、雪が降り始めたのは午前七時台ということになります」

「ええ」

陰鬱な鉛色の空から白いものが舞い、見る見るうちに数を増し、辺りを白く染め上げていった光景を思い出しながら佳也子はうなずいた。

「ところが、気象台は雪が降り始めた時刻に関して違うことを述べているのです」

「――え？」

「気象台によれば、この地域では一月三日は午前十時に雪が降り始めたそうです。午前七時台と午前十時。佳也子さんと気象台とで、雪が降り始めたとする時刻がまったく異なっているのですよ」

「そうだ、そうだった！」

向井がはっとしたように叫ぶと、

「パトカーの中で佳也子さんと話しているとき、私自身、『気象台によれば、この地域では昨日三日は午前十時に雪が降り始めた』と説明したことを思い出しましたよ。確かに、雪が降り始めたとする時刻がまったく異なっている」

密室蒐集家はうなずいた。

「気象台の証言を疑うことはできません。とすれば、佳也子さんの方が間違っていたということになります」

「——わたし、嘘《うそ》なんかついていません」

佳也子は、味方だと思っていた密室蒐集家が不意に敵に変貌したような恐怖に襲われた。密室蒐集家は温かな笑みを浮かべると、

「もちろん、あなたが嘘をついていると考えているわけではありません。私はあなたが無実だという前提で話を進めているのですから。あなたは嘘をついているのではなく、錯覚させられていたのです」

「錯覚させられていた？」

「ええ。あなたが病院で目覚めたのは、本当は一月三日ではなく二日のことだったのですよ」

「二日のことだった……？」

「そうです。あなたが病院で目覚めたのは三日ではなく二日のことだったのに、香坂典子は三日だと嘘をついたのです。香坂典子は二日の昼頃、近所の林を散歩していて昏睡状態のあなたを発見したと言ったそうですが、彼女があなたを発見したのは、本当は二日の昼頃ではなく元日の夜のことでした。そして、あなたが目覚めたのは、三日の朝ではなく二日の朝のことだったのです」

「でも、携帯電話の日付が……」

「香坂典子はあなたの携帯電話の日付を一日進めて、あなたのハンドバッグに戻しておいたのですよ。

香坂典子はあなたのからだがまだ充分に回復していないと言って、ベッドから出ることを許さなかった。これは、あなたが外に出て、その日が三日ではなく二日であることに気づくのを防ぐためです。

正月休みで看護婦がいなかったので、正しい日付を教えてくれる人はいなかった。病室にはテレビがなかったので、ニュース番組などから正しい日付を知ることもできなかった。そもそも、自殺を図ったばかりの人は衝撃が大きすぎて、世間で何が起きているか知ろうとは思わないから、テレビも新聞も見ないでしょう。だから、日付の違いに気づかれる可能性は極めて低かった。香坂典子は自殺未遂者のそうした心理も計算に入れていたに違いありません。

香坂典子は、近所のスーパーマーケットに牛乳を買いに行くことによっても、二日を三日だと錯覚させせました。佳也子さんの目覚めた日の午後五時、香坂典子は近所のスーパーマーケットに牛乳を買いに行ったそうですね。そして、警察の捜査の結果、香坂典子は三日の午後五時過ぎに近所のスーパーマーケットに牛乳を買いに来たことが確認されている。これにより、佳也子さんが目覚めたのは三日であるように思われた。

しかし実際には、香坂典子は佳也子さんの目覚めた日（つまり二日）には牛乳を買いに行っていないのです。あらかじめ、戸外のどこかに牛乳を隠しておき、買い物に出かけたふりをして、その牛乳を持って帰ったのです。冬のこの時期、この地域では、戸外の温度は冷蔵庫と同じかそれ以下ですから、牛乳が傷む恐れはなかったでしょう」

「――でも、わたしが目覚めたのが二日だったとしたら、次の日の今日が四日というのはおかしくはないでしょうか」

「あなたはもう一度、錯覚させられたのです。あなたは二日の晩に寝入ったあと、次の三日を丸一日のあいだ眠り続け、四日の朝になってようやく目を覚ましたのですよ」

「丸一日のあいだ眠り続けた……？」

「そうです。あなたが目覚めた日の夕食にはクリームシチューが出たそうですが、あなたの皿のシチューの方に睡眠薬が入っていたのでしょう。そのため、あなたは翌三日、丸一日眠り続けた。香坂典子は職業柄、どれほどの量の睡眠薬を飲ませれば丸一日眠らせることができるか、知っていたはずです。あなたは四日の朝、目覚めたとき、頭痛がしてからだがだるかったそうですが、それは丸一日眠っていたからです。男性ならば髭《ひげ》の伸び具合から丸一日眠っていたことに気づいたかもしれませんが、女性のあなたはそうした点から気づくこともなかった。もちろん、香坂典子は、あなたが眠っているあいだにあなたの携帯電話の日付を正しいものに戻しておくことも忘れませんでした」

向井が口を挟んだ。

「しかし……仮に佳也子さんが香坂典子に日付を一日早く錯覚させられていたとして、香坂典子はなぜ、そんなことをしたのです？」

「それは、アリバイ工作のためです。香坂典子は犯罪を計画していた。彼女のアリバイ工作では、佳也子さんに、一月二日を三日と錯覚させ、一日中彼女と一緒に過ごす。そして、本当の三日には佳也子さんを一日眠らせておき、そのあいだに計画していた犯罪を実行する。四日に佳也子さんは目を覚ますが、自分が丸一日眠っていたことには気がつかない。香坂典子は警察に三日のアリバイを問われるが、佳也子さんが、その日は一日中香坂典子と過ごしていたと証言するので、アリバイが成立する。

香坂典子が佳也子さんの病室で一緒にいて本を読んでいたのは、佳也子さんが自殺しないよう見張るためではなく、佳也子さんと一緒にいてアリバイを確保するためでした」

「では、香坂典子が計画していた犯罪とは何だったのですか?」

向井がさらに尋ねた。

「伯父殺しですよ」

「——伯父殺し?」

「昨日三日の正午頃、香坂典子の伯父の香坂実という人物が、八戸の自宅で庭の池で溺れて亡くなったそうですね。これこそが、香坂典子が計画していた犯罪だったに違いありません。香坂実は池に突き落とされるか、顔を池に押し付けられるかして殺害されたのです。香坂実は五年前まで東北一帯で大規模に不動産業を営んでいたそうですから、かなりの資産家だったことでしょう。香坂典子は遺産目当てに伯父を殺そうと考えたのかもしれません。ただ、事故死に見せかけても、殺人だと見破られる可能性はありますし、その場合は相続人である香坂典子が容疑者と見なされることは間違いない。それに備えて、彼女は三日のアリバイを作るために、佳也子さんに日にちを錯覚させたのです」

密室蒐集家は一同を見回した。

「ここまで来れば、雪の密室の謎は簡単に解くことができます。

一月二日の朝、佳也子さんが目覚めると、香坂典子は三日の朝だと錯覚させます。午後四時、雪が降りやむ。午後五時、香坂典子は近所のスーパーマーケットに牛乳を買いに行くふりをし、雪に往復の足跡が印された。佳也子さんは、足跡が印されたのは三日の午後五時だと錯覚しています。

その晩、香坂典子は佳也子さんに睡眠薬を飲ませ、眠らせる。

そして三日になるが、佳也子さんはずっと眠り続けている。

午前十時、ふたたび雪が降り始め、前日の香坂典子の足跡を消す。

香坂典子は午前中、病院を出て、伯父を殺すために八戸におもむく。病院を出たのが午前十時より前かあとかはわかりませんが、いずれにせよ、午前十時からの雪のために足跡は残らない。正午頃、伯父の自宅で伯父を殺害。

一方、いずれの時点かはわからないが、犯人が病院を訪れる。雪が降り続けているので足跡は残らない。

やがて午後四時、雪が降りやむ。それは偶然にも、前日二日、雪がやんだのとちょうど同じ時刻でした。

伯父を殺した香坂典子は、午後五時過ぎ、近所のスーパーマーケットで牛乳を買い、雪に足跡を残しつつ、病院に戻る。午後七時頃、病院にいた犯人は香坂典子を殺害し、雪に足跡を残しつつ病院を去る。

香坂典子の往復の足跡と見えたものは、香坂典子が戻ってきた足跡と、犯人が立ち去る足跡でした。問題の足跡は、行きの足跡と帰りの足跡が重なっていませんから、行きの足跡が帰りの足跡よりあとに印されたものであってもおかしくはないのです。また、犯人は、香坂典子と同じ種類のブーツを履いていたのでしょう。

三日を丸一日眠り続けた佳也子さんは、四日の朝、目を覚まし、香坂典子が殺害されているのを向井刑事と一緒に発見する。

気象台によれば、三日の午後四時以降に雪は降っていません。したがって、午後五時に印された香坂典子の往復の足跡は消せなかった――雪に印されている足跡はどちらも彼女のものに間違いないということになり、密室状況が成立しました。

しかし、香坂典子の往復の足跡が印されたのは、実際には三日の午後五時ではなく、二日の午後五時のことでした。二日の午後五時に印された香坂典子の往復の足跡は、翌三日の日中に降った雪によって消されたのです。

二日に雪がやんだ時刻も、三日に雪がやんだ時刻も、どちらも午後四時だったために、佳也子さんの言う雪のやんだ午後四時と、気象台の言う雪のやんだ午後四時には、一日の違いがあることに気がつかなかったのです」

佳也子の脳裏に、三好達治の詩が響いた。

太郎を眠らせ、太郎の屋根に雪ふりつむ。
次郎を眠らせ、次郎の屋根に雪ふりつむ。

そして、

佳也子を眠らせ、佳也子の屋根に雪ふりつむ。

まさにそのとおりだった。佳也子は睡眠薬で丸一日眠らされて、そのあいだに雪が降り積もったのだから。

「では、香坂典子を殺した犯人は誰なのでしょうか。犯人は、香坂典子が佳也子さんに日付を一日早く錯覚させていることを利用して、佳也子さんを罠に陥れました。つまり、犯人は香坂典子の犯行計画を知っていたのです。では、犯人はどうして知っていたのでしょうか？　それは、犯人が香坂典子の共犯者だったからです。犯人は香坂典子の共犯者で、彼女を裏切って殺害したのです」

「共犯者が裏切って殺した……？　共犯者がいたというんですか？」

向井が茫然《ぼうぜん》として呟く。

「はい。香坂典子は元日の夜、近所の林で昏睡状態だった佳也子さんを自分の病院に運び込みました。しかし、香坂典子は小柄で華奢な体格です。そんな彼女が、大人の女性である佳也子さんを独りで病院まで運び込めたとは考えられない。とすれば、運び込むのを手伝った人物――共犯者がいたはずです。

では、香坂典子の共犯者は誰だったのでしょうか。それを示す手がかりも、佳也子さん、あなたのお話の中にありました」

「わたしの話の中に……？」

「あなたが秋穂さんの携帯に電話をかけたとき、秋穂さんは『今日三日まで、どこに行ったのか探し回ったんだよ！』と言ったという。しかし、あなたが秋穂さんに電話をかけたのは、実際には三日ではなく二日です。そして、あなたは自分がその日を三日だと錯覚していると相手に気づかせるようなことは口にしていない。それなのに、秋穂さんは三日と言った。彼女はあなたがその日を三日だと錯覚していることを初めから知っていたのです。

あなたが二日を三日だと錯覚していることを知っているのは、いうまでもなく香坂典子の共犯者です。つまり、秋穂さんが共犯者だったことになります。

そして、香坂典子を殺したのは共犯者なのですから、秋穂さんが香坂典子を殺したということになります」

「秋穂が共犯者だったというんですか？　でも、秋穂は香坂先生とまったくの他人じゃ……」

「秋穂さんと香坂典子のあいだにどのようなつながりがあるのかはわかりません。いずれにせよ、元日、佳也子さんが東京からこの町に来たとき、秋穂さんはずっと、こっそりと佳也子さんのあとをつけており、佳也子さんが林の中で睡眠薬を飲むのを目にしたのでしょう。

そのとき、秋穂さんの脳裏に、かねてから香坂典子と計画していた香坂実殺しのためのアリバイ工作に、佳也子さんを使うことが閃《ひら》いたのです。秋穂さんは香坂典子に連絡し、二人は佳也子さんを病院に運び込んだ。秋穂さんはそのあとおそらく東京に戻ったのでしょう。

翌二日の午前七時過ぎ、佳也子さんが目覚めたとき、二人のアリバイ工作はスタートしました。香坂典子はその日が三日であるかのように偽る。そして、親御さんかお友達に電話したら、と言う。佳也子さんのご両親は亡くなっているのですから、電話をかける相手は友達――つまり秋穂さんになります。秋穂さんはその日が三日であるかのようなことを言って、佳也子さんの錯覚を補強する。

翌三日の正午頃、香坂典子は八戸で伯父を殺害する。その時間帯、秋穂さんは東京でアリバイを確保しておくが、そのあとまたこの月野町にやって来ると、病院を訪れる。犯行がうまくいったかどうか、香坂典子に直接会って確かめたかったのでしょう。このときには香坂典子はまだ病院に戻ってきていませんでした。

秋穂さんは当初は香坂典子を裏切るつもりはなかったと思います。しかし、午後四時、前日とちょうど同じ時刻に雪がやんだのを見たとき、彼女の脳裏に、アリバイ工作を利用して、佳也子さんを殺人者に仕立て上げる計画が閃いたのです。二日と三日とで雪のやんだ時刻が同じであるという事実、そして秋穂さんと香坂典子のブーツがまったく同じだという事実は、秋穂さんにとっては天の配剤のように感じられたに違いありません。

午後五時過ぎ、香坂典子が病院に戻ってきた。秋穂さんは佳也子さんを罪に陥れるために、午後七時、香坂典子を殺害した。そして、香坂典子の歩き方を真似《まね》て雪の上に足跡を残しつつ、病院を立ち去った。

秋穂さんはそのあと、月野町の近辺に潜んでいたのでしょう。今朝、警察署に電話して、香坂典子が病院兼自宅で殺害されていると匿名で通報し、佳也子さんが香坂典子の遺体と二人きりでいるところに警察が踏み込むように仕向けた。そして、佳也子さんが携帯に電話をかけてくると、これからすぐに新幹線でそちらに向かうと言い、頃合を見て、この警察署に姿を現したのです」

「秋穂が犯人だなんて何かの間違いだよね？　ねえ、間違いだって言って！」

佳也子は親友に呼びかけた。だが、秋穂は答えず、佳也子の方を見ようともしなかった。佳也子は不意に親友が別人に変貌したかのような気がした。これが秋穂なのだろうか？いつも元気で陽気な親友なのだろうか？

やがて秋穂はふっとため息をつくと、疲れた声で言った。

「……間違いじゃないよ。犯人はあたし」

佳也子は足元が崩れ落ちるような気がした。

向井が秋穂に問いかけた。

「被害者とあんたはどんな関係だったんだ？　なぜ、遠く離れた東京に住むあんたが被害者の共犯者になったんだ？」

「――調べればいずれわかると思うけど、典子さんはあたしが中学生のときの家庭教師で、彼女が医者になり、東京を離れて故郷のこの町で開業してからも、ずっと親しくしてきたの。二、三年前から、典子さんは病院の経営が思わしくないと口にするようになった。典子さんにはあまり仲のよくないお金持ちの伯父がいて、その伯父に金銭的な援助を頼んでみたけれど、けんもほろろに断られたみたい。あたしも助けになりたかったけれど、典子さんが必要としている金額は一千万で、あたしにはどうにもならなかった。

そのうち、典子さんが、伯父が死んでくれたらと口にするようになったの。最初は冗談だと思ったけれど、どう見ても真剣な顔でね。しまいには、遺産が入ったらそれなりのお礼をするから、伯父を殺す手伝いをしてくれないかと頼んでくるようになった。もちろん最初は断ったけれど、典子さんは何度も何度も頼んできて、そのたびにお礼にくれるという額も上がっていった。そして、あたしはとうとう典子さんを手伝うことを承知してしまった。

典子さんは伯父を自宅の庭の池に突き落とし、事故死に見せかけて殺すつもりでいた。でも、典子さんは事故死の偽装だけでは警察に見破られて嫌疑をかけられるんじゃないかと不安がっていた。なにしろ、典子さんは相続人で、最大の動機の持ち主だもの。そこで、身を守るために、典子さんはアリバイを作ろうと考えた。あたしたちはいろいろ話し合ったけれど、いいアイデアは浮かばなかった。

きっかけが訪れたのは、元日のこと。佳也子のマンションの前まで行ったら、佳也子がハンドバッグを持って出てきた。こっそりあとをつけたら、佳也子は東京駅であたしの携帯に電話をかけてきて、さようならって告げたの。そう、あのときあたしは佳也子のすぐ近くにいたんだよ。あたしは佳也子と同じ新幹線に飛び乗り、私鉄に乗り換え、バスに乗った佳也子をタクシーで追って、この町までついてきた。典子さんの住む町だからびっくりしたよ。そして夕方、あの林で佳也子が睡眠薬を飲むところを目にした。それも、典子さんの病院のすぐそばで。本当に信じられないような偶然だった。何かに導かれているような気さえした。そのとき、佳也子を利用してアリバイを作ることが閃いたの」

佳也子を利用して……。秋穂が口にしたその言葉に、佳也子は打ちのめされる思いだった。秋穂は佳也子が睡眠薬を飲むのを止めようとしなかっただけでなく、佳也子をアリバイ工作の道具に使おうと考えたのだ。

だが、それだけではない。秋穂は佳也子を殺人者に仕立て上げようとさえした。

「……なぜ？　なぜ、わたしを罪に陥れるようなことをしたの？」

「弘樹のためだよ」

秋穂が呟いた。

「弘樹のため……？」

「そう。あたしは弘樹のことが本当は好きだった。佳也子のお父さんのことを弘樹のお母さんにこっそりと告げて、佳也子と弘樹を別れさせたのもあたし。だけど、弘樹の心にはまだ佳也子が残っている。弘樹の心から佳也子を完全に追い出すため、あたしは佳也子を殺人者に仕立てようとしたの」

「秋穂も弘樹のことが好きだった……」

「あんたと弘樹が一緒にいるところを初めて見たときから、好きだった。でも、弘樹はあんたに夢中で、あたしのことなんか振り向いてくれない。だから、あんたのお父さんのことを弘樹のお母さんに告げ口した。そのあとはあんたがどんな振る舞いをするか心配で、あんたのことをずっと見張っていた。元日の朝、あんたのマンションの前まで行ったのも、あんたを見張るためだった」

向井が口を挟んだ。

「佳也子さんの恋人を奪いたかったのだったら、佳也子さんが睡眠薬を飲んだとき、そのまま見捨てておけばよかったんじゃないのか？　いや、佳也子さんの前でこんなことを言うのはなんだが……」

「もし佳也子が自殺したのだったら、弘樹は罪悪感とともに、いつまでも佳也子のことを覚えているでしょう。それじゃあ、弘樹の心から佳也子を追い出したことにはならない。殺人者の烙印《らくいん》を佳也子に押すことで、弘樹の心から佳也子を追い出そうとしたの」

それから、秋穂は自嘲するように呟いた。

「でも、こうなったらもうだめだね。弘樹の心から追い出されるのはあたしなんだ……」

＊

翌五日の朝。鄙《ひな》びた駅の待合室で、佳也子はベンチに腰を下ろして、列車が来るのを待っていた。膝の上にはハンドバッグ。傍らには向井刑事が座っている。

辺りには雪が降りしきっていた。陰鬱な鉛色の空から白いものが無数に湧き出し、風景を白一色に染めている。

昨晩、秋穂は向井の前で自供し、そのまま逮捕された。佳也子には少しも目を向けないまま、親友は連行されていった。佳也子は心が麻痺《まひ》したまま、それを見つめていた。

そのあと、佳也子は警察の手配してくれた旅館で一晩を過ごし、今朝、向井の運転するパトカーでこの駅にやって来たのだった。

向井はもじもじしながら、佳也子を任意同行したことを詫《わ》びた。ごま塩頭を深々と下げる様子はどこか滑稽《こっけい》で、佳也子は心の痛みがかすかに和らぐのを感じた。

駅まで送ってもらっただけで充分だと佳也子が言うのも聞かず、列車に乗るまで見送りますと向井は言い張り、佳也子の隣で所在なげに座っていた。

「そういえば、密室蒐集家さんはお帰りになったんですか？」

佳也子はふと気になって尋ねた。

「帰ったらしいんですがね……」

向井は歯切れの悪い口調で答えた。

「帰ったらしい、というと？」

「それが、不思議なんですよ。昨晩、取調室で三沢秋穂を逮捕したときに彼がその場にいたのは確かなんです。ところが、いつの間にかいなくなっていた。他の刑事たちに聞いてみたんですが、彼がいなくなるところは誰も見ていない。刑事の私がこんなことを言うと笑われそうだけど、まるで、空中に消えたみたいにいなくなってしまったんですよ」

「空中に消えたみたいに……」

「密室蒐集家について囁かれる噂の一つに、事件を解決したあと、ちょっと目を離した隙に姿を消してしまうというのがあるんです。ちょうど、今回のようにね」

向井は降りしきる雪を見つめながら話を続ける。

「彼はいったい何者なんでしょうね。身元もわからない。なぜ、警察にそれほど有力なコネがあるのかもわからない。ただ、事件が起きるとどこからともなく現れて、解決すると煙のように消えてしまうんです。まるで……」

向井はそこで言葉を飲み込んだ。彼がどんな言葉を飲み込んだのか、佳也子にはなんとなくわかった。向井はその言葉がリアリストたる刑事にふさわしくないと考えて、口にしなかったのだろう。

降りしきる雪はますます激しくなっていた。無数の雪片が天から湧き出しては白い地面に落ちていく。それはあたかも無数の精霊たちのようだった。

密室事件専門の精霊がいてもおかしくない――佳也子はふとそう思った。

ある映画の記憶

恩田陸

恩田陸（おんだ・りく）
一九六四年生まれ。日本ファンタジーノベル大賞の最終候補となった『六番目の小夜子』で九二年にデビュー。二〇〇五年、『夜のピクニック』で吉川英治文学新人賞と本屋大賞を受賞。〇六年、『ユージニア』で日本推理作家協会賞を受賞。〇七年、『中庭の出来事』で山本周五郎賞を受賞。一七年、『蜜蜂と遠雷』で直木賞と本屋大賞を受賞。ミステリー・SF・ホラーなど多彩な方面で活躍している。
著書は他に『三月は深き紅の淵を』『月の裏側』『Q&A』『ネクロポリス』『夢違』『錆びた太陽』など。

私の記憶では、その映画は白黒である。

日本映画。覚えているのは海辺の場面だ。

いや、海辺というよりも、既に海の中である。潮が満ちてきている海の中の岩で、着物を着た母子が言葉を交わしている。母親の方は、痛むのか胸を押さえて岩に腰掛けている。

不穏な潮騒《しおさい》が、二人の後ろに迫っている。

母親は、坊主頭《ぼうずあたま》の幼い息子に向かって言い聞かせる。一人で陸に向かって歩いて行きなさい。決して後ろを振り返ってはいけません。息子はそれに従う。波の音が追い立てるように轟《とどろ》き、どんどん潮が満ちてくる。息子は指示通りいっしんに陸に向かって歩く。

しばらく経《た》って、彼はふと後ろを振り返る。

そこは画面いっぱいの猛々《たけだけ》しい海。どこにも人影はない。荒々しい波があるばかり。

息子の呆然《ぼうぜん》とした顔のアップ。

私は小学生だった。

十歳くらいだったと思う。母親とＴＶでこの映画を見ていた。見ていたのは夕方だったが、季節は定かではない。この場面が終盤にさしかかったクライマックスだったという確信はあるのだが、とにかく覚えているのはここだけなのだ。

印象は強烈だった。画面いっぱいに波が打ち寄せてくる、無人の巨大な海の恐ろしさに圧倒された。そこにいたはずの人間がいないという恐怖。母親の存在が、子供の目の前から消滅してしまったという衝撃。


その映画の記憶は、度々私の中で蘇《よみがえ》った。その存在が心のどこかで気に掛かっていた。何年か経ってから、映画雑誌か何かで、記憶にある海の中の母子の写真を見て、その映画が『青幻記』という題名だということを知った。せいげんき。あおいまぼろし。画面いっぱいの海。

叔父の葬儀の帰り道で、なぜかふと足元に波が打ち寄せてきたような錯覚を覚え、唐突にあの映画の記憶が蘇ってきた。

「ねえ」

私はひっそりと隣を歩いていた母親に尋ねた。彼女は少しだけ顔をこちらに向けた。

「僕が小学生くらいの頃に一緒にＴＶで見た映画でさ――『青幻記』って覚えてる？」

「何よ、急に」

母は、疲れた顔を少しだけ動かしてあきれた表情をした。仲の良かった叔父の死が応《こた》えているらしく、落ち窪《くぼ》んだ目元に粉が吹いている。

母は、いつも冷静で有能な女だった。子供の頃から、彼女が感情的になったところを一度たりとも見たことがない。

その母が、三十三にもなった目の前の図体《ずうたい》のでかい息子を、突拍子もない空想を喋《しゃべ》りだした幼児を見るような目で一瞥《いちべつ》したので、私は落ち着かない気分になった。

しかし、私は構わずに続けた。今ここで、確認しておかなければならない。なぜかそんな気がしたのである。

「最後の方しか覚えてないんだけど――海の中の岩に和服を着た母子がいて、母親は子供に一人で陸に向かって行けって言うんだ。でも、どんどん潮が満ちてきて、子供が振り返った時にはもう母親の姿は見えない」

「さあ――覚えてないわ。嫌な話ね」

母はそっけなく答えた。首に巻いたスカーフを結わえ直し、ハンドバッグから煙草《たばこ》を取り出す。

「ずっと我慢してたのよ。一服させて」

晩秋の夕暮れは早い。寒々としたオレンジ色の光が、母の頭の輪郭を浮かび上がらせていた。陰になった横顔から、くたびれた煙が吐き出される。煙草を吸わない私は、手持ちぶさたに立ち止まって、蟻《あり》のように流れてくる人々に目をやった。

喪服を着た弔問客が、ぞろぞろと二人を追い抜いて行く。儀式のあとの疲労と解放が、彼等の背中を薄く見せている。

叔父は業界では名の知られた舞台監督だったので、弔問客は多かった。

病院で、彼はちゃんと自分の葬儀のスケジュールを立てていた。叔父の残した進行表通りに葬儀は進行した。会場では、叔父の用意したテープが流れていた。曲は、かつて大ヒットした尾崎紀世彦《きよひこ》の『また逢《あ》う日まで』だった。

「なんでそんなことを思い出したの？」

母がどこか警戒するような目付きでこちらを見たので、私はきょとんとする。

「どうしてかな――判《わか》らないや。なんとなくふっと」

母は無表情な目になって低く呟《つぶや》いた。

「悦子《えつこ》さんが亡《な》くなった時のことを思い出したんじゃなくて？」


フランスの有名な僧院にモン・サン・ミシェルというのがある。

大西洋に面した湾に浮かぶ島がまるごと城塞《じょうさい》のようになっていて、干潮時には巨大な干《ひ》潟《がた》となってフランスと地続きになるが、満潮時には深い海原が僧院を孤島にする。

以前読んだ推理小説に、ここを舞台にしたものがあった。冒頭に、干潟で調査をしていた老人が、突然の上げ潮に驚く場面がある。

潮が満ちてきた！　そんなに時間を忘れるなんてことがあるだろうか。とても信じられない。が、あの音や先触れに流れてくる冷たい潮風はまぎれもなかった。〝いかずちの音を轟かせ、ひた走る馬の速さで、モン・サン・ミシェルに潮が満ちてくる〟と古いブルターニュのわらべ歌にある。

老人はそんなたとえの助けを借りなくても、自分の身に迫った危険を理解していた。上げ潮の速度は疾駆する馬に匹敵するとは言えないまでも、光り輝く水の膜が時速二十五キロ近い速さで、絶え間なく転がり、くずおれながら濟めがけてひたひたと押し寄せてくるのだ。高波の怖れはない。しかし浸潤するようにひそかに寄せる水は、今ないかと思うと、次の瞬間足首を洗い、そして腰の高さに……。

私は文庫本をぱらぱらめくりながらその場面を読み返していた。

受話器の向こうに、人の戻ってくる気配がした。

「すまん、待たせたな」

「いや、こちらこそ忙しい時に個人的な頼みで申し訳ない。今度一杯奢《おご》るよ」

「覚えとくよ。さて、お尋ねの『青幻記』だが、山本周五郎じゃないね。一色次郎《いっしきじろう》という人が書いた本だ。これ以外にはほとんど目立った作品を出してない」

「え、山本周五郎じゃなかった?」

「うん。ええと、奥付は昭和四十二年八月八日か。三十年くらい前に出た本だね。大きな図書館に行けばあると思うよ」

「そうか。ありがとう」

暫《しばら》く世間話をしてから電話を切った。

山本周五郎じゃなかったのか。

私は、『青幻記』には原作があると思っていた。それというのも、かつてどこかの図書館の本棚の背表紙で、このタイトルを見たことがあったからだ。その当時はたいして関心はなかったが、視界の片隅にそのタイトルが入っていて、「ああ、あの映画には原作があるんだな」と思ったのを覚えている。山本周五郎の作品のひとつだと思っていたのは、私の勘違いだったらしい。

この機会に原作を探してみようと思い、山本周五郎の作品をチェックしてみたのだが見当たらず、老舗《しにせ》の出版社に就職していた大学時代の友人に尋ねてみたところ、さすがプロ、たちどころに返事が返ってきた。私は読書好きだし、文学関係は一通り押さえていたつもりだったが、その作者名は聞いたことがなかった。

会社の帰りに図書館に寄り、パソコンの画面に書名を入れて検索すると、区の中央図書館にあることが判った。そのまま中央図書館に行く。

天井の高い、静謐《せいひつ》な空気が懐《なつ》かしい。どっしりした木製の大きな本棚が整然と並んでいるところを見ると、なんとなくホッとする。通路に置かれた丸椅子《まるいす》に、スーツを着た中年男性が腰掛けて熱心に本のページをめくっていた。

私はなんとなくドキドキしてきた。子供の頃以来会っていなかった友人と対面するような気分だ。

あった。

その本は、本棚の片隅にあっけなく見つかった。

古い本だった。薄い、シンプルな本。

私は、青い文字でタイトルの書かれたその本に手を伸ばした。


「見た目に騙《だま》されちゃいかん。この辺りは浅いように見えるけど、とても速い潮の流れがあって、何人も沖にさらわれてるんだぞ。大人の膝《ひざ》の高さの場所で溺《おぼ》れた子供もいる」

こう言ったのは誰だったのだろう。地元の、近所の人だったのかもしれない。

父の田舎の海は、赤い浮きで囲まれた遊泳禁止の区域が多かった。一見、みんなが泳いでいるところとなんら変わらない。むしろ、泳ぎやすそうなところばかりに意地悪をしているように見えた。きっと、私が不満そうにしていたのだろう。もしかすると、その人に遊泳禁止の理由を尋ねたのかもしれない。当時、水泳教室に通っていて、二十五メートル泳げるようになったばかりだった私は、海の中を沖に向かって泳いでみたかったのだ。すると、その人は、怖い顔でこう言ったのだった。

それを近くで聞いていた母が震え上がって、絶対にあそこでは泳がないように、と私に厳命した。小心者の私も、毛頭そんな気はなかった。終始、浅い波打ち際《ぎわ》でぱしゃぱしゃすることで満足した。

その数日後、事故は起きた。

叔母の堂本《どうもと》悦子が、海水浴場の外れの入り江で死亡したのである。

それも、いささか奇妙な状況での死であった。

なぜあんな重要な出来事を、母に指摘されるまで忘れていたのだろう。本のページをめくりながら、私はそちらの方が不思議だった。

言われてみれば、あの日のことはくっきりと思い出すことができる。

夏休みの終り、母と、叔父夫婦と、四人で過ごした田舎の休日の最後の日だった。

前夜の激しい雷雨が嘘《うそ》のように晴れ上がった穏やかな海辺の一日。大雨のあとだけに、水温が低くて長時間泳ぐのには適さなかったけれど、ゆったりした時間の流れは子供の夏の記念日としては上々だった――

私は追憶を打ち切り、本に専念した。

『青幻記』は、淡々と亡き母親の思い出を綴《つづ》った、叙情的な小説だった。主人公が母の墓参りをする現在のオキノエラブ島での出来事と、母と最後の時を過ごした幼時の島での記憶とが交錯する。島には、死期の迫った者だけが戻ってくるという不文律があった。主人公の母は結核を患《わずら》い、幼い頃から離ればなれになっていた息子を連れて島に帰ってくる。帰ってきた娘を目にして、老いた祖母は娘を抱き締めて号泣するのだ。さまざまな事情から離れて暮らしていただけに、息子の母親への思慕は一際《ひときわ》大きい。母も息子と過ごせる時間は短いことを知っているが、不治の病、しかも感染する病なので息子を思い切り抱き締めることすら叶わない。

一歩間違うと女々しい感傷に墜《お》ちていきそうなところを、全体を貫く透明な哀《かな》しみに満ちたトーンが、危ういバランスで踏みとどまらせている。

映画で見た海の中の場面は、やはり胸に迫った。

貧しい母子は、珊瑚礁《さんごしよう》の水溜《みずた》まりで魚取りをするのに夢中になって、上げ潮が迫ったことに気付くのが遅れる。

真夏の町を歩いていると、不意に足もとへ水が流れて来て、おどろかされることがある。足を止めてそちらを見ると、水桶《みずおけ》を持った見知らぬひとが、数歩先で、頭をかいている。それと、そっくりのことがおこった。

ホウのまわりに並べた魚が、五、六匹いっしょに、すーっ、と浮いていった。魚は、全部死んでいるはずである。が、私は、そのことを忘れて、

「あ、魚が逃げる」

と、母を呼んだ。そして、魚をさらっていった波に目をむけたとき、私は、まわりの

様子が変っていることに気がついた。

　魚が、自分から逃げるわけはなかった。上げ潮が、母と私のすぐうしろまで差して来て、さらっていったのだ。広いサンゴ礁のなかほどにいたつもりだったのが、いつのまにか、片がわ半分はすっかり白い泡におおわれている。

　母親の方は、すぐにその意味するところを悟る。急いで逃げようとして、彼女は身体《からだ》の異状に気付く。

「わたし、どうしたんでしょうねえ。胸が……」

　母は、ビクを持って歩こうとした。ほんとうは、その場にしゃがんでしまいたかったのかも知れない。

　近くに、卓状の岩があった。母は、ホウのふちをまわって、そこへ行こうとしている。私は、右がわから母の腕をささえた。

「どうしたの」

「どうしたんでしょうねえ」

　と、言いかけて胸をおさえる。母の顔は、みるみる、肌がザラついて行った。上げ潮が、母と私の足首をひたし、思いがけないほどねばりのある力で引いた。

　ホウをまわると、岩はすぐ目の前だ。二、三歩手前から、母は、倒れこむようによろ

めいて、岩のふちにつかまり、

「稔《みのる》さん、背中を……」

と、いいながら、その上へ這《は》い上って行った。

このあとに、私があの時映画で見た場面が続くのだ。

私はそのまま最後まで一気に『青幻記』を読み終えると、小さく溜め息をついた。

あの日。

私は叔父と砂のお城を作っていた。手先が器用で、私がよちよち歩きの頃からお手製のおもちゃを持ってきてくれていた叔父は、私のヒーローだった。父を早くに亡くしたせいもあって、叔父はよくうちに来て、私に物作りの面白さを教えてくれた。私が高校の演劇部に入ると、自分が舞台監督をしている公演に招待してくれ、時々舞台裏にももぐりこませてくれた。舞台美術出身で舞台監督になった人らしく、大道具や小道具が大好きだった。

本物よりも本物らしい雲を描く名人や、発泡スチロールを削って彩色して木製とみまがう仏像を作っている人、舞台に並べるアンティークのおもちゃを集めて小道具の予算をオーバーさせてしまった人など、わくわくするような世界の住人たちを紹介してくれた。

この時も、公演先からワゴンで田舎に直行したので、不採用になった小道具や、次の公演の試作品を見せてくれた記憶がある。

本物に見えればいいのさ。本物だったら本物に見えるかって言うとそうじゃない。歌舞《かぶ》伎《き》の刀だって、着物だって、みんな誇張されている。舞台で見た時に本物らしく見えればいいんだ。そういえばね、俺の友達に模型屋がいるんだけど、プラモデルもデフォルメされてるそうだ。本物をきちんと縮小したものを作っても、車っぽく見えないんだって。俺たちがいつも見ている車は、正面や横から見た車だね。ところが、プラモデルを作る時には、空から見下ろす形になる。実際に空から見た時の車は、俺たちが普段見てこれが車だと思っているものとは違う。だから、普段見ているイメージに近いように、車高と車長の比率を変えているんだって。

砂の城を作るのは難しかった。波打ち際では波に押し潰《つぶ》されるし、かといって波打ち際を離れると、砂が乾いていて城を作るだけの粘性がない。叔父は真剣になって考えていたが、やがて波打ち際から水路を引いて、常に水が流れ込む濡《ぬ》れた窪みを作り、そこで砂を調達して城を作る方針にした。

悪戦苦闘の末、とりあえず城らしきものが出来て、二人で万歳をした。

あれ、悦子はどこ行ったんだろ。

一段落して、叔父がふと辺りをきょろきょろした。

絵を描いてるんじゃないの？

叔母は神経質な人だった。身体があまり丈夫ではなく、海に来ても本を読んだり絵を描いたりしていた。絵を描く趣味が共通していたことで叔父と知り合ったのだそうだ。

私と叔父はぶらぶらと叔母を探した。

海水浴場の外れに、人気《ひとけ》のない静かな入り江があった。

入り江に行くには、切り立った崖《がけ》の折れ曲がった一本道を降りていかなければならない。道がぱっと開けると、入り江の浅いところに転がっている大きな岩の上で、叔母が砂浜に向かって絵を描いていた。崖の上の風景を描いているらしく、せわしなく上を見上げる。赤いワンピースに麦藁《むぎわら》帽子とサングラスを着け、いっしんに筆を走らせていた。

おばさん、夢中だね。

あいつも凝り性なんだ。おい！

叔父が呼ぶと、叔母はぱっと顔を上げ、私たちに気付くとこちらに手を振ってみせた。

ここは満潮になると、地形の関係で深くなるから気をつけろよ。おまえは泳げないんだから。

叔父は大声で叫んだ。しかし、その叔父も泳げないことを私は知っていた。あんなに好きな舞台でも、水が苦手だから水を使う演出だけは嫌がるんだよ、と知り合いの小道具さんがこっそり私に教えてくれたのである。

私は叔父の言葉が信じられなかった。その時の風景は、せいぜい足首くらいの深さで砂が透けて見えるだけの、のどかな遠浅の入り江としか目に映らなかったのだ。

私と叔父が砂の城のところに戻ってきて別館を建てるかどうか悩んでいると、母が海の中から私を呼んだ。

あんたたち、よくやるわねえ。いらっしゃい、海で泳ぐコツを教えてあげるわ。

私は、自分の水泳教室の成果を母に披露したが、海の中ではいまいちだった。母は私を褒めてから目の前で泳いで見せてくれたが、優雅で力強い泳ぎなのに感心した。

のどかな午後は続き、太陽がゆっくりと傾いてきていた。

しばらくして、私たちは浜辺がザワザワと騒がしいのに気付いた。

一人の女が顔色を変えて何か叫んでいる。

娘が行方不明になったというのだ。

監視員たちが、女をなだめるように話を聞いている。

怖いわねえ、どこに行っちゃったのかしら。

母が顔をしかめた。

大人たちが手分けして周囲を探し始めた。海の中に入って立ち泳ぎをしながら子供の名前を叫んでいる監視員もいる。浜辺は不穏な空気に包まれた。私たちは寄り添いあってなりゆきを見守っていた。

おい、入り江で誰か倒れてるぞ。

散っていた大人の一人がこちらに駆けてくるのが見えた。浜辺の人々が注目する。

男は身体の前で手を振った。

子供じゃない。赤い服を着た女だ。

私たちはぎょっとしてそちらを見た。叔父と私と母は顔を見合わせる。

三人で入り江に向かった。転がるように、折れ曲がった一本道を降りていく。

私は、目の前に広がる風景にあぜんとした。

入り江はごうごうと唸《うな》る青い海原に変化していた。さっき目にした牧歌的な海はもうどこにもない。荒々しい風景の中に、さっきの巨大な岩はわずかなスペースしか残されていなかった。その真ん中に、赤いワンピースを着た女が俯《うつぶ》せに倒れている。

私たちは悲鳴を上げた。なす術《すべ》もなく叔母を見守っていると、沖からボートを近付けると誰かが叫び、叔父がはじかれたように駆け出していった。

じわじわと叔母の倒れている岩を飲み込んでいく海を、母と別の大人と三人で固唾《かたず》を飲んで見つめていた時間は永遠にも思えたが、実際は四、五分だったのではないだろうか。

波の上には夥《おびただ》しい松葉が揺れていた。何か言葉を見つけようと私がそう言うと、昨夜、崖の上の松林にも落雷したのだと男は答えた。

やがて、大きな音が沖から近付いてきた。白いボートに、叔父と、屈強そうな男が二人乗っている。波に揺られながらも、ボートはようやく岩に辿《たど》りついた。叔父が真っ先に岩に乗り、ハッとしたように叔母に触れた。もう、ことされていることに気付いたのだろう。叔父は気を取り直したように叔母を抱え上げ、男たちの手を借りて叔母をボートに載せた。

叔父さん、水が嫌いなのに。

私は、叔母の死のショックよりも叔父の勇気の方が印象に残っていた。

顔を上げると、岩はもうほとんどが波に飲まれてしまい、座布団《ざぶとん》くらいの白いスペースがかすかにのぞいているだけだった。

しばらくして、呆然とした真っ青な顔の叔父が戻ってきた。
ぼんやりと私たちの顔を見回し、ゆっくりと左右に首を振る。

一変した入り江の光景。
脳裏に、まざまざと、荒々しい海原と恐ろしい潮騒が蘇った。
そうか——だから、あの映画のあの場面が強く焼き付いたに違いない。
私は自分がしまいこんでいた記憶の鮮烈さに驚かされた。
本の最終ページを開いたままになっているのに気付き、作者のあとがきを読んだ。
驚いたことに、この話は実話らしい。作者の母親は、珊瑚礁で海に飲まれたのだ。

……私は、亜熱帯の、石の上で生まれた。そこは南西諸島のオキノエラブという孤島で、この島は、全島サンゴ礁である。サンゴ礁はいまさら解説するまでもない。「腔腸《こうちょう》動物」の死骸《しがい》の累積である。つまり、石の島であり、死の島である。
この島には、土がない。いや、あるにはある。が、それはサンゴ礁の表面が何万年もの間、潮風にさらされ風化して出来た石の粉である。内地の平野の水分をたっぷり含んだ黒土を連想するとちょっと違う。島の人々は、その石の粉を掻《か》きあつめてサトウキビを植え、野菜類の種をまく。底が浅いから畝《うね》をつくることも出来ない。野菜の根はまっすぐのびずに横へひろがるから、度の過ぎた台風が襲来すると、枯葉のように天空へ舞上がる。……


死の島。死の海。あとがきを読みながら、再び記憶が蘇ってくる。

叔母の死は奇妙だった。

彼女は、溺死《できし》していたのである。

泳げなかったのだから、海の中だったら溺れて死ぬのは当然だろう。

しかし、彼女は岩の上にいた。

急な上げ潮に驚いて、逃れようとしたが潮に飲まれてしまい、溺れかけて岩に上がり、力尽きて死んだのだろうか？

だが、そうではなかった。彼女の服は乾いていたのだ。

みんなが首をひねっていた。検死結果は紛れもなく溺死だったが、彼女はいったいどうやって溺れ死んだのだろう？　叔母は泳げないし、服も乾いていたから、彼女が岩の上から動いた様子はない。かと言って、誰かが岩に近付いた様子もなかった。入り江に行く道は一つだけ。海水浴場の砂浜から切り立った崖の曲がりくねった一本道を行くしか方法がない。その前には売店が出ていて、その道に私と叔父が通ったあとで入っていった者はいないとそこの売り子が証言している。しかも、入り江は潮の流れが速いのでそこを囲む海はぐるりと遊泳禁止になっており、監視員が見張っている。ボートで近付こうにも、かなり大きな音がする。

みんなが不思議がったが解答は出ず、叔母の死という事実だけが残った。

入り江の中で、叔母のスケッチブックが漂っているのを誰かが見つけてきた。

かなりできあがった崖の絵がぐっしょりと濡れていた。


これで『青幻記』が私の記憶に刻みこまれた理由は分かった。

原作も読んだし、これで終わってよいはずなのだが、本を読み終わって図書館に返してからも、何かが引っ掛かっているようで、なんとなくすっきりしなかった。

映画の潮騒と、私の記憶の中の潮騒とがだぶって、時折心の中に押し寄せてくる。

子供の頃叔父に教えられた物作りの面白さは私の中に残っていたらしく、大学は建築科を受け、たいした成績ではなかったものの、無事卒業して中堅のゼネコンの設計室にもぐりこんだ。私の残業が多い上に、父の会社を引き継いで毎日奔走している母と、同じ家に住みながらも食事をする機会はめったにない。叔父の死に衝撃を受けていた母も私も、日々の仕事に忙殺されているうちに徐々に平穏さを取り戻し、彼の存在は遠くなっていった。

ところが、そんなある日。細かいけれども単調な図面を引いていると、突然パソコンの画面に海原が広がっているような錯覚を覚えた。

パソコンの画面が、海原を映すTVの画面に見えた。

私はハッとした。

映像の方なのだ。

私がショックを受けたのは、あの映画のあの場面の映像だった。当時、『青幻記』だと知っていたわけでも、原作を読んでいたわけでもない。私はあの場面を見てショックを受けたのだ。なぜだろう？

そう思い付くと、今度は無性に映画が見たくなった。ビデオは出ているのだろうか？

ビデオが出ているかどうか、どうやって調べればいいのだろうか？　見たい。すぐにでも見たい。

またしても友人を頼ることにした。高校時代の演劇部の仲間が、小さな映画配給会社に勤めていることを思い出したのである。何人かの友人をつたって彼女の声を聞いた時には、思い付いてから三日経っていた。

受話器の向こうで、懐かしいというよりは意外そうな調子を声に滲《にじ》ませて、彼女は私の唐突な頼みを聞いていた。

「いいわよ、会社の先輩に日本映画フリークがいるから、聞いてみてあげる」

彼女は二つ返事で電話を切った。

世の中には詳しい人というのがいるものである。三十分もしないうちに返事が返ってきた。

「ビデオ、出てるわよ。しかも、その先輩、自分で持ってるから貸してくれるって」

彼女の会社は、渋谷《しぶや》駅から恵比寿《えびす》方向に少し歩いたところの雑居ビルにあった。

彼女がここ数日は会社に詰めて仕事をしているのと、私の家のビデオデッキが壊れていたのとで、私が彼女の会社に寄ってこっそりビデオを見せてもらうことになったのである。

アットホームな小さなオフィスはポスターの束やビデオテープの棚でぎっしりと埋まり、区切られたブースの向こうでは英語やフランス語が飛び交っていた。交渉中らしく語気が荒い。

「ま、勝手に見てて。コーヒーそっちにあるわよ」

彼女はビデオテープを私に渡すと、打ち合わせスペースにあるＴＶを指差し、挨拶《あいさつ》もそこそこに仕事に戻っていった。

私はそっとビデオテープの表紙を見た。

記憶の中の場面がそこにある。

青幻記。監督、成島東一郎。一九七三年。青幻記プロダクション制作。

監督はこの原作に惚《ほ》れ込み、この映画を作るためにプロダクションを設立し、完成させたのだと解説されていた。原作が発表されてから六年後だ。

私はじんわりと緊張しながら、ビデオテープを押し込んだ。

映画が始まる。

私はあぜんとした。

私の記憶と違って、映画は極彩色だった。どちらかと言えばうらさびしい日本海というイメージだっただけに、南国の海や花の鮮やかな色彩は私を圧倒した。監督は名カメラマンとして鳴らした人らしく、構図も色調も、どれもピタリと決まって迷いがなかった。

私は徐々に映画にひきこまれていった。

原作に惚れ込んだというだけあって、実に忠実な映画化だった。まだ原作が頭の中に焼き付いていたので、台詞《せりふ》もほとんど同じだということが分かった。主人公のナレーションと、原作の地の文とが重なり合って聞こえてくるような気がした。

祖父の再婚相手に疎《うと》んじられ、祖父の残したがらくたの発明品を行商させられる少年。島いちばんの踊り手だった母が、死を目前に踊る奇跡のような舞い。

母の死を理解できずに、ユタの言葉をきょとんとして聞く少年。やがて少年だけに聞こえてくる母の声。

稔さん、あなたを一度でいいから、力いっぱい、抱いてみたかった。

現在と過去が錯綜《さくそう》し、やがて映画は、クライマックスの珊瑚礁の場面へと導かれる。

母は、私に長く介抱させなかった。すぐにも、どうにかしなければならないときだったからだ。私が、母の背中をさすったのは、極めてみじかい時間である。が、母はその間に何かを決心したのだ。何かを。

「もう、いいわ。ありがとう」

と、いって、母は、ゆっくり私のほうへ向きを変えた。顔色がいくらか、落着いたようである。その青ざめた頬に、母は、光るような凄《すさ》まじい微笑をうかべている。母のうしろには、青空がひろがり、肩のあたりに、雲が浮いていた。そのとき、私はどういうものか、母を非常に遠く感じた。母の顔が、雲の上にあったせいかも知れない。母が、雲の上から私に呼びかけた。

「稔さん」

私は、このときいきがつまった。それは、聞いたこともないような声であったからだ。非常に、やさしかった。私はそれまで、こんなにもやさしい母の声を聞いたことがなかった。気味が悪いほどそれはやさしかった。

私は、しばらく、何もいえなかった。その私の顔を見おろしながら、母は、おさえつけた声で、話しかける。

「お母さんはねえ、稔さんに、おねがいがあります。お母さんのいうことなら、稔さんは、どんなことでも聞いてくれますねえ。聞いてくださるでしょう。お返事してください」

私は、ひとつ、こっくりをした。母の胸は、せわしくあえいでいる。しかし、言葉は、まだしっかりしていた。

「お母さんは、なんだか、胸がくるしくなりました。それから、手足がしびれて、動けなくなりました。たいしたことはないように思うんですけど、歩けません。それで、稔さんにおねがいというのは、ホレ、うしろを見てください。崖に、裂け目がありますね。あそこが、のぼり口になっていると思います。稔さんは、あそこへ、いっしょうけんめい、いそいでほしいの。そして、誰か、呼んで来てください」

母を、ここに、ひとり残して、早く帰れということである。私は、ぼんやり、母を見上げて、

「お母さんは、どうするの」

「お母さんは、ここで、この岩の上で、待っています」

「波が来たら、どうするの」

「この岩は、乾いています。波をかぶりません。お母さんは、稔さんが助けに戻ってくださるまで、この岩の上で、かならず、待っています。稔さんは、きっと、お母さんを、助けに来てくれますね」

岩の上で——

赤いワンピースが目の前に浮かんだ。鮮やかな赤。叔母の服は乾いていた。乾いた岩の上で。足元に押し寄せてくる波。濡れた足。濡れた砂。崩れる砂の城。波に打たれて跡形もなくなる城。流れる砂。石の粉。この島には、土がない。あるにはある。潮風にさらされ風化して出来た石の粉である。度の過ぎた台風が襲来すると、野菜が枯葉のように天空

へ舞上がる——

真っ青な海。押し寄せてくる上げ潮。画面いっぱいに轟く潮騒。

私は、自分がかすかに震え出すのを止めることができなかった。

私は、いわれた通りにしなければいけないような気がして、ビクに両手をかけた。すると、母は、私の両手をしっかりおさえた。痛いくらいに強くおさえた。みるみる母の表情が崩れた。これ以上つくり笑いをうかべていられない、といった顔だった。母は、思い切ったように叫んだ。

「稔さん、お母さんって、呼んでください。さっきから、まだ、一度しかいってくれないじゃないの！」

「お母さん！」

「稔さん、もう、一度……」

「お母さん！」

海鳴りに消されることを恐れて、私は高い声で叫んだ。

「お母さん、いって来ます」

「ありがとう。水の青いところへはいってはいけません。黒い岩を踏んでいそぐんですよ。お母さんはね」

と、いいながら、母は、両手を肩にかけて私の向きを変えさせた。肩を握りしめたま

まうしろから、

「ここからこうして稔さんをずっと見ています。いそぐんですよ。いそがないと、間に合わなくなりますよ。それから、どんなことがあっても、うしろを振向いてはいけません」

私は、胸がふるえて返事が出来なかった。その私に、母はむりに約束させた。

「向うへ行き着くまで、どんなことがあっても、うしろを見てはいけませんよ。約束してくれますね」

私は、うなずいた。母は、私の背中をおした。私は、母の岩をはなれた。

水の嫌いな叔父。水を使った演出を嫌がるんだよ。波打ち際を離れて、砂の城を作った。ボートから岩の上に飛び出す叔父。木の葉のように揺れるボート。本物らしく見えればいいんだ。本物だからって、本物に見えるとは限らないんだから。海面で揺れていたたくさんの松葉。ゆらゆら、びっしりと波間を埋めている。前の晩は、大雨だった。雷の音で、よく眠れなかった。ぐっしょり濡れたスケッチブック。未完成の絵。

私の頭の中の映像と、目の前のTVの画面が交錯する。

画面の中の少年は、いっしんに駆けている。崖の上に抜ける道目指して、母に言われた通り、足元に押し寄せる波に逆らい、進んでいく。ようやく絶壁が目の前に迫り、岩肌の裂け目に続く道を見つける。波に押されるようにして、少年は陸に這い上がる。

そして、彼は後ろを振り向く。

岩は、あった。しかし、それは、一枚の板の厚みになっていた。

岩は、たしかに、あった。けれども、その上に、母の姿はなかった。

少年は母の名を絶叫する。

深夜、玄関の鍵《かぎ》を開けて家に入ると、母が私の名を呼んだ。まだ起きていたらしい。

「食事は?」

「済ませてきた。すぐ寝るよ」

「そう。おやすみ」

ダイニングキッチンのテーブルで、母が帳簿を広げながら電卓を叩《たた》いていた。

細い首すじが目にこたえた。

ずっと一人でやってきて、誰かに頼りたいと思わなかったのだろうか。疲れた時に寄り掛かる肩を求めたことはなかったのだろうか。全《すべ》てを放り出したいと思ったことはなかったのだろうか。

私はそっと階段を登って自分の部屋に入った。

部屋の明かりを点《つ》けずに、どさりと椅子に座る。

が、すぐに青い潮騒が押し寄せてきた。

そう——私はちゃんと気が付いていたのだ。あの入り江を見た時から。最初と、二回目と、それぞれをきちんと見ていたのだ。だからこそ、あの出来事を自分の記憶から葬《ほうむ》り去っていたのだ——

溺死していた叔母。

当然だ。海で溺れたように見せかけるために、叔父が海水を入れた洗面器か何かに頭を突っ込んで溺れさせたのだから。

子供が行方不明になるなんて、誰も予想できなかったのだ。入り江はいつも人気《ひとけ》がなかった。上げ潮になるまで、誰かがやってくるなんて思わなかったのだ。叔母は予定よりも早く発見されてしまった。だから、あんな奇妙な状況になってしまったのだ。

そういえば、あの時の女の子は見つかったんだっけ？

急に気になったが、思い出せなかった。

本物らしく見えればいいんだ。石の粉が島の上に載っている。

叔父の言葉や、『青幻記』のあとがきの言葉が、ひとつひとつ意味を持って私に迫ってきた。

叔父はワゴンに乗って公演先からやってきた。叔母の死体を入り江に運ぶために。正確には、叔母の死体を載せた大道具を運ぶために。

予想外だったことはもう一つあった。思ったよりも、岩が沈むのに時間が掛かってしまったことだ——いつもと高さが違ってしまったのだからしかたがない。

そうだ。

私が衝撃を受けたあの映画の場面。

海の岩に女がいる。次の場面では、女がいない。岩が、上がった海面に飲み込まれる。

違うのだ。

私は頭をかきむしった。私が実際に見た場面はそうではない——岩が、上がった海面に飲み込まれたのではない。

岩の方が下がったのだ。

叔父は岩を作った——素材はなんだったのだろう——水に溶けるもの——塩かもしれない。彩色して、岩そっくりに見えるものを作った。現地も取材しただろう。もともと入り江にあった大きな岩に載せる岩。入り江から見た時に、反対側に叔母の死体が載せてあるのが見えないくらいの高さの岩。上げ潮に洗われるにつれて、叔母を載せた岩は溶けてゆく。

私は気付いていた。入り江と崖を見比べ、岩の高さが変わっていることに。

水嫌いの叔父が、ボートから岩に真っ先に上がったのも、岩のにせもの部分に気付かれないようにするためだったのだ。

どこかで叔母を突き落としてもよかったのに、なぜあんな回りくどい方法を取ったのだろうか。アリバイ作りのためだ。私と岩の上の叔母を目撃し、自分には機会がないことを証明するためだ。つまり、叔父は、自分には疑われる理由があると思っていたということだ――もしかして、叔母とはうまくいっていなかったのだろうか。私が知らなかっただけで、周囲の人には知られていたのかもしれない。

私は気付いていた。ぐっしょり濡れたスケッチブックの絵を見た時に。

崖の絵。あの絵には崖の上の松林が描かれていた。前夜の落雷で折れてなくなっていた松の大木が描かれていた――あの絵は、前日に叔父が描いた絵なのだと。

叔父は私を愛していた。私も叔父を愛していた。叔父には子供がなかった。叔父は、私の父になりたいと思っていたのだろうか？　それほどまでに私を愛していてくれたのだろうか？

潮騒が響いてくる。過去の記憶から。記憶の底の風景から。

そう――私は気付いていた。最初から。あの瞬間から。映画など見なくても。

岩の上にいたのは私の母だと。

赤いワンピースを着て、ロングヘアのかつらとサングラスを着けていたとしても。

以前何かのＴＶ番組で見た――仕切りを隔てて、何人もの子供が手首から先を出している。母親は手を見て自分の子供を当てるのだ。誰も迷わなかった。どの母親も、ぱっと見た瞬間に、自分の子供のところに向かっていって手を握った。仕切りを外すと、間違った母親はいなかった。みんな恥ずかしそうににっこり笑っていた。

私は「すごいなあ」と感心した。一緒に見ていた母は、「あたしだってすぐに分かるわよ」と言った。

そうだ。子供だって分かるのだ。見た瞬間に、それが自分の母親だと。あの時岩の上に座っていた女。あの首筋や、肩の線は紛れもなく私の母だった。あのあと母はワンピースを自分の後ろに横たわっていた叔母に着せ——それとも同じ服を用意していたのか——下に着ていた水着で海を渡ってきた。母は相当泳ぎがうまかったし、もしかするとシュノーケルか何かも隠していたのかもしれない。遊泳禁止区域に入る者は見張っていても、入り江の方から潜って出てくるのには気付きにくかっただろう。

なぜ母は叔父のアリバイ作りに協力したのだろう。叔父を愛していたのか。自分のためか。私のためか。

なぜ母は叔父と再婚しなかったのだろう。自分のためか。私のためか。

潮騒はますます激しくなって打ち寄せてくる。

私はゆっくりと部屋のドアを開けた。

階下の廊下に、キッチンのオレンジ色の明かりが弱々しく漏れている。

私は闇《やみ》の中から下に向かって小さな声で呼び掛けた。

頭の中に、沖を振り返り絶叫する小さな少年の顔が浮かぶ。

おかあさん？

歪んだ箱

貴志祐介

貴志祐介（きし・ゆうすけ）
一九五九年、大阪府生まれ。京都大学卒。九六年「ＩＳＯＬＡ」が日本ホラー小説大賞長編賞佳作となりデビュー、同作は『十三番目の人格 ＩＳＯＬＡ』と改題して刊行される。青春ミステリーに本格ミステリー、ＳＦと幅広いジャンルで活躍。九七年、『黒い家』で日本ホラー小説大賞を受賞。二〇〇五年、『硝子のハンマー』で日本推理作家協会賞を受賞。〇八年、『新世界より』で日本ＳＦ大賞を受賞。一〇年、『悪の教典』で山田風太郎賞を受賞。著書は他に『青の炎』『狐火の家』など。

1

「今日は、グラウンドでの練習は中止だ」

ウォーミングアップが終わったのを見計らって、杉崎俊二《すぎさきしゅんじ》は、あえて冷たく宣言した。

「えーっ！」

野球部員の間からは、たちまちブーイングが沸き起こる。

「先日の練習試合で、おまえたちも痛感しただろう？　基礎体力の不足だ。ピッチャーは、五回からバテバテだったし、守備もバッティングも、後半は腰砕けだったよな。そこでだ。秋季大会に備えるために、持久力と下半身を強化するための基礎練習に専念する。まずは、ランニングだ。河原のいつものコースを三周して、帰ってこい」

「三周って……まじっすかあ」

「ひええ。勘弁してくれ」

「二時間以上かかんじゃねえ？」

今度は、悲鳴とどよめきが交錯する。

「今日使わない用具は、全部片しとけ。ランニングが終わったらストレッチだ。それから、トレーニングルームで筋トレをやる。……みっちりやるから、覚悟しとけよ」

部員たちは、今出してきたばかりのグラブやボール、金属バット、ピッチング・マシン、ピッチャースクリーンなどを、渋々と片付ける。

生徒たちが隊列を組んで校門を出るのを見守っていると、後ろから声をかけられた。

「杉崎先生」

声を聞いただけで加奈《かな》だとわかり、杉崎は、心が弾んだ。

「飯倉《いいくら》先生！　土曜日なのに、どうしたんですか？」

「ちょっと、忘れ物を取りに来たんです。野球部のご指導、たいへんですね」

加奈は、微笑《ほほえ》みを浮かべて言った。あいかわらず化粧っ気がないが、ふっくらした頰には笑窪《えくぼ》ができている。英語の授業でも、顧問をしているテニス部の練習でも、厳しい指導には定評があったが、それでも男子生徒の人気投票で不動のナンバーワンを維持しているのは、誰もが、この笑顔に魅了されるからだろう。

「いやあ、別に、たいしたことはありません」

野球部員たちから、羨望《せんぼう》の混じった、冷やかしの口笛が浴びせられる。

「こら！　ぐずぐずしてるんじゃない！」

杉崎は、一喝する。

「……みんな、可愛《かわい》い子たちですね。素直で」

「そうですか？」

杉崎は、ランニングする野球部員たちの後ろ姿を見ながら、わざと渋面を作る。

「あいつらは、まったく向上心がないというか、ほっといたら、楽なことしかやらないいんですよ」

「あら、今の子は、みんなそうですよ。あの子たちは、言われたことをちゃんとやるだけ、立派だと思います」

そう言ってから、加奈は、急に真剣な目つきになった。

「あの、杉崎先生。新しいおうちのことなんですけど」

「ああ……。だいじょうぶ。全然、心配いりませんよ」

杉崎は、強いて微笑を浮かべた。

「長く住む家ですからね。細かい点まで、いろいろチェックしてみたんですが、やっぱり、全部、きちんと直してもらおうと思ってるんです。今、工務店の親父と交渉してるところですが、問題ありません。もうすぐ話がまとまりますから」

話しながら、彼女に嘘《うそ》をついている罪悪感を覚える。

「そうなんですか。ごめんなさい。何もかも任せっきりにしちゃって」

「いやあ、こんなことくらい当然ですよ。……新しい家は、完全バリアフリーですからね。

お母さんの介護も、きっと楽になりますよ」

「ありがとう。……俊二さん」

学校にいるときは、他人行儀に先生を付けて呼び合っていたが、周囲に人気《ひとけ》がない今は、誰に憚《はばか》ることもない。

二人は、短いが情熱的な接吻《せっぷん》をかわした。片思いの時期が長かっただけに、やっと彼女を自分のものにできたという感慨が押し寄せる。杉崎は、さらに強く抱きしめようとしたが、加奈は、そっと押しとどめた。

「わたし、これから、病院に行かなきゃ」

「ああ、そうか。お母さん、ずいぶん回復してるんでしょう？　早く退院できるといいですよね」

加奈は、にっこり笑ってうなずいた。

彼女が自転車で走り去ると、杉崎は腕時計を見た。午前九時だ。野球部員たちは、十一時過ぎには帰ってくるだろうが、二時間もあれば、すべて片付くはずだった。むしろ問題は、あの男が約束の時間に現れるかどうかである。

杉崎は、計画に必要な準備を済ませると、駐車場に行ってトランクに荷物を積み込んで、愛車の日産ティアナを発進させた。

新築の家は、勤務先の高校から車で五分という至便の場所にあった。もっとも、結婚後は同じ学校にはいられないので、杉崎の方が転勤するつもりだった。

初めて建てたマイホーム。それも、新婚生活を送る家である。本来なら、近づくだけでも心躍るはずだった。しかし、杉崎の心は、それとは反対に重く塞《ふさ》がれていく。

整然と区画された土地には、完成間近とおぼしき建て売り住宅がいくつか並んでいたが、入居済みの家は、まだないようだった。

この状況は、計画には好都合だ。杉崎は、ゆっくりと流しながら、周囲の様子を窺《うかが》った。不況のせいか、見学に訪れている人も見あたらない。天は、自分に味方しているのかもしれないと思う。しかし、それも当然だろう。正義はこちらにあるのだから。

建て売り住宅が立ち並ぶ奥に、新居となる家が見えてきた。R屋根のモダンなデザイン。外観が洒落《しやれ》ているほど、かえって不快感が募るのは皮肉だった。杉崎は、溜《た》め息をつくと、大きくハンドルを切った。ウィンカーの音が、心なしか、いつも以上に大きく聞こえるようだった。

二台分ある駐車スペースには、新愛《しんあい》工務店というロゴの入ったミニバンが、先に停《と》まっていた。

あの狸親父《たぬきおやじ》も、どうやら、時間だけはきっちりと守るらしい。そうなると、次の心配は、一人で来ているかどうかだった。わざわざ若い社員を連れてくる理由はないはずだったし、今日の話は、狸としても、あまり他人には聞かせたくないはずである。本当に一人だと確認するまでは、安心はできないが。

杉崎は、ミニバンの隣にティアナを停めた。静かに降りてドアを閉め、玄関に向かう。

玄関ドアは、軽く触れただけで、ゆっくり開いた。内開きのドアが、きっちりとドア枠に収まっていないのだ。ドア枠が歪《ゆが》んでいるために、閉じようとしても引っかかってしまう。内側から叩《たた》いたり蹴《け》ったりすれば、何とかドア枠に押し込むことはできるが、そうすると、今度は開けるのに大汗かかなくてはならない。そのために、ふだんは、ドアに施錠さえしていなかった。

見るだけでも、口の中に苦いものが込み上げてくる。このドアを一つ選ぶだけのために、加奈と相談を重ねて、思い切って高価な天然木の輸入品にしたという経緯があった。教師の給料では分不相応だと思ったのだが、このドアは新居の顔であり、長く杉崎家のシンボルとなるはずだった。

それが、まさか、こんなことになるとは。

杉崎は、ドアを押し開け、広い玄関スペースに入った。人造大理石が敷き詰められている広いスペース。しかし、問題は、ここにもあった。見るも無惨な亀裂《クラック》が走っているのだ。靴脱ぎには、竹本《たけもと》の靴はなかった。廊下にはビニールが敷かれているが、土足で入っているらしい。

じわりと、怒りが込み上げてくる。

杉崎は、大きく深呼吸して、靴箱の中に用意してあった新品のスニーカーに履き替えた。リビングのドアは開けっ放しで、廊下に灯《あか》りが漏れていた。

「竹本さん。いるんですか？」

杉崎は、大声で呼びながら、家に上がった。廊下が左側に傾いているので、きわめて歩きにくい。

「ああ。ここですわ」

リビングの中から、竹本の声が聞こえてきた。

好都合だと、杉崎は思った。竹本をリビングまで誘導する手間が省けるから、二、三分は節約できるだろう。

リビングのドアは、内側に開け放してあった。玄関ドアと同じで、ドア枠が歪んでおり、きちんと閉めようと思ったら、内側からドアのあちこちを押したり叩いたりと、たいへんな苦労が必要となるのだ。

新愛工務店の社長、竹本袈裟男《けさお》は、二十畳はある長方形のリビングの中央に立っていた。手足が短い、ずんぐりむっくりの体型で、向こうを向いて傲然《ごうぜん》と腕を組んでいる。

一人だ。杉崎は、安堵《あんど》の溜め息をついた。これで、例の計画は、いつでも実行に移せる。

……もし、やらなくてすむなら、それに越したことはないのだが。

「どうです。この家の状況を、よく見てもらえましたか？」

杉崎は、できるだけ平静な口調で訊《たず》ねた。工務店の上っ張りを着た竹本は、腕組みをしたまま振り返った。鼻の下が長いために、カバを連想させる。老眼鏡の上から覗《のぞ》いている細い眼《め》は、ぱっと見には人が良さそうだが、狡猾《こうかつ》そうに光っていた。

「ああ、これねえ。床が、かなり傾いてますなあ」

竹本は、他人事《ひとごと》のように言う。杉崎は、必死に怒りを抑えた。

「かなりどころじゃない。とても、人間が住めるような状態じゃありませんよ！」

一般的に、床の傾きが千分の六を超えた場合、欠陥住宅の可能性があるとされているが、このリビングの床は、実にその十八倍となる千分の百五——度数で言えば約六度も傾斜していた。ビー玉や水平器を使って傾きを調べるまでもない。立っているだけでも不安を覚え、脚が疲れてくるほどだ。

「ここんとこは、いったい、どうしたんですかね？」

竹本は、床の一部を指さした。1メートルほどの幅で、フローリングを引き剝《は》がしてある箇所だ。直床《じかゆか》工法のため、コンクリート製の床スラブが剝《む》き出しになっている。

「剝がしたんですよ。傾きの原因を調べるために。見てください。そこのコンクリートに、ヒビが入ってるでしょう」

「はあ。原因って言ってもねえ……。こんな無茶なことされたら、後で直すのがたいへんですよ」

「それどころじゃないでしょう？　この床の傾きを見てください！」

「それにしても、なんだからって、こんな中途半端な場所のフローリングを、剝がしたんですかねえ」

竹本は、不審げにぶつぶつ言った。

「ここのフローリングに関しては、杉崎さんが勝手にやられたことですから、こちらでは、いっさい責任はもてませんよ」

　また、怒りが爆発しそうになったが、杉崎は何とか自制する。

「わかりました。そんなものは、どうでもいい。問題は、この床の傾きです！　いったい、どうしてくれるんですか？」

　竹本は、首を振りながら、まだ、しきりに部屋の中を見回している。

「……あと、窓をビニールで養生されとるのも意味がよくわからんが、床がこんなに濡《ぬ》れてるのは、何でなんですかなあ？　水でも撒《ま》いたんですか？」

「雨漏りですよ」

　杉崎は、嚙《か》みつくように言う。

「この家の欠陥は、床だけじゃない。天井は隙間だらけじゃないですか」「見ればわかるでしょう？　ドアは閉まらないし、窓は開かない。天井は隙間だらけじゃないですか」

「雨漏りですか？」

　竹本は、首をかしげる。

「変ですなあ。昨日は、たしか、ピーカンだったと思いますが」

「おとといの晩の雨ですよ」

「それを、そのままずっと放置されとったんですか？」

　竹本は、非難するような目になった。

「当然でしょう。こんな欠陥住宅を、せっせと掃除する気にはなれませんからね」

「いや、ちょっと待ってくださいよ。欠陥住宅と言われても、困りますな。言葉は、もっと慎重に使っていただかんと」

竹本は、ふてぶてしい笑みを浮かべた。

「この家は、きちんと施工した上で、引き渡してますからな。杉崎さんも、確認されとるでしょう？」

「確認って言ったって、なにも、隅々まで検査したわけじゃない」

「それにしても、引き渡し時には、何の瑕疵《かし》もなかったわけですよ。それが、地震の後から問題が起きたわけですから、これはまあ、天災による毀損《きそん》というしかありませんよ」

「地震といったって、たかだか震度4でしょう？　まともに作った家なら、それくらいで、こんな有様になりますか？」

杉崎は、一気にまくし立てる。

「知り合いの建築士の方に見てもらって、問題点を指摘してもらいました。まずは、宅地の造成に問題があったようですね。水抜き穴や排水溝がきちんと作られていなかったために、土中に雨水が溜《た》まり、軽微な地震が引き金で、不等沈下を招いてしまったんです。さらに、基礎に使われたコンクリートの質が、最悪だったそうですね。大量の水を加えてゆるゆるになった、いわゆるシャブコンだったから、まともなコンクリートと比べると半分以下の強度しかなかった。主にこの二つの原因で、建物が斜めに押し潰《つぶ》されるような形に歪んでしまったんです！　こうなったのは、すべて、あなたの工務店が杜撰《ずさん》な仕事をしたからじゃないですか？」

　しかし、竹本は、いっこうに動じた様子がなかった。

「うちは、造成も、基礎も、きちんと法令に則《のっと》ってやっとりますよ。お気持ちはよくわかりますが、これは、引き渡し後の天災が原因であることはあきらかですから、法的には、こちらに、いっさい責任はありません」

　杉崎が、一歩詰め寄ると、竹本は、まあまあと押しとどめるように掌《てのひら》を出した。

「……まあ、とはいっても、せっかく作った家に、施主さんに気持ちよく住んでもらえないのは、こちらとしても心苦しいですからな。それに、杉崎さんは何より美沙子《みさこ》の甥《おい》に当たる方ですし。だからこそ、私も、こうやって時間を割いて出向いてきたわけです」

　これまで何回電話しても、苦情処理の担当者に対応を押しつけて、一度も現場を見に来なかった癖にと思う。恩着せがましい言い方にはむかむかするが、それでも、一応は、竹本の提案を聞いてみなければならない。

「それで、どうするつもりなんですか？」

　竹本の目が、小狡《こずる》そうに光った。

「要するに、家の傾きを直せばいいんでしょう？　だったら、ジャッキアップして、基礎をモルタルで水平に補修すればいい。その工事、うちで請け負いますよ」

「請け負う？　どういうことですか？　これは、あんたの会社の施工ミスによるものなんだから、当然、無料で補修すべきものでしょう？」

竹本は、顔をしかめた。

「これは新たな工事ですから、本来なら、料金が発生することになります。……いやいや、まあまあまあ、最後まで聞いてください」

竹本は、詰め寄ろうとした杉崎を、再び手で制する。

「ですが、さっきも言いましたように、うちは施主さんの幸せを第一に考えてる会社です。天災とはいえ、ご心労の様子を見るのは、我がことのように辛《つら》いんですよ。それで、今回に限って、特別サービスとして、補修工事の代金はタダでやらせていただきます。……まあ、我ながら、あんまりお人好《ひとよ》しなのに、つくづく呆《あき》れますわ」

なにがお人好しだ、この銭ゲバ狸が。杉崎は、竹本を睨《にら》みつけた。

「問題は、床だけじゃない。雨漏りもあるし、ドアと窓の問題もある」

「雨漏りは、応急補修しときますよ。ドアと窓は、建物が真《ま》っ直《す》ぐになったら、おそらく、だいじょうぶじゃないですか」

「おそらくじゃ、困るんですよ」

「その点も、補修工事後に、まだ建て付けが悪いようでしたら、何とかしますよ。いやあ、こんなに何もかも持ち出しばっかりというのは、普通の工務店じゃ考えられんのですがね。まあ、うちの誠意の証《あか》しというふうに考えてもらえますか」

竹本は、しゃあしゃあと言う。

「ただし、補修工事の着工には、少し、条件があるんですわ」

「条件？」

「まず、家の代金なんですが、このとおり、すでに完成しとりますからね。残金を、すぐに支払っていただきたい」

家の購入代金は、契約時に一割、着工時に三割が支払い済みだった。残金は引き渡し時に支払う予定だったのだが、たまたま手違いから振り込みが遅れ、支払う直前に、地震が起きたのである。この点だけは、幸運だったのかもしれない。

「ちょっと、待ってください……！」

「あとは、この家に発生した問題については、うちには責任がないと認める旨、一筆書いてもらわんといけません。それから、今後新たに見つかった不具合については、いっさい異議は申し立てないという一文もお願いしますわ。いくら私がお人好しでも、タダで補修工事はさせられるわ、後になってまた文句を言われるわじゃ、たまりませんからな」

竹本は、平然とうそぶいた。

杉崎は、大きく息を吐くと、笑みを浮かべた。怒りもここまで昂《こう》じると、かえって平静な気持ちになる。竹本の憎々しげな態度も、むしろ、自分の中にあるためらいを吹っ切って、計画を後押ししてくれるのだと思えばいい。

「それでは、こちらの要求を言いましょう。……補修工事など、いっさいしてくれないでもけっこうです」

「ほう。それは、どういうことですか？」

「こんな欠陥住宅を少々補修しても、住めるわけがないでしょう？　家にだけ応急処置をしても、地盤がゆるゆるのままじゃ、どうせ、また同じことが起きるでしょうしね」

杉崎は、竹本の鼻先に指を突きつけた。

「伯母《おば》には電話で事情を説明したんですが、たいへん驚いてましたよ。本当に申し訳ない、契約は取り消しますと言ってくれました。ですから、すぐに前渡し金を返還して、違約金を支払ってもらいたい」

竹本の顔つきが、豹変《ひょうへん》した。

「冗談じゃない。こっちは、きちんと施工した上で、建物を引き渡しとるんだ！　それに、私ではなく美沙子に電話するというのは、どういうことですか？　美沙子は、名義は副社長だが、工事のことなど何もわからん！　甥のあんたについ同情して、口走っただけでしょうが？　そんな口約束は、法的に何の効力もない！」

竹本は、赤らんだ顔で、歯を食いしばるようにして唸《うな》る。

「まったく、あいつは、何を考えとるんだ！　あれほど、仕事には口出しするなと、きつく言ってあるのに。身内可愛さで、何でもかんでも大盤振る舞いしとったら、うちは倒産だ」

杉崎は、竹本が伯母に対して暴力をふるっているという噂《うわさ》を思い出し、胃袋がむかむかするのを感じた。

「竹本さん。あんたが、うちへ訪ねて来たときのことを覚えてないんですか？　あんたは、工務店の経営が厳しいからと、土下座して頼んだじゃないですか。誠心誠意、真心込めて、素晴らしい家を作りますからと言って。それを信じて、造成から施工まですべて任せたんですよ。その返礼が、これですか？」

「だから、こちらとしても、精一杯の誠意を見せとるでしょうが？　本来こちらには責任がない天災による毀損なのに、無料で補修工事をしてあげましょうと、申し出とるんですよ。これ以上、いったい、何をどうしろと言うんだね？」

竹本が、戦闘的に下顎を突き出すと、カバというよりは土佐犬《とさけん》とそっくりの顔になった。ついに本性を現したようだ。

「なるほど。一応は親戚だから、円満に解決したいと思っていましたが、やむをえません。法的に決着を付けるしかないようですね」

「ほう、訴えるとでも？」

「ええ。実は、知り合いから弁護士さんを紹介してもらいまして、相談に行ってるんです。さっきの建築士さんの報告書を見せたんですがね、弁護士さんは、多少時間はかかっても、勝てるだろうと言ってくれました」

最後通牒《つうちょう》は、はったりだった。女性弁護士は、勝てるとしても裁判には三、四年の月日と多額の費用を要するだろうと警告していたし、杉崎も、そんな泥沼のような訴訟に踏み込むつもりはなかった。そんなことをしていると、加奈との結婚が暗礁に乗り上げかねないし、かりに勝訴したとしても、その前に経営状態が不安定らしい工務店が倒産してしまったら、何の意味もない。

そうなると、途中で和解するという選択肢が現実的だろうが、大規模な補修工事をさせるという程度の落としどころでは、もはや満足できない。

ケチの付いた新居に、もはや未練はなかった。何としても、この狸親父に突き返してやりたいのだ。

「訴訟になったら、あんたの工務店の信用は、それこそがた落ちになりますよ。欠陥住宅を作った業者ということで、悪名はネットを通じて知れ渡るでしょうね」

杉崎は、竹本の表情を窺った。不況で青息吐息の状態に、風評の追い打ちがかかったら、それこそ大打撃になるだろう。相手がここで折れて、こちらの要求を吞《の》むようなら、計画を実行する必要はなくなるのだが。

「ふん。……まあ、それは、やめといた方がいいな」

竹本は、なぜか、薄笑いのような不可解な表情を見せた。

「あんたも、困ることになると思うんだがね」

「困る？　どういうことですか？」

予想外の反応に、杉崎は、眉をひそめた。

「そっちも、表に出したくないことがあるんじゃないかってことですわ」

「何のことか、わかりませんね」

「私も、いろいろと聞いてることがあってね。あんた、教師になる前は、けっこう悪かったそうじゃないですか？　警察のご厄介になったことさえ、一度ならずあったとか。そういう前歴の人間が、公立高校の教師をやってていいんですかねえ。教育委員会は、どう思いますかな？」

　あまりのことに、杉崎は、呆気《あっけ》にとられた。

「昔のことだ。それに、今回の問題とは、何の関係もないでしょう？」

「インターネットで、うちの悪口を流すと脅迫してるのは、そっちでしょう？　だったら、こっちとしても、受けて立つしかないということでね。地元の話だし、ちょっと調べりゃ、すぐにわかる。いろいろと具合の悪い話が、芋づる式に出てくるんじゃないのかね」

　杉崎は、溜め息をついた。

　あの事件のことを、こいつが知っているはずはない、だが、まぐれ当たりで急所を衝《つ》いてしまったのは、お互いにとって不幸なことだった。

　今さら、事件のことが発覚しても、法的にはすでに決着しているので、失職する恐れはないだろう。しかし、少なくとも、生徒が自分を見る目は、劇的に変わるはずだ。

　それに、加奈も。自分以上に潔癖症の彼女の性格を考えると、事故という判定になったとはいえ、暴力沙汰《ざた》で同級生を死なせた人間と結婚するとは思えない。

　もう、ためらう必要はないだろう。この薄汚い悪党に、情けをかける余地はない。

　心が決まると、自然に微笑みが浮かんでくる。

　これは、世の中の歪みを矯正するための、正義の鉄槌《てっつい》なのだ。

「……その、さっき言われてた補修のことなんですがね」

竹本の表情に、みるみる安堵が広がる。急に、揉《も》み手《で》をせんばかりの態度になった。

「はいはい。もちろん、今からでも、やらせていただきますよ」

「床の傾きは直るとしても、あそこはだいじょうぶですか？」

「ええと、あそこというと、どこらへんですかね？」

「あそこですよ」

杉崎は、天井の一角を指しながら、竹本を予定した立ち位置へと誘導した。ちょうど、竹本の真後ろに、フローリングを剝がした箇所が来るように。

「あそこ？……うーん。どこのことを言われとるんでしょうな」

「もうちょっと、見上げてください」

ずんぐりとした体型で、杉崎より10センチ以上背が低い竹本は、伸び上がるようにして、上を見ていた。今にも、後ろによろめきそうだ。

「雨漏りだったら、さっき言ったように、簡単に直ります。まあね、あっちの亀裂《クラック》のことを心配されとるんだったら……」

杉崎は、右手で竹本の上っ張りの襟をつかむと、すばやく身体《からだ》を沈めて、左手で相手の右膝をすくい上げた。

「あ？　ちょっ……！」

竹本が叫んだときには、すでに遅かった。

そのまま、竹本の身体を後ろに押し倒す。杉崎がかつて得意にしていた、朽木《くちき》倒《たお》しという柔道技だった。

竹本は、棒立ちのまま、仰向《あおむ》けに倒れていく。

竹本の顔面を押さえて、剝き出しになったコンクリート部分へと、力いっぱい、後頭部を叩きつけた。

小気味よい手応《てごた》えとともに、頭蓋骨《ずがいこつ》が割れる音が耳に届く。

床に横たわった竹本は、ぴくりとも動かなかった。即死しているのは、あきらかである。

さいわい、出血は、ほとんどない。大量に流れ出していたら、計画の障礙《しょうがい》になりかねないところだった。

傾いている上に雨で濡れた床で滑り、後頭部を打って死ぬ。シナリオとしては、まったく不自然な点はない。この一件は、不幸な事故として処理されることだろう。

なにしろ、これはすべて、密室で起こった出来事なのだから。

杉崎は、うっすらと笑みを浮かべて、竹本の死体を見下ろした。

この忌まわしい欠陥住宅——歪んだ箱こそが、この男に最もふさわしい棺《ひつぎ》に違いない。

2

「とにかくもう、馬鹿げてるというか、警察がいったい何を疑ってるのか見当もつかないんですよ。もちろん、こっちには何一つ後ろ暗いことはありませんし、いつか嫌疑は晴れると信じてますけど」

杉崎は、助手席から、切々と訴えた。

「あの事故から今日で一週間ですが、こんなふうに何度も呼び出され事情聴取されるのは、正直、困るんですよ。授業にも差し支えますし、校長や教頭にも嫌みを言われてて。いや、そんなことより、問題は生徒なんです。僕が、まるで重要参考人みたいな扱いをされていることを知ったら、彼らがどう思うかが心配で」

実のところ、本当に杉崎が心配していたのは、飯倉加奈のことだけだった。警察から呼び出しを受けるようになってからというもの、思いなしか、態度がよそよそしくなったような気がするのだ。とはいえ、ここで、そんな話をするつもりはなかった。

「たしかに、とんでもない話だと思います」

アウディA3のハンドルを握っている青砥《あおと》純子《じゅんこ》という弁護士は、深くうなずいた。

横から見ると、睫毛《まつげ》が長いのがわかる。知的で清楚《せいそ》なたたずまいは、本物の弁護士よりは弁護士を演じる女優のようだったが、その目に宿る強い光は、依頼人のためにとことんまで戦う闘争心を暗示しているようだった。

「任意の事情聴取という名目なのに、学校まで巻き込み有形無形の圧力をかけて、実際には断れないようにする。しかも、刑事がする質問は、大半が同じことの繰り返し……限りなく嫌がらせに近いですよね」

青砥弁護士は、同情するように微笑んだ。意志的な美貌《びぼう》は近寄りがたさも感じさせるが、それが一瞬にしてほぐれ、車内に花が咲いたような雰囲気に包まれた。

杉崎は、彼女に会うたびに、飯倉加奈と比較している自分に気がついていた。二人とも、単に顔立ちが整っているだけでなく、本当の魅力は内面から滲《にじ》み出てくるような気がする。

「杉崎さんのような目に遭っている人って、実は大勢いるんですよ。警察の都合で、人権が無視されてるだけじゃなく、見過ごしていると、冤罪《えんざい》の温床にもなりかねません。この際、警察には、少しお灸《きゅう》を据えてやらないと」

「青砥先生のような弁護士さんに依頼できて、本当によかったと思います」

杉崎は、心から言った。

「ようやく欠陥住宅の問題が片付いたと思ったら、今度は、殺人事件の容疑者ですからね。一難去って、また一難ですよ」

青砥弁護士は、かすかに眉を寄せた。杉崎は、ぎくりとした。何かまずいことを、言ってしまっただろうか。

「片付いたんですか？……例の欠陥住宅の一件は」

「ええ……いや、まあ、まだ完全に決着したわけじゃありませんけど」

杉崎は、唇を舐《な》めた。窓の外を眺めながら、ひとまず動揺を収める。

「竹本社長が死んだんで、たぶん、伯母が新愛工務店の社長になるはずなんです。伯母は、あの家が欠陥住宅であることを最初から認めて、謝罪してくれてましたから」

「しかし、そうすると、杉崎さんには、殺人の動機があったということになりますね」

青砥弁護士は、考え深げに言う。

「いや、でも、この程度のトラブルで人を殺したりしませんよ。まだ本格的に交渉も始めてないわけですし。それに、胸襟を開いて話し合いさえすれば、必ず解決するはずだと信じてましたから」

杉崎は、懸命に言い繕う。ちくしょう。うっかり口が滑ってしまった。

「とにかく、現場の状況からも、事故なのはあきらかなんです。あの家は、竹本社長が亡くなったとき、いわゆる密室状態だったんですよ」

「密室……ですか？」

青砥弁護士は、理由はわからないが、一瞬、非常に嫌な顔をした。

「ええ。それを、これから、青砥先生に見ていただきたいんです。とにかく、一度見れば、納得してもらえると思います」

その点については、杉崎は、絶対の自信を持っていた。

「でも、たとえ施錠されていたとしても、それだけでは、必ずしも無実の証明にはなりませんよ？」

「いいえ、鍵《かぎ》がかかってたわけじゃありません。というより、あの家は、鍵がかけられない状態でしたから」

杉崎は、要領よく状況を説明した。徹底的に考え抜いた計画だったたし、教師というのは、物事をわかりやすく説明するプロである。

「……なるほど。たしかに、それでは、誰かが竹本社長を殺害して、現場から逃げ去ったというのは、考えにくいかもしれませんね」

青砥弁護士も、感銘を受けたようだった。

「しかも、二重の密室なんですね。その両方――玄関とリビングのドアを、実際に見てみるまでは、何とも言えませんけど」

「もちろんです」

杉崎は、殊勝にうなずいた。

「しかし……だったら、警察は、何を疑ってるんでしょうね？」

それは、杉崎自身も抱いている最大の疑問だった。

「僕自身、どうにも、そのことが不可解で。あ……そのちょっと先です。あそこのアーチになった屋根の」

最後の言葉は蛇足だったようだ。家の前には警官が立っており、玄関には立ち入り禁止の黄色いテープが張られていたからだ。

青砥弁護士は、大きくハンドルを切る。二台分の駐車スペースには、パトカーではなく、白いスズキ・ジムニーが停まっていた。車体には『F&Fセキュリティ・ショップ』という文字がある。

そのすぐ横にアウディA3を停めた青砥弁護士は、車から降り立つと、じっとジムニー

け答えた。
杉崎が訊ねると、青砥弁護士は、悪夢から覚めたような顔で「何でもありません」とだ
「青砥先生？　どうかされたんですか？」
を凝視していた。

家の中に入る前に、警官と押し問答しなければならなかったが、声を聞きつけたらしく、
玄関のドアが開いて、中から厳《いか》つい角刈りの男が現れた。
横田《よこた》という名前の刑事で、すでに嫌というくらい何度も顔を合わせている。杉崎は、顔
をしかめながら目礼した。
青砥弁護士が、依頼人の杉崎が無実であることを証明するために、犯行現場を見せても
らいたいと要求すると、横田刑事は、拍子抜けするくらいあっさりと承諾する。
「まあ、いいでしょう。現時点では、別に、杉崎さんは容疑者というわけじゃないんです
けどね……。とにかく、まだ、事件とも事故とも結論が出てない状況なんで、くれぐれも
現場《げんじょう》を荒らさないようお願いします」
「わかりました」
青砥弁護士は、なぜか、横田刑事ではなく、家の奥の方をチラ見している。
「……それから、今、外部の専門家に調査をしてもらってますので、そちらの邪魔をする
ことは、極力控えてください」
杉崎は、驚いた。警察が調査を民間人に外注するなどということが、あるのだろうか。

「わかってます」

青砥弁護士は、さも当然だというふうに答える。

そのとき、家の中から、白いつなぎのようなものを着た人物が姿を見せた。

「青砥先生。お久しぶりです」

身長は、170センチを切るくらいか。色白で痩《や》せぎすなため、ひ弱な印象も受けるが、あまり瞬かない大きな目には、強い光が宿っていた。俗に言う、目力があるという点では、青砥弁護士とも共通している。

「まさか、ここでお会いできるとは思いませんでした。もしかしたら、密室と聞いたので、矢も楯《たて》もたまらずに飛んでこられたんですか？」

青砥弁護士は、大きく咳払《せきばら》いをして、遮った。

「榎本《えのもと》さん。最初にお聞きしておきたいんですけど。あなたは今、警察のために働いているんですか？」

「そうです」

榎本と呼ばれた男は、うなずく。

「竹本袈裟男という人物が死亡したとき、この家は密室だったということでした。ただし、事故と断定するには疑問が多すぎるということで、本当に、犯人の出入りが不可能だったかどうか、調べていたんです」

「それで、結論は、どうだったの？」

榎本は、その質問には答えず、杉崎の方に感情のこもらない視線を向ける。

「こちらは、もしかして、この家の施主の杉崎さんですか？」

「ええ、そうですが」

杉崎は、当惑しつつも、自分で答えた。この男の正体が、皆目見当がつかない。

「杉崎さん。こちらは、防犯コンサルタントの榎本さんです。以前にも、密室事件を扱ったことがあって、その際に、いろいろと貴重な助言をいただいたんです」

青砥弁護士が、説明してくれた。

杉崎は、嫌な予感を感じた。防犯コンサルタントというのも胡散臭《うさんくさ》いが、この榎本という男は、どこか得体が知れない感じがする。ここまでは順調な流れだったが、もしかしたら、この男が思わぬ攪乱《かくらん》要因になるのではないだろうか。

「もしよろしければ、私がこれまでに調べた内容を、青砥先生に詳しくお教えしましょう。そうすれば、現場が密室だったかどうかの判定は、ずっと簡単になると思いますよ」

榎本が、杉崎からすれば、ありがた迷惑な提案をする。

「それはご親切に。でも、あなたは、今は警察側の人間じゃないの？」

青砥弁護士が、疑わしげに突っ込んだ。遠慮のない様子は、気安さというよりは親密さを感じさせ、杉崎は、なぜか嫉妬を感じていた。

「どこから依頼を受けていても、私の調査のスタンスは、常に中立です」

榎本は、軽く受け流した。

「犯行が可能だったか、不可能だったか。事実は二つに一つです。結論が歪められるようなことはありません」

「で、今回は、どっちだったんですか？」

「その答えを出すためには、ポイントを、一つずつ検証していく必要があります」

榎本は、またもや、ポーカーフェイスではぐらかす。

「最初の関門は、この玄関ドアですね。見てください。輸入物らしくムクの天然木を使っていますが、日本では珍しい内開きです」

「内開き？　どうして、わざわざ、そんなふうにしたんですか？」

青砥弁護士が、疑問を呈する。内開きにすると、ドアが邪魔になって靴脱ぎのスペースが狭められるため、日本では人気がないのだ。

「海外では、内開きの方が主流みたいなんですよ。知り合いの建築士さんに、薦められて。たしか、この方が、災害に強いんだったかな……」

杉崎は、うろ覚えの理由を口にする。密室を作る上では、このドアが内開きなのが好都合だったのだが、そもそも、どうして内開きの設計にしたのかは、記憶が曖昧になっていた。

「防災よりも、むしろ、防犯上、内開きの方が優れてるんですよ」

榎本が、代わって解説する。

「いざというときは、内側からドアに体当たりして閉められますし、蝶番《ちょうつがい》を内側に隠せるというのも利点です。外開きのドアでは、蝶番が外に露出しているために、芯棒を抜いたり、切断されたりすると、簡単にドアを外されてしまいますから」

なるほどと思う。建築士も、たしか、そんなことを言っていたはずだ。

それにしても、この男は、防犯コンサルタントというよりは、むしろ泥棒そのもののように見える。

榎本は、玄関の外側からノブを握って、ドアを引っ張ってみせた。ドア枠にぶつかって、完全には閉まらない。

「このとおり、ドア枠が歪んでいて、ドアをきちんと収めることができません。なぜかというと……」

「地盤沈下で、家全体が斜めに変形してしまったためですよね。そのことは、杉崎さんからうかがっています」

青砥弁護士が、榎本の話を遮るように答える。

「そうですか。それでは、いったん中に入ってください」

杉崎と青砥弁護士は、榎本に招じ入れられた。本当なら、これは自分の家になるはずだったのに。杉崎の胸中を複雑な思いがかすめる。

「竹本氏の遺体が発見されたときには、このドアは、完全に閉まっていたそうです。そこがミステリーでした。さっきまでいろいろと試してみたんですが、外側からは、どうやっても閉めることができませんでしたから。しかし、内側からであれば、何とか閉じられることがわかったんです」

「どうやるんですか？」と、青砥弁護士。妙に息がぴったりだった。

「内側からドアの端を叩いて、枠の中に無理やり叩き込むんです。全部で十数回、要所を、力いっぱい叩かなくてはなりませんでした。私はこれを使ったんですが……」

榎本は、金槌《かなづち》のような道具を見せる。

「そんなもので叩いたら、ドアが傷つくんじゃないですか？」

青砥弁護士は、眉をひそめた。

「その点は、だいじょうぶです。これは、ヘッドがウレタンで被覆された、ソフトハンマーですからね」

榎本は、自信たっぷりに言う。ソフトハンマーだろうが何だろうが、高価な木製のドアを力まかせに叩いて、全然傷まないはずがない。杉崎はむっとしたが、文句は言わなかった。どうせ、この家は返品するのである。それに、この男は、第一印象とは反対に、込み入った状況を整理して青砥弁護士に説明するのに役立ってくれるかもしれない。

「結論として、これが殺人事件だったとしても、このドアから犯人が逃走できたはずはありません。外からいくらノブを引っ張っても、ドアを閉じるのは不可能ですから」

よし、いいぞと思う。その点は、自分で力説するより、第三者が客観的に説明した方が、はるかに説得力が増す。まして、この榎本という男は、警察が雇った人間なのだから。

青砥弁護士は、しばらくの間、内と外を往復しながらドアを調べ、何とか外側からドアを閉じようとしていたが、やがて、さじを投げた。

「……なるほど。これは、本当に無理みたいですね」

「つまり、もし犯人が存在したとすれば、ドア以外の場所から脱出したことになるんです。ところが、それも非常に困難なんですよ」

榎本は、靴にビニールのカバーを付けると、家に上がった。二人もカバーを受け取って、黙って後に続く。杉崎は、カバーが最初から人数分用意してあったことに不審を感じたが、たまたまだろうと意識の片隅に追いやった。廊下は、横方向にひどく傾斜しているために、つるつるしたカバーを履いたままだと足下がひどく不安定だった。思わず、壁に手を添えたくなる。青砥弁護士は、聞きしに勝る欠陥住宅の実態に驚いているようだった。

「ドアを除けば、この家にあって人間が通り抜けられる開口部は、窓だけです。ところが、ほとんどの窓は、鍵付きのクレセント錠により、きちんと施錠されていました」

「今、ほとんどの窓って言いました？」

青砥弁護士が、検察側の証人に対するような疑いの眼《まなこ》で言う。

「はい。実は、一つだけ、ロックされていない窓が見つかったんです。キッチンの窓なんですが」

三人は、廊下をまっすぐ進んでから左に折れ、キッチンに入った。

「ここの窓です。人が通り抜けるのに充分な大きさがあり、かつ、クレセント錠はかかっていません」

榎本は、キッチンの一番奥にある窓を指さした。幅は1メートル、高さは60センチくらいある。引き違い戸は、1〜2センチほど開いていた。

「だったら、犯人は、その窓から逃げたんじゃないんですか?」

青砥弁護士は、むっとしたように榎本に迫った。眉間《みけん》に刻まれている深い縦皺《たてじわ》のせいで、せっかくの美貌が台無しだった。

「ところが、です。この窓は、いくら押しても引いても、びくとも動かないんですよ」

榎本が、サッシに手をかけて言った。

「それは、本当です。地震以来、この窓は、これ以上開けられないんです。鍵がかかっていないのも、かけ忘れたわけじゃないんです。ちょっとだけ開いている状態なんで、かけられなくなっちゃったんですよ」

杉崎も、榎本に同調するように証言する。

「どうやら、地盤沈下によって家全体が斜めに歪んだために、サッシの上下から強い圧力がかかっているようですね。これは、人間の力では、とうてい引き開けられません」

榎本が、再び発言を引き取る。

杉崎は、内心、苦笑するしかなかった。これでは、まるで、自分と榎本の二人がタッグを組んで、青砥弁護士を説得にかかっているかのようだ。

「そうですか。じゃあ、この家は、やっぱり密室だったってこと?」

青砥弁護士は、腕組みをして、全身で不信感を表現しながら訊ねた。

「いや、まだ、そういう結論を出すのは時期尚早ですね。次に、竹本氏の遺体が見つかったリビングを見てみましょう」

榎本は、さっさとキッチンを出ると、廊下を戻る。しかたないので、二人も後に続いた。この男は、いったい何を考えているのだろう。再び、不気味さが募ってくる。

「リビングには、二つのドアがあります。一つは廊下に面していて、もう一つは、さっきのダイニングキッチンへ直接続いてます」

榎本は、廊下の西側にあるリビングに入るドアを指し示した。玄関のドアと同じ内開きであり、やはり、完全には閉まらない状態である。榎本がドアを開け、三人は中に入った。

「大きなリビングですね」

青砥弁護士が、つぶやいた。

「東西に細長いだけですが、二十畳以上あります」

杉崎は、つぶやいた。自慢のリビングになるはずだったのに。同僚の教師たちを招く日のことを、何度夢想したことだろうか。

「でも、廊下でも驚きましたけど、この床の傾きは、ちょっとひどすぎますね」

青砥弁護士は、愕然《がくぜん》としているようだった。

「ええ。西に向かって、約六度も傾いているんですよ。スキー場でも、初心者向けの緩斜面だったら、この程度の斜度のところもあるんじゃないですか？」

杉崎は、自嘲《じちよう》する。

「……竹本氏の遺体が発見されたとき、この部屋は密室状態でした。順番に検証していきましょう。まずは、リビングの北にあるキッチンと繋《つな》がっている、このドアからです」

榎本は、青砥弁護士の注意を、部屋の北側にあるドアに向けた。

「家が沈んで歪んだとき、どうやら荷重をもろに受ける位置にあったらしく、どんなに力を込めても、開けることは不可能でした」

「ちょっと待ってください！　あなたは、このドアを開けようとしたんですか？」

杉崎は、憤然と抗議する演技をした。

「危険なので、このドアには触らないよう、貼り紙をしてあるじゃないですか？　それに、わざわざガムテープでも封印してあるのに！」

杉崎は、『危険！　ドア開けるな！』と書かれた貼り紙と、ドアと周囲の壁の上に大きな×印を描くように貼ったガムテープを指さした。

「ええ。ご懸念はよくわかります。実際、これを見ると、無理にドアを開けたら家が崩れるんじゃないかと思われるのも、無理はないでしょう」

ドア枠の上部には、いくつもの亀裂が入っており、見るからに恐ろしげな様子だった。

「ですが、それほどの荷重がかかっているのなら、私が力んだくらいで、ドアが開くはずはありません。実際、ノブを力まかせに引っ張ってみても、キッチン側から思いっきり蹴りを入れてみても、微動だにしませんでした」

榎本は、涼しい顔で、無茶苦茶なことを言う。

「結論としては、犯人が、このドアから脱出できた可能性はゼロだと思います。ドア自体、まず開け閉めが不可能ですし、このガムテープの×印が、完璧《かんぺき》な封印になっていますから。見てください。シワ一つ、気泡一つなく、テープの端まで、きれいにくっついています」

榎本は、笑みを見せた。

「杉崎さんは、ずいぶん、几帳面《きちょうめん》な方ですね。ふつうは、欠陥住宅のドアを封印するのに、ここまで丁寧にガムテープは貼らないと思いますが」

不意打ちに動揺したものの、杉崎は、何食わぬ態《てい》を装った。

「性格ですよ。何ごともきっちりしないと、気持ちが悪いんです」

「なるほど……。さて、次は、窓ですね。このリビングには、南側と西側に窓があります。すべて、鍵付きのクレセント錠がかかっていました。しかも、それだけではありません」

榎本は、窓を覆っている透明なビニールに触れる。

「窓はすべて、内側から養生してありました。ビニールシートで覆われ、そのビニールは、ガムテープで壁に貼り付けられています。ここでも、杉崎さんの几帳面さが表れてますね。ガムテープ同士には1センチの隙間もなく、やはりシワ一つ見られませんでした」

「じゃあ、これも、杉崎さんがなさったんですか？」

青砥弁護士が、不審げに訊ねる。

「ええ。僕が、窓の上にビニールを張りました」

「何のためにですか？」

青砥弁護士を味方に付けるために、ここへ連れてきたのだから、うまく言い繕わなくてはならない。

「……実は、この部屋のフローリングを、丸ごと全部、剝がしてやろうと思ってたんです。床の傾き加減を、コンクリートのヒビを見て確認しようと思って」

杉崎は、部屋のほぼ中央にある、フローリングを一部だけ剝がしてある箇所を指さした。コンクリートが剝き出しになっており、かすかに黒く滲んでいるのは、竹本の血痕《けっこん》だった。この歪んだ家自体が、いわば竹本の頭を割るための鈍器だったのである。

「剝がすときにコンクリートのかけらが跳ねて、ガラスに傷が付いたらまずいなと思って、養生したんです。結局は、ここを剝がしただけで断念しましたが」

「なるほど」

「でも、竹本さんが転倒したとき、その剝がした場所で頭を打ってしまったわけですから、僕としては責任を感じています」

「誰も、そこまでは予想できませんよ」

青砥弁護士は、杉崎の説明に納得した様子だった。

「……ただ、几帳面な杉崎さんにしては、壁に何箇所かちぎれたテープが残っているのは、不思議ですね」

榎本は、北側の壁の、西寄りの部分を指さした。

「他にもまだ、何ヶ所かあります。すべて、北側と西側の壁に集中してますね」

「ほんとだ。これは、何の跡ですか？」

青砥弁護士も、壁に付いたテープの切れ端を注視する。まずい。

「それは、何だったかな——たしか、貼り紙か何かです。後で気が変わって剝がしたんだと思いますけど。欠陥のことで頭に来てましたから、乱暴に引きちぎり、そのままになってたみたいですね」

杉崎は、明るい声で、内心の動揺を押し隠した。

「貼り紙ですか？　それにしては、ずいぶん変わった形ですね。残っている跡を繋ぐと、不思議なラインになります。西側の壁には右上がりの線があって、それが北側の壁に移ると右下がりの線に変わる……。かりに、ここにシートのようなものを張ってあったとすれば、ちょうど床の北西の隅を、三角形に切り取ったような形になりますね」

杉崎は、ぎょっとしたが、懸命に落ち着きを取り戻そうとする。

だいじょうぶ。偶然あの形に気づいたからといって、それが何を意味するのかは、絶対にわからないはずだ。

「話を元に戻しましょうか。窓が養生してあることで、いったい何がわかるんですか？」

青砥弁護士が、その場を救ってくれる。

「……要するに、これらの窓から犯人が脱出した可能性も、考えられないということです。外からクレセント錠と付属の鍵をかけた上に、その内側にビニールとガムテープで養生までするというのは、とうてい不可能ですから」

榎本の説明もまた、杉崎が言ってほしいと願っていた通りのものだった。

「だとすると、残りは、廊下に面したドアだけですね」

青砥弁護士が、鋭い視線を向けた。

「その前に、もう一つだけ、チェックしなければならない開口部があります」

榎本の指摘に、杉崎は、ひやりとする。この男なら見逃さないだろうと思ってはいたが。

「もう一つの開口部って？」

青砥弁護士には、まったく想像がつかないようだった。

「西側の壁です。ここを見てください」

榎本は、二人を誘って、西南の隅に近い、高さ1・5メートルほどの場所を指し示した。壁に、円形をしたプラスチックの蓋《ふた》のような物が嵌《はま》っている。

「これは、エアコンのダクト用の穴《スリーブ》です。内側と外側には、それぞれネジ蓋が付いており、断熱のため、中には丸めた新聞紙が入っていました」

「蓋が閉まってるんじゃ、開口部とは言えないでしょう？」と、青砥弁護士。

「たしかに、今の状態では塞がっていますが、犯人――がいたとすれば、この穴を利用することは容易だったはずです。外側のネジ蓋は簡単に閉められますし、内側のネジ蓋も、家の外から開け閉めすることが可能です」

「内側の蓋も？　どうやって？」

「やってみればわかりますが、手を突っ込んで蓋の中から回せば、簡単に締められますよ。内径が75ミリもある大型の穴《スリーブ》なので、成人男性の手でも、少しすぼめれば入ります。犯人が穴を利用している間は、蓋の裏側にテープで紐《ひも》か何かを貼り付けておけば、蓋を部屋の中に垂らしておくことができます。終わってから紐で蓋を引っ張り上げ、穴にあてがって締めればいいんです」

「ちょっと待って。穴を利用している間って、いったいどう利用するんですか？」

「それはまだ、これからの課題ですね。少なくとも、犯人がこの穴から直接脱出するのは、ヘビやウナギじゃないかぎり不可能でしょうし」

榎本は、青砥弁護士の目つきを見て、さりげなく目をそらした。

「さて、それでは、最後の開口部です。我々がさっき入ってきた、廊下に面しているドアを見てください」

一同は、半開きになった木製のドアに向かい合う。

「このドアは、いろんな意味で、条件が玄関のドアに酷似しています。高価なムクの木で、内開き。そして、家が歪んだ影響によって、ドアがドア枠にきちんと収まりません」

「二重の密室で、まったく同じような条件のドアって……何だかキナ臭いですね」

青砥弁護士は、急にハンターのような表情になった。あんたは弁護側だろうと、杉崎は、心の中で突っ込む。

「通常、このドアは、きちんと閉まらないままになってるんですね？」

榎本が、急に杉崎の方に向き直って質問する。

「ええ、そうです。閉めようがないんで……」

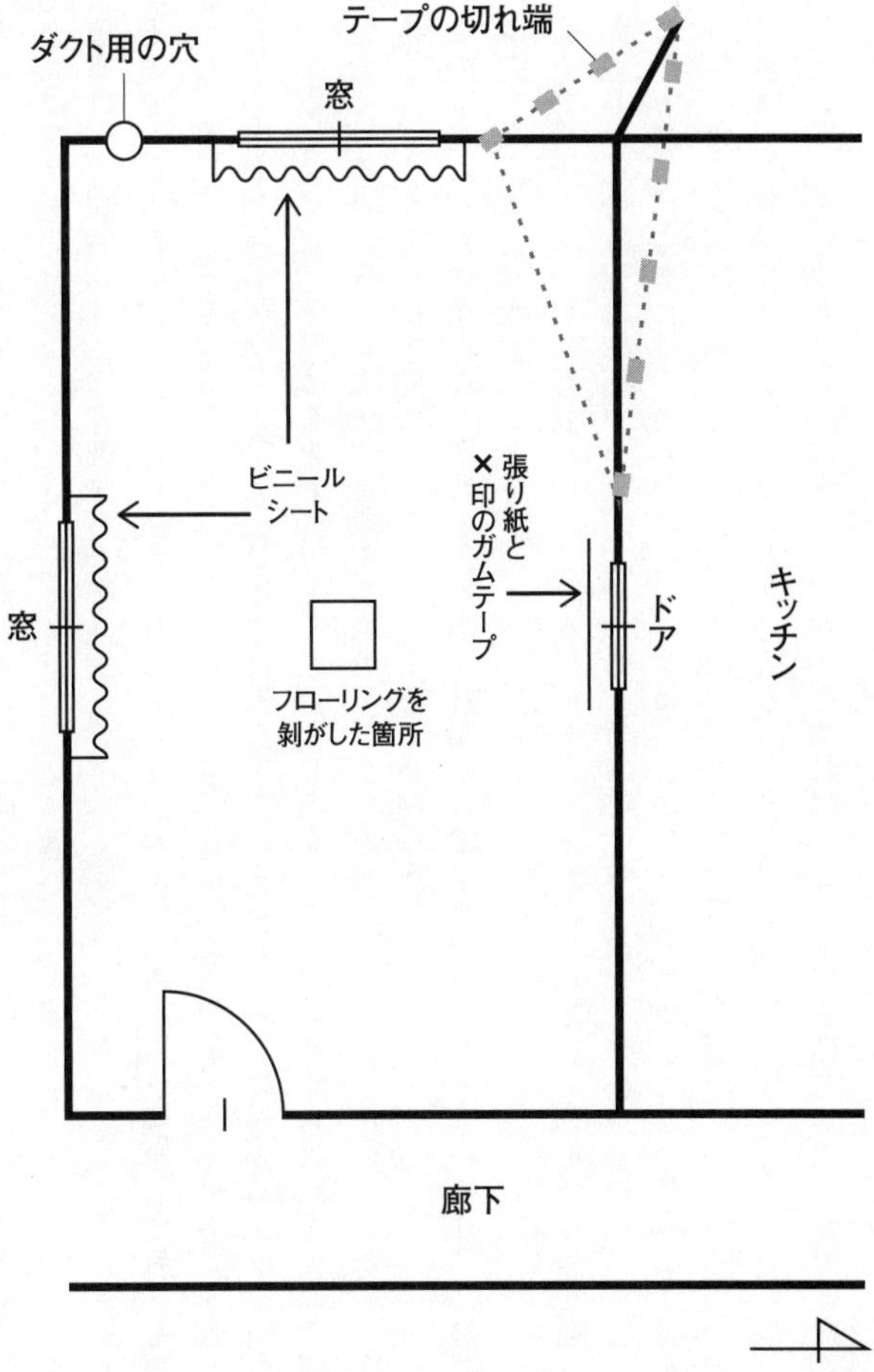
テープの切れ端
ダクト用の穴
窓
ビニール
シート
×張り紙と
印のガムテープ
ドア
キッチン
窓
フローリングを
剥がした箇所
廊下

「ところが、竹本袈裟男氏が発見されたときは、このドアも、玄関ドアと同様、固く閉じられた状態でした」

榎本は、意味ありげに、青砥弁護士を見やる。

「そこで、いったいどうやったら閉められるのかと思って、いろいろ実験をしてみました。結論は、玄関ドアのときとまったく同じです。ドア枠に圧力をかけたり、布やくさびを使ったり、潤滑剤を試したりと、考えられることは全部やってみましたが、外側からノブを引っ張って閉めるのは、不可能だとわかりました。ところが、部屋の内側からこれを使って叩き込むと、今度も閉じることに成功しました」

榎本は、またもや得意げにソフトハンマーを見せびらかす。

「このドアは、内側からなら閉じられるが、外側からでは無理だった……つまり、この部屋は完全な密室だったってことですね？」

青砥弁護士が、ついに結論めいたことを口にした。そうだ。杉崎は、内心で快哉《かいさい》を叫ぶ。その通り。この部屋は密室だった、すなわち、竹本の死は事故でしかありえない。

「このドア単体であれば、たしかにそうですね。しかし、ついさっき、この部屋には犯人が利用できる開口部があったことを示しました。エアコンのダクト用の穴《スリーブ》です」

榎本は、再び、触れてほしくない方面に話を引き戻す。

「どういうことですか？　あの穴から、何かをすれば、このドアを閉じることができたんですか？」

「そこが難題なんです。というのも、このドアは……」

「わかった!」

突然、何の脈絡もなく、青砥弁護士が叫んだ。二人の男は、驚いて彼女に注目する。

「わかったって……何がですか?」

話の腰を折られた榎本が、憮然《ぶぜん》として訊ねた。

「この部屋には、もう一つ、誰も気がついていなかった開口部があったじゃないですか! そこを通れば、二重の密室とは関係なく、直接外に出られたはずだわ!」

いったい何の話だろうと、杉崎は訝《いぶか》った。犯人である自分ですら、何を言ってるのか皆目見当もつかない。

「その、もう一つの開口部というのは、いったい何の話でしょうか?」

榎本も、あきらかに当惑しており、奇妙な親近感を覚える。

「この部屋には、雨漏りがしてたんでしょう? だから、部屋の中には、竹本氏が滑ったという水溜まりができていた」

青砥弁護士は、杉崎に向かって問いかける。

「……はあ。そのとおりですけど」

「水は、どこから入ってきたの? 屋根に開口部があったってことじゃないですか?」

二人の男は、しばらくの間、絶句していた。

「雨漏りの場合、そんなに大きな穴が屋根に開いている必要はないんですよ」

ようやく気を取り直したらしく、榎本が、説明する。

「一般に、スレート瓦葺《かわらぶ》きの屋根では、瓦と瓦の継ぎ目から入った雨水が、下の瓦を伝って外に流れ出るような仕組みになっていますが、この家の場合、施工が雑だったせいか、瓦と瓦の重なり部分に塗料が入り込んで固まってしまっていました。そのため、行き場を失った雨水が滞留し、しかも、防水シートと野地板に微細な穴と隙間があったことから、溜まった雨水が毛管現象によって染み出して……」

「別に、雨漏りの原因について、詳細に講義してもらわなくても結構です」

青砥弁護士は、いらいらと遮った。

「ということは、榎本さんは、屋根も調べたんですね？」

「はい」

「そして、密室には無関係であると断定した」

「そうですね。開口部……と言えるほどのものではないですが、1ミリ未満の隙間であり、しかも瓦を取り去らなければ見えないような場所にあります。家の中からでは、目にすることも困難です。とうてい、密室トリックに利用できるようなものではありません」

「……そうなんですか」

青砥弁護士は、非常にわかりやすく落胆していた。『美《うるわ》しき天然』のメロディが、杉崎の脳裏を流れる。

「あの。ちょっといいでしょうか？」

杉崎は、この機会を捉《とら》えて議論をリードしようと、発言を求めた。

「どうぞ」

榎本が、うなずく。

「さっきから伺っていると、まるで犯罪があったという前提で話が進んでいるようですが、このとおり、竹本さんが亡くなった現場は密室でした」

杉崎は、大きく息を吸い込んで話を続ける。

「事故死だったと考えれば、一番自然だと思うんですが。竹本さんは、家の中を調べているときに、濡れた床に滑って転倒し、頭を打った……。なぜ、そういう明白な事実を受け入れようとしないのか、僕には、警察の考えがさっぱりわからないんです。もしかしたら、僕に対する予断を持って、捜査しているんじゃないかとすら思います」

ここから先は、特に、青砥弁護士に聞いてもらわなくてはならない。杉崎は、彼女の方に向き直った。

「昔――まだ高校生のときですが、僕は、大きな過ちを犯しました。その際、警察に厳しい取り調べを受けたんですが、真相は」

「警察がなぜ、この事案に事件性ありと見ているのかは、私にもご説明できますよ」

せっかくいいところだったのに、榎本が、横合いから遮ってしまう。

「事件性あり？　警察は、そう断定してるわけなんですか？」

青砥弁護士は、もう、さっきの失敗から立ち直っているようだった。

「その通りです。残念ですが、この一件は、杉崎さんが言われたような事故とは考えられないんですよ」

榎本は、まったく残念そうではない笑みを浮かべて言った。

3

「まず最初に、誰でも思いつく疑問ですが、竹本氏は、どうして、玄関とリビングのドアを強引に閉じたりしたんでしょうか？」

杉崎にとっては、想定済みの質問だった。

「まあ、想像するしかありませんが」

杉崎は、授業のときのように、ひと呼吸ためて続ける。

「竹本さんは、この家の状況を調べに来てたんですから、ドアの様子をチェックするのは、あたりまえだと思うんです。ドアが閉まらないというクレームを受けているんですからね。ドアは本当に閉まらないのか、あるいは簡単な補修で直るのかを、調べる必要があったんでしょう」

「でも、この二つのドアをドア枠に叩き込むのは、簡単なことじゃありませんよ」

榎本は、獲物の様子を窺っているイタチのような目つきだった。

「ドアが閉まらないことは、すぐにわかります。なぜ、苦労して、そこまでやらなきゃならなかったんでしょう？　それだけじゃありません。二つのドアを無理やり閉じると、厄介な事態に陥る可能性もあったんです」

「厄介な事態って？」

青砥弁護士が、眉根を寄せて訊ねる。

「いったんドアが固く嵌ってしまうと、出られなくなっていた可能性があるんですよ」

「うーん。なるほど」

青砥弁護士は、榎本の意見に説得されかけているようだ。杉崎は、反論を試みる。

「万が一、ドアから出られなくなったら、ビニールを剝がして窓から出ればいいんですよ。竹本さんは、そう思ったから、とりあえずドアを閉めてみたんじゃないでしょうか」

よし、窮地は脱した。我ながら、うまい切り返しだったと思う。

「では、次の疑問です。竹本氏は、どうやって、二つのドアを閉じたんでしょうか？」

「どうやって？　榎本さんは、内側からならドアは閉じられるって言いましたよね？」

「ええ。しかし、私は、これを使いましたからね」

榎本は、ソフトハンマーをかざして見せる。

「警察の調べでは、竹本氏の持ち物の中には、ソフトハンマーの代わりになりそうなものは何一つありませんでした」

「それは……」

杉崎は、言葉に詰まる。

「別に道具がなくたって、手で叩いたり、足で蹴ったりすれば……」

「ええ、そう考えるよりありません。しかし、そういう形跡はいっさいなかったんです」

榎本は、大きな目で杉崎を見つめる。

「もし手で叩いたとすれば、相当な力でやる必要があります。空手家でなければ、拳《こぶし》で突くとは思えないので、いわゆる鉄槌《てっつい》——握った拳の小指側の面で叩いたと思われます。当然、二つのドアを叩いて閉じれば、手は真っ赤になったはずです。ところが、竹本氏の手には、そんな異状は、いっさい見られませんでした」

杉崎は、沈黙した。そこまで考えていなかったのは、手抜かりだったかも。というより、こんな追及を受けることになるとは、夢にも思っていなかった。

「それに、叩かれたドアの方には、竹本さんの掌紋が付いてなければおかしいでしょうが、これも見つかっていません」

「だったら、足で蹴ったんじゃないですか?」

「実際にドアを枠に叩き込んでみた経験から言うと、最もたくさん叩く必要があったのは、ドアの上辺の二隅でした。テコンドーの達人でもなければ、そんなに高い場所は蹴れないでしょう」

杉崎は、唇を舐めた。落ち着け。まだ、何一つバレたわけじゃない。

「……うーん、そうですか。だったら、僕には、よくわかりませんね」

説明できないものは、素直にわからないと認めた方が得策だろう。事故説で青砥弁護士を説き伏せるのは難しくなってしまったようだが、ここは、いったん退いてから相手の出方を見定めることにしよう。

「わからない？　本当ですか？」

榎本は、絡みつくような言い方をする。杉崎は、むっとした。

「どういう意味ですか？　竹本さんがどうしたのかが、僕にわかるわけがないでしょう？　直接見てたわけじゃないんですよ！」

「なるほど。それでは、杉崎さんご自身の行動についてお訊《き》きしましょう」

榎本は、すばやく二の矢を継ぐ。

「竹本氏の遺体を発見されたのは……」

「ちょっと待って！　いったい何なんですか、これは？　取り調べ？」

今度も、青砥弁護士が、救いの手を差し伸べてくれた。

「いつの間に、杉崎さんはこの事件の被疑者になったんですか？　騙《だま》し討ちみたいなまねは許せません！　それに、警察官でもない榎本さんから、こんな尋問を受ける謂《い》われはありませんよ」

青砥弁護士は、さっきまでの天然ぶりとは打って変わって、すっかり気鋭の刑事弁護士の顔に戻っていた。

「別に、そんなつもりはありませんよ」

榎本は、青砥弁護士を宥《なだ》めるように、狡そうな微笑を浮かべた。

「杉崎さんを疑っているわけでもないんです。ただ、この不可解な状況に、何とか合理的な説明がつけられないかと……」

「いいえ。あなたの魂胆は、よくわかってます」

青砥弁護士は、議論をシャットアウトする。

「こんなに簡単に事件現場に入れたときから、おかしいなとは思ってました。これは全部、罠《わな》だったんですね？ 取り調べではない形で杉崎さんを油断させて、自白に近い言質を引き出すつもりだったんでしょう？ 榎本さんは、警察とは、ずいぶん親密な関係にあるようですね。ここで貸しを作っておけば、のちのち多少のお目こぼしでもあるんですか？」

「とんでもない、それは、青砥先生の邪推ですよ」

榎本は、たじたじとなっていた。

「たしかに、この家の調査は請け負いましたけど、犯人捜しまでやるつもりはありません。私は、客観的な立場で問題点を整理しただけです。警察が事件性ありと考えている理由も、杉崎さんの疑問にお答えしたままでで……実は、警察には隠し球が」

「もう、けっこうです。杉崎さん。帰りましょう」

青砥弁護士は、杉崎を促して、退出しようとする。

「いや、ちょっと待ってください」

杉崎は、あわてて青砥弁護士を引き留めた。このままでは、自分がクロかもしれないという印象だけが残ってしまう。できるかぎり疑いは払拭《ふっしょく》し、青砥弁護士に無実だという心証を植え付けておかなければならない。……それに、榎本が言いかけた『隠し球』という言葉が妙に気になった。

「僕は、どんな質問にもお答えしますよ。何の後ろ暗いところもありませんし。とにかく、なぜ僕が警察に疑われているのかを、はっきりさせたいんです」

「そうですか。それでは、杉崎さんご本人から許可をいただいたので、お訊きします」

榎本は、間髪を入れず質問を再開する。

「竹本氏の遺体を発見されたのは、杉崎さんですよね？」

「そうです」

「先週の土曜日の、午後三時過ぎだったとお聞きしましたが？」

「ええ。あの日は、朝から学校で野球部の指導をしてました。練習が一段落したんで、後は生徒にまかせて帰りました。それから、一応家を見ておこうかと思いついて来たんですが、まさか、あんな事故が起きているとは、夢にも思いませんでした」

杉崎は、口元を押さえる演技をする。

「ここへ来て、最初にリビングの窓の外側に回られたのは、なぜですか？」

「前々から、気になってたんですよ。建物の基礎に亀裂が入っているのが、外からわかるんじゃないかと思って。車の中で、そのことを思い出したんで、とりあえず、外に回ってみたんです」

「それで、リビングを外から覗き込み、遺体を発見したわけですよね？」

「はい」

「なぜ、窓から中を覗いたんですか？」

「それは……灯《つ》りが点いていたんで」

「なるほど。それで、人が倒れているのを見たので、何か緊急事態が起きたと判断されたんですね？」

「ええ、これは大変だと思いました」

「窓の内側にはビニールが張ってありますが、はっきりと見えたんですか？」

「うつぶせだったので、顔はわかりませんでしたが、倒れてる姿はよく見えましたよ」

「よく見えたのは、部屋に灯りが点いていたせいじゃありませんか？　もし、照明がなかったとしたら、明るい室外から暗い部屋の中を覗き込んでも、ほとんど見えなかったんじゃないかと思うんですが」

「まあ……そうかもしれませんけど」

「私が最初に疑問に思ったのは、なぜ、この家に電気が来ているのかということでした」

杉崎は、ぎくりとした。榎本は、的確に痛いところを衝いてくる。

「家の引き渡しは完了しているとはいえ、まだ、竹本氏と欠陥問題で揉《も》めている最中でしたよね？　実際に住むメドも立っていないというのに、なぜ電気の使用開始の手続きをしたんですか？」

「何ていうか、いろいろ不便だったんですよ。家の中を調べようと思っても、照明もなく、電動工具も使えないんじゃ、どうしようもないと思って」

「その照明なんですが、ずいぶん、きちんとしたものを付けられてますね」

榎本は、天井を指さす。ドーナツ形の蛍光灯を収める半球形をしたシーリングライトで、乳白色のアクリルのカバーが付いている。

「臨時の照明なら、電球が一個あればよかったように思いますが？」

杉崎は、肩をすくめた。「馬鹿野郎。そんなわけには、いかなかったんだよ。裸電球じゃ、計画の途中で割れる危険性があったからな。

「性格ですかね。……たとえ一時的なものでも、きちんとしときたかったんですよ」

「榎本さん。いったい、何をお訊きになりたいんですか？　わたしには、さっぱり見えてこないんですけど」

青砥弁護士が、我慢しきれなくなったように口を出した。

「これからが、大事な質問です。……杉崎さん。あなたは、窓の外から竹本氏が倒れているのを発見しました。大変なことが起きたのは、一見してあきらかですよね？　だとすると、その後のあなたの行動が、どうにも納得しにくいんですよ」

「どういうことでしょうか？」

何を言いたいのかはわかったが、杉崎は、すっとぼける。

「あなたは、リビングへ行くために、いったんは玄関へ回った。ところが、ドアが閉まっている。そこで、携帯電話で救急車を呼んだ」

榎本は、静かな目で杉崎を見る。

「なぜ、ドアを蹴って開けようとしなかったんですか？」

「ドアを強く押してみたんですが、どうしても開かなかったので、てっきり鍵がかかってるものと思い込んでしまったみたいです」

「玄関ドアが、一度嵌ると容易に抜けなくなることは、ご存じだったはずですよね？」

「何ていうか、すっかり、うろたえてしまったんです。玄関ドアが閉まらなくなってから、無理やり嵌《は》めてみたことはなかったですし」

「それなら、どうして、リビングの窓を割って中に入ろうとしなかったんですか？」

榎本は、なおも追及する。

「いったん玄関に来てしまったら、もう、そういう発想が出てきませんでした。とにかく、救急隊を待とうと思ったんです」

我ながら苦しい説明だと思う。しかし、突然、非常事態に遭遇したら、我を忘れて奇妙な行動を取るというのも、ありえない話ではないはずだ。

榎本は、青砥弁護士に向かって言う。

「通報から約十分後に救急車が到着し、救急隊員が玄関のドアを何度か強く蹴ると、ドアは開きました。救急隊は家の中に入り、今度はリビングのドアを蹴って開けました。しかし、竹本氏は、すでに死後五、六時間が経過していた……どうでしょうか？　以前に青砥先生が遭遇した密室事件との間に、ある共通項が見えてきませんか？」

青砥弁護士は、うなずいた。なぜか、ひどく深刻な表情になっている。

「……奥多摩の山荘で、自殺を装って会社の社長を殺害したという事件がありましたけど、あのときと似てる気がしますね」

杉崎の胸中で、不安がどんどん大きくなっていく。過去に、そっくりなケースと遭遇したとでもいうのだろうか。馬鹿な。ありえない。

「私も、あの事件を思い出しました。第一発見者が犯人だった場合、密室をこじ開けるのを躊躇《ちゅうちょ》するか、最小限に止《とど》めようとする傾向があるんです。まあ、それも当然の話で、遺体を発見するふりをして、自分で密室を破ってしまったら、せっかくのトリックも意味がありませんからね」

杉崎は、かっと頭に血が上るのを感じたが、それは、怒りというより恐れのためだったかもしれない。

「第一発見者が犯人っていう言い方は、僕が犯人だと名指ししてるわけですか？」

「その通りです。杉崎さんが、緊急事態を認識していながら、ドアを蹴って開けることも、ガラス窓を破ることもしなかったのは、どう考えても不自然なんです。私には、ただ一つの解釈しか思い浮かびませんでした。あなたは、密室を手つかずのままで、警察に引き渡したかった。違いますか？」

「何を、馬鹿な！」

杉崎は、大声で否定することで、狼狽《ろうばい》が顔に出るのを防いだ。

「たしかに、僕は、うろたえて的確な行動を取れなかったかもしれません。しかし、人間、そんなにいつもいつも、合理的に振る舞えるものじゃないでしょう？」

「私には、あなたは、常に合理的に行動する人のように見えますね」

「話になりませんね！　そんな思い込みだけで、他人《ひと》を犯罪者扱いするんですか？」

杉崎は、青砥弁護士の方に向き直って訴える。

「僕は、無実です。この人は、やっぱり警察の手先じゃないですか。何の証拠もないのに、僕を犯人に仕立て上げようとしてるんです。どうか、助けてください」

青砥弁護士は、依然として深刻な表情のままだったが、榎本に向かって言う。

「警察が、杉崎さんにクロの心証を持っている理由は、だいたい理解できました。ですが、杉崎さんを犯人扱いする前に、どうすれば犯行が可能だったのか、少なくとも、その方法は提示すべきだと思いますけど」

「わかりました」

榎本は、動じなかった。

「それでは、順にご説明しましょう。まずは、玄関ドアの方です」

榎本は、リビングを出て玄関へと戻る。二人は、後に続かざるを得なかった。

「まったく、奇妙な密室です。玄関ドアは、施錠されているわけでも、チェーンがかかっているわけでもない。ただ単に、ドアがドア枠に固く嵌り込んでいるだけなんです。しかし、この玄関ドアを外から閉める方法は、ついに発見できませんでした」

「榎本さんでも無理なんですか？　珍しいこともあるもんですね」

　青砥弁護士が、皮肉な口調で言う。

「ええ。これはいわば、アナログな密室ですからね」

「どういう意味ですか？」

「鍵さえあればいいとか、開口部から錠に届けば何とかなるという、一か零《ゼロ》かのデジタルな密室ではないということです。このドアを枠に収めるには、内側から、何度も、強い力で、しかも勘所を見定めて叩く必要があるんですよ。外部からトリックで閉めるのは、きわめて困難です」

「なるほど……」

　青砥弁護士は、腕組みをして嘆息し、それから気がついて、榎本を睨んだ。

「だったら、だめじゃないですか？　つまり、この家は、正真正銘の密室だったたってことでしょう？」

「いや、そうじゃありません。犯人は、ただ、玄関ドアから逃げてはいないというだけのことです」

　榎本は、こともなげに言った。杉崎は、悪寒のようなものを感じた。まさかとは思うが、この不気味な男は、一歩一歩、真相に近づいて来ている。

「じゃあ、どこから逃げたんですか？」

「可能性のある場所は、一ヶ所しかありませんでした。では、もう一度、キッチンへ行ってみましょう」

榎本は、廊下を戻る。一番後ろに続きながら、杉崎は、強く拳を握りしめた。この男が、すべてを看破したとは、とても思えない。……でも、頼むから、見当違いであってくれ。

「先ほど見た窓です。人が通り抜けられるだけの大きさがあって、しかも、クレセント錠はかかっていません」

「でも、榎本さんは、さっき、この窓は、押しても引いてもびくとも動かないって言ってたじゃないですか？」

青砥弁護士が、口を尖《とが》らせる。

「ええ。家が歪んでいるせいで、このサッシには上下に強い圧力がかかっており、このままでは開きません。しかし、あるものを使えば、簡単に開けることができるんです」

「あるもの？」

「これですよ」

榎本は、キッチンの片隅に置いてあったジャッキを手にした。杉崎は、唇を噛んだ。ついさっきは、そんなものがあることにさえ気がつかなかったのだ。

「これは、どこにでもある、ねじ式のパンタグラフジャッキです。車のタイヤを取り替えるときなどに重宝します」

「そのくらい、知ってます」

青砥弁護士は、子供扱いされるのに憤る女子高生のような表情になっていた。

「ちなみに、私の車にも一台積んであります。……杉崎さんの車は、どうですか?」

「……ありますよ。たしか、あったと思います。使ったことはないですが」

杉崎は、しわがれた声で言って、咳払いする。

「そうですか。それでは、さっそく実演してみましょう」

榎本は、アルミサッシの手前のレールの上に、あらかじめ用意していたらしい板を置くと、その上にジャッキを置いた。

「レールを歪めたりジャッキの跡を残したりしないためには、この板は必須《ひっす》です。さらに、窓の高さが60センチもあるので、上にも何か嚙まさなければなりません」

榎本は、ジャッキの上にまな板のような厚い板を立てた。板の上の端は、サッシの上側のレールと、ほとんど接する位置にある。

「これで、準備完了です。それでは、ジャッキアップしてみましょう」

榎本は、ジャッキの穴にフックの付いた鉄の棒を差し込むと、その棒の端をL字形をしたレンチの穴に通した。L字形レンチを回すと、ジャッキが徐々に高くなった。ぎしぎしと、嚙ませてある板が軋《きし》む。

「これで、いいでしょう」

榎本は、手品師のような微笑みを見せた。窓に手をかけると、あっさり開けてしまう。

「窓のサッシにかかっていた圧力を緩めさえすれば、この通り、窓を開けることはたやすいんです」

「でも、それじゃあ、出られないでしょう?」

青砥弁護士が、叫ぶ。榎本は、えっという顔になった。

「出られない?……どうして?」

「だって、そのジャッキ自体が、窓を塞いじゃってるじゃないですか?」

またもや、大ボケだった。頭を抱えた榎本に代わって、しかたなく杉崎が説明する。

「いや……窓を開けてから、ジャッキをどければいいんだと思いますよ。ずっと上下に押し広げとく必要もないわけだし」

青砥弁護士は、口を開けたまま、固まってしまった。

「整理すると、犯人の行動は、こうなります。・玄関から入って、内側からドアを閉める。・窓の内側から、引き戸のレールの上にジャッキを立てる。・ジャッキアップして窓を開けると、ジャッキを外し、外に出る。・外からジャッキを立て、サッシにかかった圧力をもう一度緩めて、窓を閉める。・ジャッキを外す」

榎本は、不屈の辛抱強さを備えた教師のように、懇切丁寧に説明する。

「わかりました……」

青砥弁護士は、憮然として言う。

「犯人が、この家から外に出た方法は、納得できました。でも、だったら、リビングからはどうやって出たんですか? リビングには、こんな都合のいい窓はないでしょう?」

杉崎は、ごくりと唾《つば》を飲み込んだ。キッチンの窓を開けた方法くらいなら、思いついてもおかしくない。問題は、メインのトリックだった。

「では、もう一度、現場へ行きましょうか」

三人は、キッチンから廊下に出て、リビングに戻る。

「実は、リビングで、何らかのトリックが使われたらしい証拠が見つかってるんです」

「証拠？」

「さっき、ちょっと言いかけましたよね。警察には、『隠し球』があるって」

杉崎は、はっとした。まさか……。

「何ですか、『隠し球』って？」

「この部屋の中に、あったらしいんですがね」

榎本は、意味ありげに、杉崎を見やる。

「何がですか？　もったいぶらずに、さっさと教えてください」

「だから、『隠し球』と言ったじゃないですか。その言葉通り……ボールですよ」

「ボール？」

しまった。杉崎は、唇を嚙む。竹本の遺体にでも、引っかかったのだろうか。もちろん、そうなるリスクはあったのだが。

「現場に、なぜ、そんなものがあったんでしょう？　犯人が、何らかのトリックに使ったと考えなければ、説明がつかないんですよ。このことが、警察が事件性ありと断定した最大の根拠です」

青砥弁護士は、はっとしたようだった。

「そうか。そういうトリックだったんですね？　今やっとわかりました！」

「わかった……？」

榎本は、半眼になった。

「本当ですか？　今の話だけで？」

「ええ。リビングには、榎本さんが指摘した開口部があったじゃないですか？　エアコンのダクト用の穴《スリーブ》。あれを使ったんですね？」

「いったい、どう使ったと、お考えなんでしょうか？」

青砥弁護士は、自信たっぷりに、蓋の付いた壁の穴と竹本が死んだ位置を指さす。

「そのとき、この穴は開いていたんです。犯人は、竹本さんが部屋の中にいるのを、外から覗いていました。そして、頃合いを見計らって、この穴から部屋の中にボールを転がし入れたんです」

二人の男は続きを待ったが、青砥弁護士は、それっきり口をつぐみ、榎本の反応を窺っている。

「……それから、どうしたんですか？」

榎本が、とうとう根負けして訊ねた。

「それから？　竹本さんは、仰向けに転倒して、頭を打って亡くなったんです」

「なぜ？」

「だから、ボールを踏んだからでしょう？」

　榎本は、目眩《めまい》をこらえているようだった。

「それで殺せる確率は……非常に低いであろうとは思いませんか？」

「あ。ちょっと待ってください。『隠し球』と聞いて何だろうと思いましたが、そんなことだったんですか？」

　杉崎は、豪快に笑い飛ばそうとしたが、引き攣《つ》った笑みを浮かべるに止まった。

「もう少し早く、僕に訊いてくれればよかったのに。そうすれば、そのボールに意味なんかないことがわかったはずです」

「どういうことですか？」

　榎本は、顔を上げた。

「だから、この部屋にテニスボールを置いてたのは、僕なんですよ。今の今まで、すっかり忘れてました」

「置いた……何のためにですか？」

「それはもちろん、床の傾きが、よくわかるようにですよ」

「ボールなんかなくても、一目瞭然《りょうぜん》じゃないですか？　六度も傾いているのに」

「ビデオに撮ったときに、はっきりとわかるようにしたかったんです。竹本さんとの交渉が不調に終わった場合は、YouTubeに投稿しようかと思ってたんで」

「なるほど。……ところで、今、テニスボールとおっしゃいましたね？」

「ええ。それが何か？」

「私は、ボールと言っただけで、一度も、テニスボールとは言いませんでした。ふつうは、ボールと聞けば、まず野球のボールだと思うんじゃないでしょうか？　特に、杉崎さんは、野球部の顧問をなさっているわけだし」

杉崎は、顔が引き攣るのを感じた。嵌められたのか。……いや、だいじょうぶだ。

「思うも何も、僕が置いたのは、実際に、テニスボールでしたから」

ここまで来たら、腹を括《くく》って、そう開き直るしかない。

「そうですか。わかりました」

榎本は、悪魔のような笑みを浮かべた。

「それでは、実際にどんなトリックが使われたのか、お見せしましょう」

4

三人は、再び玄関から外へ出て、リビングの西側へ回った。建物と背の高いブロック塀に囲まれたスペースは、奥行きが1メートル程度しかないが、水栓と屋外用コンセントが備えられている。

外側からリビングを覗き込むと、照明のおかげで、中の様子がぼんやりと見えた。

部屋の中に、二つの人影が入ってきた。一人は制服警官で、もう一人は横田刑事らしい。

やはり、最初から榎本と示し合わせて、自分を陥れる手筈《てはず》を整えていたのだろう。

横田刑事らは、透明なビニールシートのようなものを広げ、残っていた跡のとおりに壁に貼り付けているようだった。

まさか……。杉崎は、胃袋が鉛のように重くなるのを感じていた。本当に、トリックは、すべて見破られてしまったのだろうか。

榎本は、エアコンのダクト用の穴を塞いでいる蓋を回して外した。内側の蓋はすでに取り去ってあり、直径75ミリの穴が室内と素通しになった。

「すでに状況はクリアーです。犯人がリビングから脱出するには、廊下に面したドアを使うしかありませんでした。したがって、部屋を密室にしようと思えば、何とかしてドアを閉じなければなりません。そのために犯人が利用できたのは、この穴だけです」

「その前に、一点だけ、確認しておきたいんですけど」

青砥弁護士が、またもや、待ったをかける。

「何でしょう?」

「キッチンの窓を開けたやり方は、使えないんですか？　ジャッキを使ってドア枠にかかっている圧力を弱めるのは」

「それも一応は考えましたが、実際に試してみて、無理だとわかりました」

榎本は、ほっとしたようだった。もっととんでもない質問を予期していたのだろう。

「その場合は、ジャッキを立てたままの状態でドアを閉めなければなりませんが、サッシと違い、ドア枠には、ずっとジャッキを噛ましておくだけの余地がないんです」

そのことは、杉崎自身も、計画段階で確認していた。

「それに、引き戸とドアの違いもあります。引き戸は、最初から枠の中に嵌っているため、上下の圧力さえ軽減させれば動くようになりましたが、ドア枠は、斜めに歪んでいるので、ドアをぴったり収めようと思うと、単純に上下にだけ力を加えてもだめなんです。内側から叩き込むときも、いろいろな位置を叩かなくてはならないんですよ」

「なるほど、本当にアナログな作業ですね」

青砥弁護士は、うなずいた。

「でも、そうすると、犯人が採った方法は、おのずと限定されますね」

「と言いますと?」

「作業には、微妙な感覚が要求されるし、かなりの力を込める必要もありますから、直接、手でやるか、それに近い方法じゃないと無理でしょう?」

青砥弁護士は、ダクト用の穴を指さした。

「ドアがあるのは東の壁で、こっちは西側ですから、この穴から長い棒のようなものを突っ込んで、ドアを突いたとしか、考えられないじゃないですか?」

「私も、最初は、そう考えました」

榎本は、にやりとする。

「しかし、それには、問題がいくつかあります。第一に、距離です」

榎本は、窓の外から中を透かして見た。

「ここからドアまでは、10メートル以上あります。それだけ長い棒を使って、ドアをピンポイントで突くというのは、とてつもない難事ですよ」

「でも、不可能とは言えないでしょう？」

「それだけじゃありません。今立っている場所の制約もあります」

榎本の言葉で、青砥弁護士は、まわりを見回す。

「1メートル後ろに高いブロック塀がありますから、どうやって、そんなに長い棒を穴に入れるかという問題が出てきます。棒を塀の上に載せて斜めに差し込んでも、途中でつっかえてしまうでしょう」

「だったら……」

青砥弁護士は、思案しているようだった。

「あらかじめ棒を室内に入れて、中から穴に通しておけばいいんじゃないですか？」

「そうすると、今度は、事後に棒を回収することができません」

榎本は、にべもなかった。

「まあ、何本もの棒を釣り竿《ざお》のように繋ぎ合わせれば、その問題は解決できるでしょうが、実際問題として、あのドアを叩き込むのは難しいと思います。絶対にできないという証明はできませんが、現実にドアを叩いてみた感触では、まず無理だと思いますね。それほど長い棒を使ったら、きわめて重くなる上にしないりが出て力を入れるのが難しいですし、突くときに先端がぶれてしまって、狙いが定まりませんからね」

榎本の言葉には、説得力があった。それは、誰よりも杉崎がよくわかっている。実際に、内側から棒を通して実験してみたのだから。ダクトの穴を支点にして、手前が1メートル、奥側が10メートルという割り振りでは、テコの原理が不利に働く。棒の先を少し持ち上げるだけでも、たいへんな力を要し、とてもドアを突くどころではなかった。

問題は、その先なのだ。あのドアに強い打撃を与えるために、いったい何を用いたのか。それが発想できなければ、真相には辿《たど》り着けない。

「ところで、杉崎先生は、何の教科を教えてらっしゃるんですか？」

榎本は、唐突にこちらを向いて、問いかけてくる。

「……数学ですが」

「それは残念ですね。物理だったら、この問題を考えるのにぴったりだと思ったんですが。ちなみに、杉崎さんは、野球部の顧問もされているとお聞きしましたが、これについては、よくご存じですよね？」

榎本が合図をすると、制服警官が何かを押してきた。一目見たとたん、杉崎は、目の前が真っ暗になるような感覚に襲われた。

「何ですか、これは？」

青砥弁護士は、警官が押してきた物体に対して不審の目を向けた。正体を知らなければ、白い二つの車輪が縦に並んだ、荷台のない手押し車のようにしか見えないだろう。

「これは、ピッチング・マシンです。いや、バッティング・マシンかな？　どちらが正しい名称なんでしょうか……実は、杉崎先生の学校からお借りしてきたものです」

杉崎は、舌が強張《こわば》って、何も言うことができなかった。

「では、セッティングしてみましょう。現在のピッチング・マシンは進化してて、こんなにコンパクトになり、車のトランクに入れて持ち運ぶこともできます」

榎本は、警官からピッチング・マシンを受け取ると、三脚を下にして立てた。白い二つの空気タイヤが高速回転して、ボールを射出する仕組みになっている。

「AC100Vの家庭用電源で駆動するんですが、おあつらえ向きに、ここにコンセントがありますね。……好都合なことに、すでに電気も来てますし」

プラグをコンセントに差すと、榎本は、三脚の高さを調節して、白いタイヤをエアコンのダクト用の穴のすぐ前に持って行った。

「このマシンは、硬式、軟式、ソフトボールの球に加え、テニスボールまで発射することができます。しかも、最高時速は167キロですから、プロ野球の投手よりも速いんですよ。頭に当たれば死ぬくらいの威力があると思ってください」

慎重に位置を決めると、榎本は、上から黄色いテニスボールを入れる。

「いきなりなんで、うまくいくかどうかわかりませんが、まあ見ててください」

テニスボールの直径は、6・6センチほどだから、7・5センチの穴をくぐらせるには、神経を使わなくてはならない。最初は最低時速の32キロで試し、徐々に速度を上げていく。

最高速度に達すると、リビングの中にバッティングセンターのような音響が響き渡った。

「さあ、これで狙い打ちしてみましょう。はたして、ドアを閉じられるでしょうか」

木製のドアにテニスボールが激突する音が響く。榎本は、窓越しに様子を確認しながら、マシンを微調整して、木製のドアをドア枠に叩き込んでいった。

「タイヤの角度を傾けると、カーブやシュートも自由自在ですから、こんなふうに、当てる場所を変化させることができます。……かなり、ドア枠にめり込んできましたね。もう少しです。用意した球は百球ですが、おそらく、そんなには必要ないでしょう」

「榎本さん」

青砥弁護士が、今までより一オクターブ低い声で言う。

「ずいぶん都合よく、ピッチング・マシンを用意されていましたね。今日わたしたちが来ることがわかってて、用意されてたんですか？」

「まさか。今日は、とりあえず、実験をしてみる予定だったんですよ」

「そうですか」

青砥弁護士は、まだ不信の面持ちだった。

「……たしかに、ここまで無茶なことをやったら、ドアは閉じられるでしょうね。だけど、後始末は、どうするんですか？」

榎本は、うなずいて、マシンを止めた。

「ふつう、こんなことをしたら部屋中にボールが散乱してしまい、回収するのは困難です。

しかし、この部屋には、魔法がかけられているんですよ」

「魔法？」

榎本は、窓越しにリビングの床を指さす。東側のドアを狙って発射したテニスボールが、すべて、手前に向かって、ころころと転がってきている。

「なにしろ、床が六度も傾斜していますからね。部屋の中には、竹本氏の遺体を除いたら、遮るものもありませんので、ボールは自然に西側に集まってきます。その上、こちら側には角度を付けてビニールシートが張ってあります。左へ向かったボールも、右へと向きを変えられますから、すべて、自動的に、この穴の下に集合してくれるんですよ」

青砥弁護士は、ただ啞然《あぜん》としていた。

「あとは、回収するだけです。屋外用掃除機にダクト用のホースを取り付ければ、たちまちテニスボールを全部吸い出せるでしょうし、そこまでしなくても、一個一個吸い付けて取り出すか、シンプルに鳥もちのようなものを使っても、それほど時間はかからないでしょう。最後に、壁に張ったビニールシートを紐か何かで引きずり出せば、後始末は完了です」

いったい何なんだ、こいつは。なぜ、そんなに何もかも見通すことができたんだ。

杉崎は、ショックで、その場に崩れ落ちそうになったが、何とか踏ん張った。

「……それをやったのが僕だという、確証がありますか？」

「決定的なものは、まだありません。しかし、状況証拠は、すべて、あなたが犯人だと指し示しています」

榎本は、静かに言った。

「あなたは、リビングにテニスボールがあったと言いましたが、現場に、そんなものはありませんでした。つまり、あなたの発言は嘘である可能性が高く、犯行にテニスボールが使われたことを知っていたが故の、秘密の暴露とも考えられます」

「なかった？……騙したのか？」

杉崎は、榎本を睨みつける。

「私は、何かがこの部屋の中にあったらしいと言っただけです。ボールそのものが発見されたとは、一度も言っていませんよ」

「どういうことだ？」

「野球のボールは、直径がこの穴とほぼ同じなので、使えなかったというのはわかります。しかし、テニスボールには黄色いフェルトの毛が生えています。汚れの跡を残さないために新品のボールを使ったようですが、ボールの毛が部屋中に飛び散ることまでは考えませんでしたか？　警察の微物検査によって、それが発見されました。そのおかげで、やっとトリックの大筋が見えてきたんです」

杉崎は、がっくりとうなだれかけたが、それでも、必死の抗弁を試みた。

「僕は、本当に、テニスボールを一個置いただけですよ。犯人が、たまたまテニスボールを使ったとすれば、僕のボールも一緒に回収したんでしょう。すべて、単なる偶然です」

「では、ピッチング・マシンの件はどうですか？」

榎本は、最後の駄目押しをする。

「警察は、野球部員たちからも事情聴取を行っています。彼らの話によると、ランニングに行く途中で、杉崎先生の車が出て行くのが見えたので、これはラッキーだと学校に戻って、バッティング練習をしようとしました。ところが、なぜだか、ピッチング・マシンだけが、どこにも見あたらなかったそうです」

「杉崎さん。これ以上、何も言わないでください」

口を開きかけた杉崎を、青砥弁護士が制した。

「行きがかり上、わたしが弁護を担当しますから。杉崎さんさえよければですが」

杉崎は、力なくうなずいた。

欠陥住宅の件は、多少なりとも情状酌量の材料になるだろうかと思う。

だが、それもう、どうでもいいような気さえしていた。

俺は、これで、加奈を永遠に失ってしまったのだから。

そればかりか、人生そのものを棒に振ってしまったのだ。

この歪んだ箱——いびつな復讐心《ふくしゅう》の中に囚《とら》われて。

要介護探偵の冒険

中山七里

中山七里（なかやま・しちり）
一九六一年、岐阜県生まれ。二〇〇九年『さよならドビュッシー』で「このミステリーがすごい！」大賞を受賞し、デビュー。「岬洋介」シリーズ、「御子柴礼司」シリーズ、「刑事犬養隼人」シリーズなど人気シリーズ多数。著書は他に『闘う君の唄を』『護られなかった者たちへ』『鑑定人　氏家京太郎』『越境刑事』『特殊清掃人』など。

1

「こんな不味《まず》いメシが食えるかああっ」

そう叫ぶや否や、香月玄太郎《こうづきげんたろう》は目の前にあった膳を力任せに引っ繰り返した。串焼きや手羽先に姿を変えた鶏肉《とりにく》と季節の野菜が卓の上に勢いよく四散し、居合わせた仲居がひぃと小さく叫んだ。

「大方年寄りでしかも病人食しか口にせんから味など分かるまいと高をくくりおったか、このくそだわけが。こりゃあっ春見《はるみ》いっ。貴様の『日頃世話になっているお礼』ちゅうのは、この腐れコーチンのことかあっ」

「いやっ、あのっ、これはっ」

呼ばれた春見善造《ぜんぞう》は電撃に打たれたように背筋を伸ばす。

「ににににに錦《にしき》でも老舗《しにせ》の名店の定番料理で、わたくしもこれは美味《うま》いと毎週のように」

「貴様の舌には一粒の味蕾《みらい》もないのか。何が名古屋コーチンや。こんなもんええとこ犬の餌じゃ。馬鹿たれい！」

次に玄太郎は仲居に矛先を向けた。

「先代の時分にはわしもようここで馳走《ちそう》になったが、代替わりした途端食材どころか性根まで腐ったと見える。客の舌鼓より札束を数えよって、今頃先代も草葉の陰で泣き暮らしとることとやろう。仲居、わしの言うとる意味は分かるな？　一羽当たりの差額はいったい何ぼじゃ。さあ言うてみい」

車椅子の上からずいと前傾するだけだが、その鬼面が眼前に迫ると哀れ仲居は尻をついたままぶるぶる顫《ふる》え始めた。

それを見ていた介護士の綴喜《つづき》みち子《こ》は諦めたように溜息《ためいき》を吐《つ》く。この爺《じい》さまは黙ってさえいれば好々爺《こうこうや》に見えるのでつい油断してしまうのだが、本性は武闘派のヤクザよりも夕チが悪い。この見かけに騙《だま》されて、今まで何人何十人の粗忽者《そこつもの》が地雷を踏んだことか。

この後の展開も大体は察しがつく。女将《おかみ》から板前、その他諸々《もろもろ》の雁首《がんくび》が面前にずらりと揃《そろ》えさせられ、皆の顔が蒼白《そうはく》になるまで絶え間ない罵倒が繰り返されるのだ。そういう時の玄太郎はまことに意気軒昂《いきけんこう》としており、ひょっとしたら面罵したいがために怒りを溜《た》めているのではないかとみち子は推測している。

だから血相を変えて飛んできた女将がよせばいいのに「このトリは安城《あんじょう》の種鶏《しゅけい》センター直送のものを朝じめにした正真正銘の名古屋コーチンで」などと要らぬ説明を始めた時な

どは、玄太郎の舌なめずりの音が聞こえてきそうだった。

「そうか女将。そんなら種鶏センターが偽物を寄越《よこ》したか、さもなくばわしの舌が鈍いかのどちらかということやな。よおし分かった。そんならどこぞ民間の独立機関にＤＮＡ検査でもして貰《もら》うか？　それも保健所立会いの下でな。最近は検査の精度も上がったらしいからお互い満足のいく結果が出るやろう」

すると今度は女将が瘧《おこり》のように顫え始めた。もうこうなれば蛇に睨《にら》まれたカエル同然だったが、下手な抗弁が火に油を注いだらしく玄太郎の舌鋒《ぜっぽう》はもはやとどまるところを知らない。車椅子ごと迫ると女将を壁際に追い込み、逃げ場を封じてから鼻の頭が舐《な》められる距離まで顔を近づけた。

「この下衆《げす》めらが、国産地鶏やったらまだしも可愛《かわい》げがあるものを、たばかるに事欠いて外国産の冷凍肉なんぞ使いよったな。客の舌をナメきった肚《はら》にも我慢ならんが、それより何より見下げ果てたのは銘柄に縋《すが》りつくが如《ごと》きさもしい根性やあっ。誇るべき腕があるんなら冷凍肉だろうが屑肉《くずにく》だろうが美味に仕立て上げるんが料理屋の身上やろうに、暖簾《のれん》の古さと敷居の高さに胡坐《あぐら》かきよって。どうせ厨《くりや》では味の分からん阿呆《あほう》どもと嘲《あざわら》笑っとるんやろう。この業突張《ごうつくば》りの、千三《せんみ》つ屋の、詐欺師の、猫肉喰《ぐ》らいの、腐れ料亭の、害虫めら、恥を知れ恥を。おのれらなんぞが錦の真ん中に店を構えるなど笑止千万片腹痛い、狐狸《こり》棲《す》む山里でも勿体《もったい》ないわ。今すぐこんな店畳んでしまえい。そうや、ええことを思いついた。わしの知り合いでここを利用した客は百か二百か。そいつらで集団訴訟して損害賠償請求するというのはどうや。一人当たり百万円としても総額二億円は今日びすぐに払えるものではあるまい。すぐに強制執行してやるからそう思え。そうなればわしが安く買い叩《たた》いて跡地に思いきり下品な風俗店を建ててやろう。嘘《うそ》と強欲と高慢に塗り固められた偽料亭よりは欲得に正直な分、そっちの方がよっぽどマシじゃあっ」

その場に卒倒した女将を放置したまま、玄太郎は接待した春見に悪口雑言の限りを尽くしてから介護車両に乗り込んだ。ワンボックスタイプにリフトを備えた介護車両はハッチを開ければ車椅子のまま乗車できる。これは介護タクシーよりも楽だと、最近の玄太郎はもっぱらこちらを愛用している。元々は介護サービス社の所有であったものを運転手ごと買い取ってしまったのだ。もっとも玄太郎に言わせれば「福祉車両は譲渡の際にも非課税になるし、自動車税が減免される」ので二重にお得なのらしい。

発車寸前にみち子が振り返ると、春見は頭を腰より低く下げていた。

「あらあら。春見さんたらあんなに恐縮してますよ」

「構うものか。あれは普段から客のクレームで頭なんぞ下げ慣れとる。本心じゃ外見ほど萎《しお》れちゃおらん。それにわしも寄る年波でな、さっきの女将も含めてずいぶんと手加減した」

「あれでですか」

「うむ。思ったことの十分の一も言うとりゃせん」

そう言えば、玄太郎の部下から聞いた話では「社長は倒れた後、ひどく丸くなられた」そうだから、今の言葉も本当なのだろう。しかし、それなら足腰が不自由でなかった頃の玄太郎とはいったいどれほどの癇癪《かんしゃく》持ちだったのだろう。

みち子が玄太郎の介護担当になったのは今から二年前のことだ。最初はただ短気で偏屈な老人だと思っていたのだが、言説を聞いていると時折古き善《よ》き頑固爺さんの顔を見せるので、以来歯に衣《きぬ》着せない言葉の応酬を繰り返している。

「それにしても、よく名古屋コーチンかそうでないかなんて分かりましたねえ。そんなにグルメだったんですか」

「ふん、あの程度なら子供の舌でも分かるわ。なにが名古屋コーチンじゃ。歯ごたえもなきゃあコクもありゃせん。もっとも誰かしらんが老人食やちゅうて薄味のもんばあっかり食わせよるからな。お蔭《かげ》で舌だけは鋭敏になりよった」

言外に他の器官は鈍磨したと匂わせているが、その口調に切実さや喪失感は欠片《かけら》もない。下半身不随の要介護者の言葉としては見事なまでにあっけらかんとしており、これはもう玄太郎ならではの物言いなのだろう。

長年介護ヘルパーの仕事をして痛感するのは、肉体が萎えた者はいつしか心も萎えていくという傾向で、これは老若男女の別を問わない。その点この香月玄太郎という男は例外中の例外で、第一、健常者より口が達者な介護老人など探してもそうそう見当たるものではない。

「あれは何や」

玄太郎が指差す方向を見ると、大津通《おおつ》の歩道をハリボテの鎧《よろい》を着た少女や全身タイツ姿の少年たちがわらわらと行列を作っていた。

「ああ。あれはコスプレっていうんですよ。どっかの大学のパレードみたいねえ」

「仮装行列みたいなものかね」

「姪《めい》の話やと、まあお祭みたいなもんでしょうか」

「お祭。ああ名古屋まつりの三英傑みたいなもんか。要は神輿《みこし》代わりなんやな」

自分もあまり詳しくないので、みち子はしばし熟考してなけなしの知識を総動員する。

「いいえ。マンガとかゲームの登場人物の格好して、その役になりきるんですよ。ストレス解消なんですかねえ」

「祭ごとでも演劇でもないのに、話の登場人物になりきる？　仕事でもないのに？」

「ええ、まあ給料は出んでしょうね」

「ふん。とろくさい」

一刀両断に切り捨てた時、玄太郎の胸ポケットで携帯電話が鳴った。

「ああ、わしや。春見か、どうした。いや、さっきのことならもうええ。何も気にしとらん。あれは食後の運動や。もっともほとんど箸は付けとらんが。うん？　烏森《かすもり》？　知っとるも何もわしの店子《たなこ》でお前のところの建築士やないか、それがどうした。何？　殺されたあ？　どこで。建築中の自分ん家《ち》でか。ああ？　内側からは全部鍵が掛かっとるだと？」

名古屋市から東名阪《ひがしめいはん》をしばらく北上すると現場の七宝町《しっぽうちょう》に到着した。建物よりは田畑が目立ち、遮るものがないせいか北風がまともに当たる。みち子が玄太郎の車椅子を押して行くと、先に到着していた春見が驚いて駆け寄ってきた。

「こ、香月社長。どうしてこのような所に」

「お前こそずいぶん早いやないか」

「事務所はここから五分の場所ですから。しかし、社長はどうしてまた」

「あの敷地は烏森に売ったが、あの一帯六筆三百五十坪はまだわしの土地やぞ。人死にのあった地所になぞ誰が住みたいもんか。一気に売り値が下がるわ」

「そうはおっしゃいましても」

「起こってしまったものはしようがない。とにかく自殺やろうが他殺やろうが早いとこ解決せんと、値下がりに歯止めが利かんようになる。さあ、行ってくれ」

玄太郎は及び腰の春見をまるで無視して、みち子に前進を促す。

七宝町のこの近辺は二つの市に隣接していながらまだまだ開発の余地を残した場所だったが、目端の利く玄太郎はずいぶん前からこの土地を所有していたらしい。

舗道も真新しい広い敷地のうち既に何筆かは春見が社長を務めるハルミ建設に売却され、ハルミ建設は建売住宅の上物付きで分譲している。まだ入居者もいない新築の建物群は派手な幟《のぼり》や垂れ幕と相俟《あいま》って、さながらモデルハウスの展示場のようだ。

〈今なら十年固定金利一・八％〉

〈信頼と実績。ハルミのユニット工法。工期大幅短縮、優れた耐震性と耐火性〉

〈ホルムアルデヒドなど化学物質を吸収するエコ塗料を全ての壁に使用〉

〈先着三名様に欧風家具五点セットプレゼント！〉

「ここらの新築はみんなユニット工法で建てたのか」

「ええ。工期短縮で人件費も削減できますし、仕上げ段階まで工場生産なので職人の腕の良し悪《あ》しに左右されません。最近はなかなかそういう職人もおりませんし人手も不足しがちで、恥ずかしながら社長のわたし自らが現場作業している有様なのですよ。昨日のスレート取り付け作業も最後はわたし一人でしたからね」

「お前一人で？」

「他の連中は遅れの出ている佐屋町《さやちょう》の物件に駆り出されましたから。わたしもここが終わってからはそっちに直行ですよ」

「ああ、そういやお前は経営手腕はともかく、大工の腕は棟梁《とうりょう》仕込みやったからな。ところで烏森はどんな風に死んでおったんや」

「いや、実はわたしも現場の刑事さんからちらと聞いただけで」

問題の物件は敷地に沿って規制線と警察官に囲まれていたので一目瞭然だった。まだ未完成なのだろう、ブルーシートに包まれた資材が庭に放置されたままになっている。みち子がふと様子を窺《うかが》うと玄太郎は不快感を露《あら》わにしており、まるで丹精込めて作った料理に無数の蟻《あり》がたかっているのを目の当たりにしたような表情だ。

一行の姿を見咎《みとが》めた若い刑事が早速こちらにやってきた。

「失礼ですが」

「この地所の元地主や。死んだ烏森とは大家と店子でもあった。責任者を呼んでくれんか」

「ああ、それなら私が伺いましょう」

「いや、訊《き》くのはわしや。烏森がどんな風に死んだのかを知りたい。何でも内側から鍵が掛かっておったそうだな。自殺なのか他殺なのか。自殺ならちゃんと遺書はあるのか。綺《き》麗《れい》な死に方かそうでないのか。他殺なら物盗《と》りなのか怨恨なのか」

「は？」

「は、やない。今のは不良物件を処分する際の確認事項や。これを訊かんことには何も始まらん。さあ答えんさい」

すると当然のことながら若い刑事は態度を一変させ、捜査上の機密を一般人に教える義務はないなどと常識的なことを権柄ずくで告げた上、玄太郎に誰何《すいか》し身分証明書の提示を求めたものだから、玄太郎の態度も変わった。みち子は聞こえぬように溜息を吐く。この男は公務員、殊《こと》に警察官という人種を毛嫌いしており、つまり組織の威光を笠《かさ》に着て威張り散らす人間を心底侮蔑しているのだ。

「急がば回れ、ちゅうことか」

老人には似合いの格言だが、あいにく玄太郎の口から出るとその意味合いはずいぶん変わってくる。第一、この爺さまの回り道など大抵誰も通らない。

玄太郎は徐《おもむろ》に携帯電話を取り出すと慣れた手つきでキーを押した。

「津島《つしま》署かね？　香月玄太郎という者やが佐野《さの》くんに繋《つな》いでくれんか。どこの？　あんたは自分の親分の名前も知らんのか。署長の佐野治仁《はるひと》に決まっておろうが。わしの名前を告げれば分かる。早く繋いだ方があんたのためやぞ。……おお、佐野くんか。久し振りやな。いやいや、挨拶は結構。実はな、七宝町のわしの地所で人死にがあって急遽《きゆうきよ》駆けつけてみたんやが……おおさすがに知っておったか。ああ、そこら一帯はわしの所有や。そこで捜査協力を兼ねて馳《は》せ参じたのだが現場の若いお巡りさんが、何を思うたのかこの哀れでかよわい車椅子の年寄りを質問攻めにし、あまつさえ身分証明書、つまりわしに関しては障害者手帳になる訳やが、それを今すぐ提示しろとそれはそれはヤクザ顔負けの恐ろしげな言葉でわしを恫喝《どうかつ》するのだ。お蔭で寿命が五年ほど縮まった。誰かもっと年寄りに優しく物の分かった人間を寄越してくれんか。何、捜査関係事項？　ふむ、お前さんにまで無下《むげ》に断られたらしょうがないな。それなら公安委員長の則竹《のりたけ》にでも訊いてみるとするか。いや、いっそ国会議員の宗野《むねの》。確か警察庁ＯＢだったはずやがあいつはどうや。後援会長のわしの話なら少しは聞き耳を立ててくれるやも知れん」

話の途中から刑事の顔色がみるみる変わっていくのをみち子は同情しながら観察していた。聞いて呆《あき》れる。全く、何が哀れでかよわい年寄りだ。まるで悪の水戸黄門ではないか。

「何々。副島《そえじま》？　その男が現場を仕切っておるんやな。おお、わざわざこちらに出向いてくれるのか。それは有難い。やはり人の上に立つ者は年寄りの扱い方を知っておるな。もっとも、そういう態度が末端の兵隊にまで行き届いてこそ市民のための警察なのだろうが、それが今後の課題じゃろうな。うん？　ああ別に構わんが。なあ、そこの若い刑事さん。電話の相手が代わって欲しいと言うとる」

介護車両の中で待っていると、現場と津島署が近いせいもあるのだろうが十分もしないうちに一人の男が押っ取り刀で駆けつけてきた。

「津島署捜査一課の副島と申します」

どう見ても警察官というよりは腰巾着の役員秘書といった風情で、自分よりも強大な権力の前ではいくらでも卑屈になれそうな男だった。

「まだ鑑識作業が終了していないので建物の中にお連れすることはできませんが」

「ああ、構わん構わん。ただ概略が知りたいだけや。それで、いったいどんな具合で発見されたんや。近所に死臭が洩《も》れでもしたのか」

「いえ。本日二月十五日午前六時半頃、犬の散歩で通りかかった近所の老人が、建築中の家の窓から人の倒れているのが見えると通報してきまして。所轄が駆けつけたところ烏森健司《けんじ》さんの死体を発見しました」

「散歩途中に窓から。それは怪しいですな。あの窓の中を見ようとしたら、道路から脇に入り込まないと中はとても見えないでしょう」

春見の言葉に玄太郎は鼻を鳴らした。

「ふん。新築の戸建て、外観はモダンな近代建築。これで近所が興味や嫉妬を覚えんのなら、もう少し日本は住み易《やす》くなっとるよ」

「現場での検死結果では死亡推定時刻は昨夜の十二時から二時までの間。近隣の話では作業の終了したのが昨夜の八時過ぎということですから、完成間近の新居に入った直後に何らかの異変があったようです」

「家にやってきたのを見た者はおるのか」

「目撃者はまだ現れておりません。恐らく他人のクルマに同乗してきたのでしょう。被害者の物と思われるクルマも見当たりません」

「やっぱり自殺なのか」

「それが、死因は首を布状の物で絞められたようで自殺と断定することはできないのです」

「しかし、内側からは全て鍵が掛かっていたと言うやないか」

「はい。現場は平屋造りで進入口は玄関と裏口、東西南三方向に窓がありますが、いずれも施錠されていました。まだ内装はされず配電前の状態でしたが、さすがに一級建築士の指示で窓はダブルサッシ、それも上下二箇所でロックされており外部から開け閉めすることは不可能です。また玄関と裏口には最新式のCP錠を二つずつ使用しています」

「CP錠？」

「官民合同会議試験に合格した防犯建物部品のことです。空き巣などがよくやる所謂《いわゆる》サムターン回しが困難で、合鍵を作っても〇・〇五ミリ以上オリジナルとの誤差があれば開錠できません。しかも鑑識によれば玄関裏口共に鍵穴にキーが差し込まれた形跡は皆無、つまり未使用という所見です。まだ家具の搬入がないため、鍵は一度も使われなかったのですね」

「ということは、竣工《しゅんこう》直前の家に入って内側から鍵を掛けただけで外部からは一切施錠しなかったということか」

「その通りです」

「なら和室はどうだ。畳を剝がして板を上げれば床下から出入りも可能だろう」

「あの家に和室はありません。全室フローリング仕様になっていて、床板を簡単に剝がすような真似《まね》はできません」

「誰も出入りできないのなら自殺だろう」

「いや、我々は手で絞めた場合は扼殺《やくさつ》、紐《ひも》か何かで絞めた場合は絞殺と呼びます。今回は首に残されていた索条痕《さくじょうこん》にわずかな表皮剝脱が認められ、その交差部分は後ろに位置しています。つまりこれは背後から絞められた犯行情況を明示しており、更に現場には索状痕に一致するような凶器が見当たらない点、そして遺書らしきものも見当たらない点から自殺の可能性は非常に希薄であり絞殺と判断されたのです」

「すると何か。烏森が他人に縊《くび》られたにも拘《かか》わらず、その者が家屋から出た形跡がどこにもない、ということか」

「はい」

「待て。竣工間近と言うてもまだ完成した訳やない。窓の隙間やら床下に通じる収納庫やら、どこぞに人一人搔《か》い潜《くぐ》るくらいの抜け道はなかったんか」

念を押すように問うと、副島は苦りきった表情で頷《うなず》いてみせた。

「内装や配線はともかく、建築物としての体裁は完了しています。壁にも床にも抜け道など存在しません。リビングから屋根裏に続く収納階段はありますが、天井も外側から施工されておりネズミ一匹這《は》い出る隙間もないのです」

「では犯人は奇術師だとでもいうのか」

「わ、分かりません」

「捜査一課の課長、だったな。自身に考えるところは何かあるのかね」

「い、いいえ。今のところは初動捜査の段階であり、断定的なことはまだ何とも」

「何や、結局はないない尽くしやないか。そんなことでよく現場の指揮官が務まるもんやな」

叱責半分愚痴半分でそう言うと、副島は悔しさを必死に隠そうとしながら頭を垂れた。

「まあ他殺なら他殺で構わんが、早いとこ事件を解決して欲しいもんや。一カ月。そうさな、長《なご》うても一カ月で終結させてくれ」

「一カ月？　その期限はどういう理由で」

「人の噂《うわさ》も七十五日と言うがな、不動産の場合はそれが当て嵌《は》まらん。巷間溢《こうかんあふ》れる幽霊屋敷の話は知っとるやろう？　こういう事件はちゃっちゃと解決せんと噂が根付いて後々まで尾を引くことになる」

その時だった。問題の新築物件の玄関先からいきなり甲高い声が聞こえてきた。

「パパァッ」

見れば、規制線に阻まれた母子が警官と押し問答をしているようだが、遠巻きで会話までは聞き取れない。はっきりと分かるのは、背丈が母親の腰までしかない女の子が懸命に家の中に入ろうとしているのを母親が引き留めている図だ。遠目にも鮮やかなイタリアン・レッドのコートが対照的な白いコートから離れようと暴れている。

「奥さんの仁美《ひとみ》さんと娘の奈菜《なな》ちゃんですよ」と、春見が口を挟む。

「パパァッ、パパァッ」

これだけ離れた場所に届くのだ。子供特有の声質を考慮しても喉も裂けよとばかりに叫んでいるのだろう。

「可哀相《かわいそう》だなあ。あの子、まだ八つなんですよ。昔からパパっ子でしてね。外出も烏森くんと二人きりということが多かった」

「母親は共稼ぎか何かか」

「いいえ。烏森くんは稼ぎが良かったですから。仁美さんは子育てより別の方に興味があったようですね」

奥歯にモノの挟まったような言い方で春見が彼女に抱く心証が透けて見える。そして、夫の稼ぎを当てに遊び呆《ほう》ける野放図な妻の日常が浮かび上がる。みち子が仁美の服装に容赦ない観察を加えると、成る程着ているコートや抱えたバッグは一目でそうと分かるブランド品だ。

「烏森くんの仕事振りを詳しくご存じで？」

「ああ。お前ん所以外にもうちの手掛けたマンションで何度か設計を依頼したことがある。若いがなかなかに優秀な建築士やったが」

「ええ、おっしゃる通りで。昨年に日本建築家協会賞の候補に選ばれてからは一躍売れっ子になりまして。うちとの付き合いは律儀に続けていましたが、注文も引く手数多《あまた》でしたね」

「ほう。では同業者の中で彼の死を喜ぶ者も何人かいるということですな」

副島が抜け目なく春見の言葉尻を捕らえる。だが玄太郎は遠方の母子に視線を置いたまま で、副島の懐疑にはちらとも関心を示さない。

何をそう熱心に──みち子が様子を窺おうとすると、玄太郎は絶妙のタイミングでついと母子から視線を外した。

「烏森が死んで得をする、というのなら疑う相手は同業者だけには限るまい」

「と、おっしゃいますと？」

「ここが忌避物件になると当然、隣接する敷地も買い手がつかんようになって値を崩す。するとわしや春見がひどく困る結果になる」

「成る程、つまりお二人の商売敵も広義の被疑者になり得るということですな。では香月さん、貴方《あなた》が窮地に立たされると利益を得る、というか快哉《かいさい》を叫ぶ者に誰か心当たりはありますか？」

そう問われると、玄太郎は意表を衝《つ》かれたように怪訝《けげん》な顔をした。

ああ、この傑物にも人並みに敵を恐れる気持ちがあるのだな、とみち子はいささか意外な感に打たれる。だが考えてみればそれも道理で、経済的な背景さえ除外すれば、この男は下半身不随のいち老人に過ぎないのだ。

玄太郎は眉間に皺《しわ》を寄せ、明らかに困惑の表情を浮かべている。

「困ったな」

「何をお困りで」

「そいつは捜査の攪乱《かくらん》を誘う原因になりかねんぞ」

「はい？」

「わしを恨みに思う人間なんぞ、両手両足の指を使ってもまだ足りん。おい、春見。お前の指を貸せ」

2

午前七時。介護ヘルパーの仕事始めは早い。要介護者である顧客が朝の早い老人であることが多いからだ。もっとも連れ合いを早々に亡くし、一人娘も二十歳《はたち》過ぎに片付いてしまったみち子には、朝が早かろうが遅かろうが大した違いはない。むしろ自分を頼りにする者がいるという事実が何でもない朝に活力を与えてくれる。

香月邸の玄関に到着すると、ちょうど中から飛び出してきた二人の少女が脇をすり抜けていった。

「おっはよおー、みち子さん」

仔犬《こいぬ》のように元気一杯で駆けていったのは玄太郎の孫娘、遥《はるか》。ぺこりと小さくお辞儀をして遥に引っ張られていったのはやはり孫娘の片桐《かたぎり》ルシアだ。ルシアの両親はインドネシアに住んでいたのだが昨年暮れのスマトラ島沖地震で消息を断ち、遺《のこ》されたルシアを玄太郎が預かっている。この二人に長男夫婦、そして次男を加えた六人家族の家長を務めているのが車椅子の老人という事実には今もって驚きを禁じ得ない。

香月家の敷地には二棟の建物があり、離れは玄太郎専用の平屋建てだ。二年前、脳梗塞で倒れたことを切っ掛けにバリアフリーの見本のような家を建てたのだが、スロープ式の玄関や家中に張り巡らされた手すりなど病院施設にも負けない心配りで、介護する側にとっても負担が少ないようにできている。

玄関から入って奥の部屋が玄太郎の寝室だ。ノックをすると案の定、すぐに「どうぞ」と返事が返ってきた。

「朝の着替えです。入りますよ」

ドアを開けるとベッドの上から玄太郎が忙《せわ》しなく手招きをしている。これで立場とシチュエーションが違えば結構艶《いろ》っぽい場面なのだが、相手が相手なので望むべくもない。

「遅い。五分遅れた」

「五分くらい何ですか。それで誰かが困る訳じゃなし」

「わしが困るんや。何せ先が短いから一分一秒が貴重でならん」

　上半身を起こさせると玄太郎はじっとしているのももどかしげにパジャマを脱ぎ始める。みち子は倒れないようにその肩を軽く押さえておく。

「早いですねえ、パジャマ脱ぐの」

　無言の作業を続けていた玄太郎の手が上着を脱ぎ捨てた段階で止《と》まる。全く動かない下半身だけは介助者の手が必要になる。みち子もまた無言でズボンを脱がし始める。

　当初はこの作業の最中も会話を欠かせなかった。できたことは誉《ほ》め、できなかった時も患者の表情や仕草に注目し後で記録するのが介助業務の一環だからだ。だが間もなくみち子はそれを放棄した。この老人に誉め言葉など何の役にも立たず、表情の観察もまるで意味のないことが分かったからだ。

　ズボンを抜いて露わになった下半身は、老いてなお頑健な上半身とは笑えるくらいに不釣り合いだった。膝から爪先まで骨と皮でできた歪《いびつ》な造形物——それは使わなくなった肉体は朽ち果てるという摂理の証明だった。仮に玄太郎の障害が奇跡的に回復し下半身が動くようになったとしても、とても腰から上の体重を支えられるものではないだろう。

　つい注視してしまった——そう気づいた時には、斜め上から玄太郎の視線があった。

「どうした。この脚が今更珍しいかね」

「珍しいですよ。こんな風になった身体《からだ》を見られても眉一つ動かさず平然としているのは玄太郎さんぐらいです。大抵の患者さんは怒ったり恥ずかしがったりするのに」

「何や、そんなことか。しようもない」

玄太郎は事もなげにひらひらと手を振った。

「しようもないって。当人には深刻な話でしょうに」

「怒ったり嘆いたりしたところで元に戻る訳じゃなし。それにどう足掻《あが》こうが、どう取り繕《つくろ》おうがこの痩せさらばえた脚は間違いなくわしのものや。正真正銘わしの一部や。それが何で恥ずかしいものか」

仕事といっても玄太郎がすることといえば携帯電話でのやり取りだけなので、特別なことが起きない限りは在宅のまま大抵事足りてしまう。そしてまた特別なことが起きても用事の方から玄太郎を訪ねてくる。

「お邪魔しまーす」

正午過ぎ、玄関に姿を現したのはブローバ・フレームのメガネとタイトな制服が印象的な女性事務員だった。

「社長お、おられますかあ」

その姿を認めた玄太郎は迷惑そうな顔も見せずに、

「よお。さっきは電話では詳しく話せんとか言うておったが」

「経理の話ですからあ。これは直接でないとお」

彼女は〈香月地所《こうづきじしょ》〉で経理を務める谷口沙織《たにぐちさおり》と名乗った。外見とは裏腹に間延びした口調がみち子にはいささか耳障りだった。

「七宝町の売り物件、キャンセル出ちゃいましたあ」

「何やと？」

「三物件から売買見合わせたいってまるで示し合わせたみたいに。一応理由訊いたら、やっぱり例の事件の影響みたいですねー」

「それが何で経理のお前さんに関係する？」

「あの六物件全部売却できないと経理上は所有不動産だから含み損になるんですよねー」

「ああ、そういうことか」

玄太郎は即座に合点した様子で軽く頷く。

不動産売買には無知のみち子が「でも売れなくても資産じゃないですか」と口を挟むと、少し苛立《いらだ》たしげに沙織に説明を促した。

「一物四価《いちぶつよんか》と言いまして、不動産には同じ物件であっても四つの値段が付いてるんです。まず固定資産税評価額、次に相続税評価額などの基となる路線価、毎年三月に発表される公示価格、そして最後に実勢価格」

「どうして、そんなややこしいことするんですか」

「ぶっちゃけ言うとですねー、不動産の処分方法が一様でないからです。相続とか売却とか競売とか。例えば坪単価の超高い物件を相続する時、その基本が実勢価格だと税金がスゴいじゃないですか。だから実勢価格よりも低い路線価を採用して減免措置としているんですねー。あと、物件のプラス要因とマイナス要因を公示物件と比較しながら実勢価格を設定するなんてこともあるし」

「問題はな、七宝町の物件が四価ともさほど変わらんようになったという点さ」

「いーえ。現実には実勢価格が四価の中で最低です。取得直後に整地などの開発費用が掛かってますから、あの売り値で成約できなければ益は出ません。また売却できなければ固定資産として計上せざるを得ませんが、その場合は購入時からの下落幅と費用分がそのまま含み損になりますから、その影響で今期決算は赤字になってしまいます」

「ふうむ」と呟《つぶや》くなり、玄太郎は憮然《ぶぜん》とした表情になる。

「名証二部とはいえ仮にも上場しとるからな。二年連続赤字は避けたいところや」

「でも実際に赤字なら仕方ないでしょう？」

「いや、あのな。二期連続赤字は上場廃止基準になっとるんだよ」

「やっぱり一戸建てよりマンション販売にウエイト置いた方が良かったですかねー」

「いや、それはそれで正解やった。見てみい、去年の三月に建てた甚目寺《じもくじ》のマンション。一年経《た》たんうちに、もう二割も値を下げた。住むんなら戸建てゆう意識はまだ根強い。大都市圏ならともかく、マンションなんてのは不動産ですらない。ただ空間を売り買いしとるようなもんやからな。利便性が色褪《あ》せれば価値なんぞ元からないから、あっという間に値を崩す。その点、土地は永久不変なんて思い込みがあるんで値崩れしても下限値がある。バブル高騰期、土地の値上がり方が青天井やった時どこぞの馬鹿が、日本は土地が限られているから上昇一辺倒も当然だとほざいておったが、あれも満更的外れとは言いきれん」

「でも、あの物件はハズレでしたよねー」

ずけずけと遠慮のない物言いに玄太郎はまたもや憮然とする。どうやら口調に似合わぬ辛辣な意見を口にできる社員のようだが、こういう社員を平然と野放しにしているところがいかにも玄太郎らしい。

「ここらは元々調整区域の多い地区やったから希少価値はずいぶんあるんやが」

「それを言うんなら、殺人事件だって希少な出来事だけど価値なんて全然ないですから」

「その三件は完全なキャンセルなんか？」

「いいえ。手付け打つのを待ってくれってだけ。何せ殺人事件だったら犯人がご近所という可能性もありますからね」

「つまり解決できれば、か」

「ええ。少なくない手付けを用意したくらいですから、皆さん購入意欲はそのままで。価格帯も一次取得者層向け、場所は名古屋市と津島市の中間地で両方とも通勤圏内」

「おい、さっきはハズレ言うたやないか」

「ハズレの物件をアタリに変えるのがディベロッパーの真髄やあっ、ていうのが社長の口癖じゃないですかあ」

「ようもそんだけ舌が回るなあ」

「いやあ、これも社長の教育の賜物《たまもの》で」

「それにしてもや。これでますます事件を早期解決して貰わなあかんようになった」

玄太郎は携帯電話を取り出すと、最近登録したばかりの相手を呼び出した。

「おお、副島くんか。わしや、玄太郎や。事件どうなった。もう解決したか？　何？　何が勘弁や。勘弁して欲しいのはこっちや。あの人死にのせいでわしまで死にそうな目に遭うとる。いや下手したらわしんところの社員やその家族にまで被害が及ぶ。もし、そんなことになったらあんた責任取れるか。わしの身に何かあれば宗野の後援会は自然消滅、次の衆院選も苦戦に。うん？　電話では話せん？　何や、あんたもか。そんならここに来て話せばよろしい。邪魔者は誰もおりゃあせん」

「玄太郎さん」電話を切った患者にみち子は非難の目を向ける。「あなた、自分以外の人間はみんな犬か何かやと勘違いしとりませんか？」

「何をたわけたことを。犬なら決して主人を裏切らんし、第一もっと賢いわ」

沙織と入れ違いにやってきた新しい犬は、尻尾こそ振りはしないものの従順さをしきりに示そうと躍起になっていた。

「署長の佐野がくれぐれもよろしくと申しておりました。それから則竹公安委員長からも」

「ああ、ええ、ええ。そんなのは後回しにしてくれ。それより、さっき電話口で言いかけたのは何やったんや。何ぞ進展でもあったか」

「実は現在、重要参考人の一人から事情聴取をしている最中なのです」

相手の反応を確かめる仕草が、まるで自分の芸を誉めて貰いたがっている犬のようだったので、みち子はこみ上げる苦笑を堪《こら》えるのに必死だった。

「誰や、そいつは」

「被害者の妻である烏森仁美です。最初本人は隠していましたが、被害者には八千万円の死亡保険金が掛けられていました。受取人はもちろん、妻の仁美に指定されています」

「絵に描いたように単純な話やな」

「実際、犯罪なんてのは単純なものばかりで」

「ほう。そんなら、内側から鍵の掛かった家から犯人が脱出したのも単純な方法なのか」

そう切り返されると、副島はぐっと言葉に詰まる。

「内側から施錠されていたと言うが、玄関ドアのノブには烏森以外の指紋は付いておらんかったのか」

「それがその、実は後から拭き取った形跡があり、被害者の指紋すら残っていませんでした」

「烏森の女房はどうなんや。保険金のことを含めて何ぞ捜査が進展しそうなことを言うたのか」

「保険金のことを黙っていたのは変に勘繰られるのが嫌だったからで、八千万円という金額は夫の年収に比較してもそれほど常識外れの額面ではない。第一、それは保険の外交員が初めに提出してきたプランだったと。因《ちな》みに、その保険を勧めたのは十年来の付き合いをしている外交員で烏森自身が契約しています。それに言うことがふるっていましてね、烏森の収入なら今殺して八千万円を手にするよりも、生かしておいて稼いで貰う方がずっと割りが良い、と」

「ふん」

道徳としてはともかくカネ勘定としてなら理屈が通っている、とみち子は思う。つまり、それは金の卵を生む鶏を文字通り絞め殺すようなものだからだ。

「派手な買い物が祟《たた》って仁美自身は破産の一歩手前ですが、言っていることにも一理はあります」

「他に烏森を憎んでいた輩《やから》はおったのか」

「ああ、それは枚挙に暇《いとま》がなかったですね。新進気鋭と持て囃《はや》される一方で、被害者は色んな場所でトラブルを起こしています。依頼主の注文通りに造らなかった。逆に設計図通りに施工しなかったと建築会社を非難し、デザインを盗った盗られたのと訴訟沙汰は半ば日常茶飯事だったようです。当然、敵も多いのですが……さて、殺したいくらいに、となるとどうでしょうねえ。色やカネよりは薄弱だろうという意見が本部の大勢を占めていますが。ああ、もちろん疑いのある人物については一昨夜のアリバイを一つずつ潰しています」

「アリバイと言ったな。女房のそれは確認したのか」

「それがですね、事件の前日から当日まで伊豆に一人で旅行していたと言うんですよ」

「一人で？　あの夫婦には娘がおったろう」

「仁美は月に一度、一人旅をするのが恒例みたいになってましてね。今回は十三日に家を出て、十五日の朝には戻っていた。その直後警察からの連絡を受けて現場に駆けつけた、とこういうことです」

「つまり烏森が殺された時分には伊豆におったということか……ところで烏森はその日、どう行動しとったんかね」

「これは留守番をしていた娘の証言ですが、十四日の朝、仕事で出かけると言い残して家を出てからはそれっきりらしいですね」

「ええ？」みち子がそれを聞き咎めた。「それなら、あの奈菜って娘《こ》は父親が家を出てから母親が帰ってくるまで丸一日、ずうっと独りで留守番をしとったんですか」

「そういうことですねえ」

　この事実一つでみち子の仁美に対する心証は最低ランクに落ちた。結果論ではあるが、年端もいかない我が子を孤独で不安な状況に陥れたのだ。金遣いの荒さや夫への愛情のなさは見逃すとしても、その一点だけは到底看過できるものではない。

「その女房が今は任意同行とかで引っ張られておるんじゃろ。娘はどうした」

「烏森の大阪の実家が預かってますよ。いつまた母親が出頭を求められるか分からないからと。可哀相ですが、まだ当分は大阪暮らしになるでしょうな。捜査本部も事情聴取一回だけで終わらせるつもりはありませんし」

「さぞ心細いでしょうに」

「いや。まだ幼いせいでしょうが、父親が亡くなった事実で頭が一杯らしく母親と離れ離れになった時も泣き喚《わめ》くようなことはなかったようです」

聞きながら、みち子は副島に対する心証も最低ランクに落とした。この男は奈菜をどこまでも幼女扱いしているが、八歳ともなればもう感受性は一人前だ。父親の死に母親が関与している――そんな風に知らされて平常でいられる訳がない。恐らくは泣き喚くことすらできないほど打ちひしがれているのだ。そんな単純なことさえ想像できない男に何が犯罪捜査の責任者か。

みち子の思いが伝播《でんぱ》したように、玄太郎の表情もまた憤懣《ふんまん》やる方ないという風だった。いや、やる方ないというのはこの男の身上ではなかった。怒りを体内に溜めるは病の元凶、さっさと排出するに限るというのが信条だ。

「長々と説明を聞いたが何のこっちゃない。結局は怪しい奴《やつ》の数が増え、解明できない謎はそのままやないか」

「それはその、あの」

「懇意にしておる検察ＯＢからこんなことを聞いた。たとえ容疑者を逮捕したとしても、犯行の動機とチャンス、そして方法を明らかにできなければ公判を維持できんので、結局は不起訴処分になってしまうのだとな。つまり今度の事件は、内側から全て施錠された家からどうやって犯人が脱出したのかを解明せん限り真の解決にはならんということっちゃ」

「そそそ、その通りで」

「それなのに判明したことが保険金の掛けられていた事実だけとは情けない。何が捜査の進展なものか。かえって混乱し迷走しとるんやないか。お前もこんな所で油を売っとる暇があるんなら、さっさと本部に帰って陣頭指揮を執らんかあっ」

こんな所に呼び出したのはあなたじゃないですかと、喉まで言葉が出かかったが小気味が好《い》いので黙っていた。

副島はやはり主人に怒鳴られた犬のように、尻尾を巻いて玄関から逃げ出していった。

だが玄太郎の一喝も空《むな》しく、事態が進展したとの報《しら》せはなかなか入ってこなかった。それどころか、翌々日には玄太郎を更に激昂《げっこう》させる一報が届けられた。

「何ぃ！　いつや、それは。ついさっきやとお。それを営業は黙って見過ごしたんか。何でその時、わしに報せん。たわけぇ、そんな言い訳なんぞ聞く耳持たん」

玄太郎は携帯電話に悪態をつくが、あまりの勢いに機体が潰れやしまいかとみち子は妙な心配をする。

「何。事件が解決しないとどうしようもないだと。それなら、すぐにも解決しますと何故《なぜ》胸を張って答えん。早期解決したら言った通りになったと鼻を高くすれば良し、解決が長引いたら長引いたで全部警察のせいにすりゃあいい。大体、客は安心したがっとるんだぞ。誰かに背中を押して貰いたがっとるんだぞ。それなのに引き戻すような真似をしてどうする。責任取らんでもええ範囲なら、客の勇気を引き出すのも営業の仕事のうちじゃ。分かったか。分かったんなら、今すぐ客に連絡して事件は早期解決するからと説得せえっ」

それはちょうど夕餉《ゆうげ》の最中だったが、玄太郎の癇癪にはすっかり免疫のできている家族は眉一つ動かさず、黙々と箸を進めるだけだ。ただ一人まだ慣れていないルシアだけが目を丸くして声の主を見ている。その視線に気づいた玄太郎はばつが悪そうに「すまん。仕事の話をせんといかんから中座する」と断ると、逃げるように母屋から離れに移動した。

「いったいどうしたっていうんですか」

「七宝町の例の物件、三件のキャンセルがあったのは覚えとるだろ。今日、残りの三件もキャンセルを申し出よった。理由は聞くまでもないがな。ええい、それにしても腹が立つ。警察が不甲斐《ふがい》ないばかりに何故わしのような善良な市民が巻き添えを食わなあかんのや」

善はともかく良というのはどうかしらね——みち子が判断に迷っているのをよそに、玄太郎は携帯電話を開いた。

「ああ津島署かね。香月だが捜査一課の副島くんを頼む」

すぐに本人が代わったらしいが、電話越しにも恐縮した様子が伝わってくる。そして二、三やり取りをしただけで玄太郎は携帯電話を閉じた。

「すぐに来るそうや」

玄太郎の言葉通り、それから十分もしないうちに副島が駆けつけてきた。もはやどう見ても主人の合図を聞きつけた忠実な犬だった。

副島を前にした玄太郎は開口一番、本日更に三件の売約キャンセルがあり、その全ての原因が副島の不手際によるものと叱責した。

「そ、それはあんまり言い掛かりのような」

「黙らっしゃい！　売約がキャンセルになったのもあそこの治安が悪くなって地域住民の不安が高まったせいや。それが警察の責任やなくて誰の責任や」

「そ、それは元来生活安全課の仕事でして、我々捜査一課の職域とは」

弁解を始めた途端に玄太郎の機嫌が更に悪くなる。組織内での責任転嫁が傍目《はため》からどれだけ醜悪に映るか、何故公務員という人種は知ろうとしないのだろう、とみち子は思う。

「それに捜査は着実に進展しています。我々だって、ただ手をこまねいている訳ではありませんから」

「ほう、何がどう進んだ？」

「烏森仁美に金銭以外の動機が見つかりました」

玄太郎は鼻を鳴らした。「男か」

「どうしてそれを」

「カネでないなら愛憎の縺《もつ》れ。女が男を殺す理由なんぞ、それが相場や。で、相手は」

「烏森の設計事務所を通じて知り合った柏木《かしわぎ》という税理士ですよ。問い詰めてみると、伊豆への旅行もそいつが同伴していたと証言を翻しました。仁美が旅行についてはっきり証言しなかったのはそういう事情からだったんですな」

「待て。男連れならお互いにアリバイとやらを主張できるんやないか」

「それがですね、名古屋から二人で行動すると誰に目撃されるとも分からないので、伊豆で合流したと言うんです。そして帰りも二手に分かれた。つまり、仮に宿泊先で二人の滞在が証明できたとしても、その後先や宿泊中に単独行動を取ろうとしてできないことはない。一方が不在になっても何とでも取り繕えますからね。現在、捜査本部では仁美の任意同行を再度検討しております」

夫に多額の保険金を掛ける一方で自分は不倫旅行——そう聞けば典型的な悪妻に思えるが、反面みち子は副島の言説に危うさも聞き取っていた。宿泊先で一人がアリバイを補完し、もう一人が現場に戻って犯行に及ぶ。確かに突飛な話ではないし、伊豆との距離を考慮しても頷けるものはある。だが、それは仁美が犯行に関与したことを前提とした可能性であり、いくぶんこじつけの感がなきにしもあらずだ。

「その柏木とかいう税理士は何と言うとる」

「柏木は事件発覚当日の十五日から韓国に出張しておりまして、まだ捕まえておりません。しかし帰国予定が三日後になっていますので早晩任意で引っ張れば、互いの供述に綻びも生じてくるでしょう」

「何やらちと強引な気もするがの。しかし、それで動機とチャンスは揃ったが、肝心の方法についてはどうなんや。まだ家屋から抜け出す方法や、女房が亭主を手に掛けた証拠が出た訳ではあるまい」

「そ、それは」

「大方、きつい尋問をすれば方法も自白するだろうと踏んどるのだろうが、もしも真犯人なら、その方法が明白になった時点で刑が確定することを承知しておるはず。簡単に吐くとは考え難いがな」

　副島は黙り込む。

「だがしかし、許された時間が多い訳ではない。解決が一日でも遅れればその分、わしを含めて有形無形の被害を蒙《こうむ》る者が出てきよる。冤罪《えんざい》などはもってのほかじゃが、犯人逮捕がひと月を越えるようなら、わしも市民の代表として捜査本部ひいては津島署に不信任めいたものを表明せんといかん」

　相変わらず副島は口を開かないまま、何やら居心地悪そうに立ち尽くしている。

「どうした？　やけに心外そうな顔をしとるな。国家権力ともあろうものが、こんな老いぼれの機嫌に左右されるのがそんなに不服か。さもあろう。しかし、権力と称するものの正体が実はいち個人ないしは複数の思惑であることは自明の理や。それは普段から権力を行使しておる手前が一番よく知っておろう。それ、分かったのならさっさと謎を解いてみせろ」

副島が出ていくと、みち子はまた非難の目を向けた。

「あなたはいったい、どこの国の独裁者を気取ってるんですか」

「そんな大層なつもりはない。単なる意趣返しさ」と、玄太郎は白々しく言う。

「あの男、人一人の罪や罰など捜査の手法如何《いかん》でどうにでもなると思っとるフシがある。ああいう権力を笠に着た人間を見ると虫唾《むしず》が走ってな。つい、もっと大きな権力を見せ付けたくなる。まあ、わしの悪い癖や」

「あら。悪い癖という認識はあるんですね」

「うむ。直そうとは思わんが。……しかし困ったな。陣頭指揮を執るべき男があのざまでは早期解決など、とてもやないが覚束《おぼつか》ん。こうしとる間にも土地はどんどん値を下げていくしな」

その時、ドアをノックする者がいた。開けてみるとルシアがそこに立っていた。

「お爺ちゃん。お夕飯の残り、どうするって伯母さんが」

「おおお、しまった、すっかり忘れとった。今から片付けに行くと言っておくれ」

「ねえ。その仁美っていう奥さんが犯人なの」

いきなりの質問に玄太郎は目を剝《む》いた。

「何でお前がそんなことを知っとる！」

「だって、お爺ちゃん大声だもの。今だって母屋まで筒抜けだったんだから」

「うーん、あれでも声を忍ばせとったつもりなんやが……」

「それで本当なの？　奥さんが旦那さんを保険金目当てで殺しちゃったって」

「いいや、まだそうと決まった訳やない。ただ、そう解釈した方が色々矛盾が少ない、というだけの話でな。それにしても、どうしてそんなことを気にする？」

「小っちゃい子、いるんでしょ」

「ああ」

「お父さんが殺されて、その犯人にお母さんが疑われて、今も独りでいるんでしょ」

「ああ」

「その子が一番、可哀相だよね」

「ああ」

「あたしなんて、その子に何の関係もないけどね。それでも、全然悪いことしてない子がそんな辛《つら》い目に遭うのは……上手《うま》く言えないけど、やっぱり間違ってるような気がする」

ルシアは遠慮がちにそれだけ言うと、「偉そうなこと言ってゴメンナサイ」と頭一つ下げて母屋に駆けていった。

　後には車椅子の老人と介護士だけが残された。

「負うた孫に教えられる、か」

「はい？」

「みち子さん。明日っからちょこちょこ付き添って貰うよ。あの介護専用車も一緒にな」

「何を考えとられるんですか」

「昔々、外国のテレビ映画に『鬼警部アイアンサイド』というのがあって。いや、これはみち子さんの趣味ではないか。ふむ、しかしそれも一興やな」

玄太郎が含み笑いを洩らすと、みち子は警戒心も露わにその顔を覗《のぞ》き込む。

「とにかく売却するまではわしの地所や。やはり、揉《も》め事の排除は手前でやらんとなあ」

「探偵の真似事でも始めるつもりですか」

「安楽椅子探偵というのがおってな。現場には一歩も足を踏み入れず、椅子の上だけで事件を解決してしまいよるんだ。……そうや、いっそ車椅子探偵というのは響きがええな」

「要介護探偵というのはどうです？」

3

その日、要介護探偵を乗せたワンボックス・カーが栄《さかえ》の一角にあるマンションに到着した。市内一番の幹線道路である広小路《ひろこうじ》通の一筋裏に位置しロケーションと利便性では申し分のない物件だ。

「ずいぶんと綺麗なマンションですねえ」

「ああ。2LDKで親子三人には少々手狭やが、坪単価が高いからそうそう広い部屋にはできんかった」

常駐の管理人室では初老の管理人がまだ午前中だというのに舟を漕《こ》いでいたが、見慣れぬ車椅子の来訪者に叩き起こされる羽目になった。

「あ、貴方がここの大家さんなのは分かりましたが、烏森さんの部屋はまだ関係者以外の方は立ち入り禁止になっていまして」

「何を言う。大家といえば立派な関係者やないか」

「しかしそうは言いましても警察から」

「警察がお前を雇っている訳ではないぞ？」

それはさしずめ魔法の呪文であり、烏森の部屋は規制線を無視して呆気《あっけ》なく開かれた。

まだ書類上は烏森一家が入居しているのだが、既に転居のための荷造りは完了しており、家財や細々とした小物の類いはあらかたダンボール箱に収納されている。がらんとした部屋の中で、唯一烏森の仕事道具であった製図台と製図道具だけが主人の帰りを待ちわびている。

ダンボール箱を仔細《しさい》に点検すると一度テープの剝がされた跡がある。恐らく警察が中身を検《あらた》めたのだろう。仕事に使っていたパソコンも押収され、徹底的に調べられているに違いない。

「何もないな」

玄太郎の呟きにみち子は思わず頷いた。家財道具のことだけではない。この部屋には住人の体臭も生活臭も全く残っていない。

「どうせ警察が調べ尽くした後や。わしが新たに発見できるものはあるまい」

「あら。それならどうしてこの部屋を見ようなんて思ったんですか」

「部屋を見るとな。たとえ荷物を片付けた後であっても、住んでいた人間がどんな生活をしていたのかが薄ぼんやりと見えてくる。家具の置かれていた場所、壁のキズ、汚れの有無、床の傷み具合、全てその人となりを反映させる」

「へえ。じゃあ玄太郎さんの見立てでは、ここの家族はどんな風だったんですか」

「春見の言うた通り、母親はあまり子供を構っておらんかったようやな」

「どうして、そんなことが分かります？」

「掃除して大方は消してあるがな、子供の目線の位置まで落書きやキズの跡が仰山《ぎょうさん》ある。確かあの娘は八歳やったな。そんな齢《よわい》の女の子が部屋の中で落書きをするんやぞ。共働きならともかく、専業主婦ならそうなる前に子供を外で遊ばせるやろう。この付近なら久屋《ひさや》大通公園もデパートも目白押しやしな。それなのにそんな跡が多数残っとるのは母親が子供をほったらかしにしておった証拠や。父親は父親で部屋に閉じ籠もって作業に没頭。だから製図台の周辺には落書きの跡など皆無やろ？」

とりあえず見たいものは見たと言う玄太郎をエレベーターに乗せる。箱の中は意外に広く、車椅子を収納して尚《なお》、大人三人分ほどの空間を残している。

「このマンションは、烏森が設計してハルミ建設が施工した最初の物件やった。もう七年も前か、烏森が独立して直後の仕事やったから結構力が入っとる。エレベーターにこいつを乗せても余裕がある広さにしたのは、近い将来高齢者が都心の集合住宅を必要とするやろうと考慮した結果らしい。見てみい。今では烏森の予測通り、ここらのマンションに入居する三割は世帯主が五十歳以上の住人やからな」

「えらく目端の利く人やったんですねえ」

「需要と供給、というのをよく心得とったんだろう。どんなに派手な外見だろうと、その物件を欲しいと思わない顧客にしてみたらただの悪趣味な飾りや。欲しいモノを欲しい分だけ、というのは一番効率的な商いなんじゃが、それを知る者は案外少ない」

「でもまあ、多少の見込み違いもあったようですがね」

後ろを金魚の糞《ふん》のようにくっついていた管理人がぽつりと洩らした。

「うん？　何やと」

「部屋や共有部分は確かに神経が行き届いてますが、地下駐車場がちょっと……」

「地下駐車場がどうした」

「部屋数の割りに収容台数が極端に少ないんですよ。こんな名古屋のど真ん中だから自家用車を持つ入居者は多くないって、六十世帯に対して二十台分のスペースしかない。さすがに住人から不満が出て、先々月に駐車場の割り振りを増やしたら、車両感覚の狂いから か早速場内で物損事故が出ちゃいましてね」

「そんな報告、わしは聞いとらんぞ」

「いや、物損と言ってもバックの際に車止め乗り越えて壁に穴開けた程度でしたから。ああ、そう言えば烏森さんが烈火の如《ごと》く怒ってましたねえ」

「何やと?」

「事故を聞きつけて現場を見た瞬間、顔色変えましてね。あの野郎とか畜生とか言いながらどこかにすっ飛んでいきました」

「それはいつだ」

「ええっと、六日前だから十四日昼頃のことでしたよ」

「今すぐそこに案内せえ」

一行が到着した駐車場は平日で皆が出払っていたため、駐《と》めてあるクルマは五台しかなかった。見通しが良いので管理人の言う破損箇所は一目瞭然だ。六箇所の突出した支柱部分のうち一つにバスケットボール大の欠落があり、その奥から鉄筋が顔を覗かせている。

「これはまた見事に開けたもんやな。それにしても事故から六日も経つのに、まだ修復しとらんのか」

「マンション全体が老朽化していまして……先月廊下の罅《ひび》割れを補修するのに管理費のかなりの部分を拠出してしまい、新たな予算が組めんのですよ」

なっさけない！　——とかの愚痴が飛び出るものと思ったが、玄太郎は支柱の欠損部分を藪睨《やぶにら》みするだけで管理人の言葉は耳に入らない様子だった。

「あれを、もっと近くで見たい」

言われた通り車椅子を支柱まで押し進める。玄太郎の視線は欠損部分に固定されて微動だにしない。その目は喩《たと》えて言うなら鷹《たか》の目だ。半分がた目蓋が閉じているが、見るものを射貫《いぬ》くような鋭さは隠しようもない。玄太郎は時折こういう目をする。大抵は仕事の中で重要な判断を下す時だが、それを目にする度にまだこの男は現役なのだと実感する。

その玄太郎が何を思ったのか、いきなり穿《うが》たれた穴に手を突っ込んだ。

引き抜いた手には崩れたコンクリートの欠片が握られていた。

そして、その手がすいと口に運ばれる――。

「玄太郎さん！」

異物嗜好《しこう》。認知症老人特有の症状が頭を掠《かす》める。慌てて玄太郎の手を押さえるが既に遅く、コンクリート片は口の中に放り込まれた後だった。

「あなた、いったい何だって」

不安そうに見守るみち子を尻目に、玄太郎はコンクリート片の咀嚼《そしゃく》を繰り返す。

やがて、その口から唾液と一緒になった残骸が吐き出された。玄太郎は如何《いか》にも不味いといった表情で口の周りを拭う。

「お味はよろしゅうございましたか？」

皮肉たっぷりに問うと、老人はさらりとこう答えた。

「えろう塩っ辛いな」

次に玄太郎が行先を指示したのは七宝町の事件現場だった。

「家の中が見たい。もう、あれから五日経ったからな。そろそろほとぼりも冷めた頃やろう」

弁解のようにそう言ったが、みち子は真面目に受け取らなかった。事件当日のあれは玄太郎自身の食指が動かなかっただけで、目的さえあればこの爺さまは規制線があろうが自衛隊一個師団が防衛線を張っていようが必ずその場所に向かう。

「都市計画法という法律があってな」

玄太郎が誰に言うともなく語り始める。こういう時の聞き手はみち子と決まっているので、黙って耳を傾ける。

「高度成長期の頃、所謂建設ラッシュというのが起きて、あちこちやたらにビルやらマンションが建った。それではいかんということで、人口集中による無秩序な開発を防止し計画的な都市化を目指すという目的の下、都市計画法が施行された。最初は良かった。市街化すべき場所とすべきでない場所を区別し、またすべき場所にはどんな建物を建てれば良いのか。その道路幅に対してどれだけの容積を許すのか。計画通りに建設されれば理想の都市になるはずやった」

「いい話じゃないですか。国もたまにはまともな法律を作るんですねえ」

「ところがな、ええ話はここまでだ。人間が生きているのならその集合体である街もまた生きておる。満遍なく集中するはずもなく、具合良く分散するはずもない。中でも割りを食ったのが市街化調整区域や。長ったらしい名前が付いとるが要は、ここは街にするつもりがないから新しい家を建てるな、という意味さ。するとどうなるか。事実上、新築は許されんから若い連中は嫌ってその地を出て行く。残されるのは老人と廃墟《はいきょ》だけや。土地は二束三文、田んぼや畑に転用するしかないが、おるのは年寄りだけやから当然土地も荒れる」

「あら、まあ」

「そして、ここに政治とカネが絡むと更に醜悪な図になる。都市計画の決定権は首長が握っておってな。つまり、市長や知事の胸三寸で調整区域の場所が決定されたり変更されたりする訳やから、当然そこには土地所有者の思惑やら政治的配慮やらカネが渦を巻く。簡単な話、調整区域の所有者が知事になったら何をしたがるかを考えてみればよろしい」

きっとみち子にも理解できるように嚙《か》み砕いて話しているのだろう。法律の不手際とそこに欲望が群がる図式は容易に思い浮かべることができた。

「あの七宝町の地所はなあ。値上がりを見込んで買ったというのもあるが、それ以前にわしの中の天邪鬼《あまのじやく》が騒ぎ出したんや。二期前の知事がな、個人的な理由であそこを調整区域に指定しよったのさ。当時その地は知事の天敵ともいうべき男の地所でな。まあ、嫌がらせみたいなものさ。そいつは不動産屋をしとったんだが、自前の地所がいきなり売り物にならなくなったもんだから堪《たま》ったものやない。しばらくして店を畳んだ。以来、そこは荒れるに任せておったんだが。さて、この男には香月という悪い友人がおってな」

玄太郎はそこで唇の端をくいと上げた。

「周辺地域に商業施設やら娯楽施設を呼び込む一方、知事の頬を札束ではたくようなことをして調整区域の規制を外させた。上手い具合に時期が来て交通アクセスも充実し始めた。土地にも改良を施した。元々は二つの市に挟まれたベッドタウン候補地やから、春見に分譲させた二区画と六物件が売れればちょっとした住宅地になる。そうなればそこを中心にした新しい街が生まれ、若い者も戻ってくる」

未来図を語る玄太郎は普段と違い、ひどく無防備な子供のように見えた。

「あなたは知事さんを差し置いて、自分で街やら国を造ろうなんて思っとるんですか」

「ふん。役人どもの拵《こしら》えた計画やら法律なんざ糞《くそ》食らえや。安く買った土地に化粧をし、付加価値を付けて高く売る。それで買い手が幸せになるんなら、それに越したこたぁない。谷口にも言われたが、それがディベロッパーの醍醐味《だいごみ》っちゅうヤツよ」

聞きようによっては天晴《あっぱ》れな弁舌と思いながら、他方でみち子はこの男に踏み付けられた者たちの恨み辛みに想像を巡らせる。

猪突猛進《ちょとつもうしん》と言えば聞こえは良いが、撥《は》ね飛ばされる方は堪ったものではない。札束に屈し、権力に押し潰されて声を奪われた者の怨嗟《えんさ》は如何ほどのものだろう。車椅子の上で高笑いするこの老人の鼻をあかすためなら人殺しの一つや二つ厭《いと》わない者がいたとして何の不思議があろうか。

現場に到着すると、既に困惑顔の春見が二人を待っていた。

「香月社長。どうしてまた探偵の真似事なんか始められたんですか」

「うるさいわ。警察があんまり無能やから自分で片付けんとしようがないやないか」

「しかし餅は餅屋という諺《ことわざ》もありますし」

「こういう事件を俗に密室と言うらしいが、要は不動産にまつわる謎やろ？　不動産の謎を不動産屋が解いて何が悪い」

新居の玄関には未《いま》だに規制線が張られていたが、玄太郎は「ふん」と鼻を鳴らしながらその下を掻い潜る。

副島が建築物としての体裁は完了していると言った通り、確かに外観は竣工状態に見える。しかし中に入ると、まだ到底人の住める有様ではなかった。壁紙もなく、配線は剝き出しのまま。完成しているのはアイボリー色のフローリングくらいのものだ。広々としたダイニング・キッチンには梱包《こんぽう》されたままの資材が山と積まれ、壁には配線を含めた平面図がメモ代わりに貼り付けられている。あまりの殺風景さに数日前まで死体が転がってい た事実さえ忘れそうになる。

「死体はダイニングのほぼ中央にあったそうです。丁度ここいらでしょうか」

春見は不快そうに床を指差す。だが、玄太郎は逆に天井を見上げる。中心からは照明用の配線がぶら下がり、西側の隅には四角く仕切られた部分がある。恐らく屋根裏倉庫への入り口だろう。だが、そんなアクセントがあっても照明器具がないので天井も広漠とした印象を与える。

次に玄太郎は車椅子を窓側に近付け、ロック部分に目を落とした。これも副島の説明通り上下二箇所を施錠する方式であり、外側から細工することなど不可能に思える。

「警察の方は壁に仕掛けがあるんじゃないかと疑ったようですけどね。無理ですよ。在来工法ならともかく、ユニット工法はひと部屋ごと外壁取り付けから配線まで工場で造り上げてしまうんですから」

「わしは昔ながらの工法の方が好みやけどな。現地でユニットの組み立てだけなぞ、まるでプラモデルと一緒やないか」

「そんな乱暴な。しかし確かにユニット工法にも短所があって、その一つがデザインに制約が加わることですが、さすがにそこは烏森くんですな。ユニットの組み方を不整形にすることで独創的な外観に仕上げた。本人は積木細工の応用と言っておりましたが、ああいう発想はとてもわたしらにはできません。つくづく惜しい男を亡くしたものです」

「それはそうだろうさ。何の役にも立たん奴を殺したところで、やっぱり何の役にも立たん」

「また、そんな憎まれ口を」

構わず玄太郎は浴室に移動する。通常、浴室への開口部は外気との兼ね合いで狭く作られるものだが、この家のそれは大人二人分の幅があり車椅子でも楽に入った。

「終《つい》の住処《すみか》にするつもりだったんですかね。将来、自分が車椅子を使うことも考慮して設計していたようです」

成る程、脱衣所から浴室まではバリアフリーであり、車椅子のまま湯船に直行できる。

「警察は浴室の窓にも疑いの目を向けましたが、そこも網戸の向こうは二重サッシの嵌め殺し、しかも内側からブラインドが取り付けてあるので後からの細工は全く不可能です」

　最後に一行は玄関に戻ってきた。

「玄関と裏口も彼らが固執した箇所です。つまり、ドアの蝶番《ちょうつがい》を犯行後に外側から取り付けられないかと考えた訳ですな。しかしこれも無理です。ご覧の通り、玄関もそして裏口も蝶番は家の内側に隠れており、外側から装着することはできません」

「床はどうなんですか。フローリングを剥がしてから、床下に潜って上手く元通りに嵌め込むというのは」

「綴喜さんも無茶を言われますな。フローリングも室内側から打ち付けた上に隙間なくコーティングされているんです。よしんば手品師みたいにそれができたとしても、床下はベタ基礎になってますから出入りできるのはシロアリくらいのものです」

　玄太郎は二人の会話など耳に入らぬかのように表情を動かさない。半眼のままでドアを見ているだけだ。

　そのうちに携帯電話を取り出した。

「おう、副島くん。わしや、香月や。一つ訊くが、烏森の死んだ時刻を十五日の十二時から二時までの間と決めたのは誰や。……大学の医学部？　……責任者の名前は？　……海《かい》部《ふ》教授。よし分かった。今から会いに行くからアポイント取っておけ」

　海部教授という人物の第一印象を一言で表わせば、流行《はや》りの町医者という風情だった。

大学の教授ともなればそれなりの経歴なり名声が頭を高くさせてしまっても当然なのだが、この人物は物腰も柔らかく初対面の老人に対してひどく丁寧だった。狷介《けんかい》なところも尊大なところもなく、それどころか玄太郎の車椅子を目にするなり、「前もって言って頂ければ良かったのに」と慌てて床に平積みされていた書籍類を片付け始めたので、こちらが恐縮する有様だった。

「副島さんからお話は伺っています。何でも死亡推定時刻について興味がおありだとか」

「お忙しいところを年寄りの我儘《わがまま》で潰してしまい、誠に申し訳ない」

みち子は耳を疑った。この老人の口から出た言葉とはとても思えなかった。

「実はわし自身の抱えておる問題にそれが絡んできよりました。そこで先生にご教授願いたいのだが、あいにくとわしはまともな教育を受けておらん。この齢になっても分かるのはかろうじて不動産に関わることだけや。だから、この年寄りにも理解できるように説明して欲しい」

「ええ。わたしも教えるのが仕事ですから」

「無学なので物分かりが悪いかも知れんが」

「構いません。生徒のように点数を付ける訳ではありませんから。……ええと、七宝町の事件に関連して、ということでしたね。あの案件は現場の検視官が算出したもので、まだ死体検案書は作成途中ですし、捜査上の秘匿事項を市井《しせい》の方に漏洩《ろうえい》することも無論できません。ですから今からお話しすることはごく一般的なこととお考え下さい」

玄太郎は神妙に頷いた。

「ご存じの通り、人体のほとんどは水分で構成されています。さて、ここにコップがあり、その中に熱いお湯が入っているとします。最初は熱いが、そのうちどんどん温《ぬる》くなり、やがて外気温に近づいていきます。そして、これはほとんどを水分で構成している人体にも同じことが起こるのですね。最初は温かだった体温が死亡時をスタートに大体死後四十八時間以内で気温とほぼ同じになります。冬なら一時間に二度、春と秋なら一度、そして夏なら〇・五度ずつ下がるのですが、つまり発見時の体温から逆算していけば低下のスタートである死亡時間が判明するという理屈です。但し体温にも個人差があり、外気温も一定ではないため推定時刻という表現をしているのです」

「ふむ」

「二月十五日の外気温については気象庁の地上気象観測原簿によると六度から八度。死体の検温、これは直腸内の温度を測るのですが、これが二十七度でした。成人男性の平均体温を三十七度とし、その差は十度。これを逆算すると」

海部は手近にあったコピー用紙を摑《つか》むと大きな字で数式を書き並べ始めた。

死後経過時間　　　一時間当たり低下温度
00.01～05.00（Hr）　1.81℃
05.01～10.00（Hr）　1.10℃

37℃ − 27℃ = 10℃

1.81 × 5 = 9.05　　1.10 × 0.86 = 0.95

「こうして検温した六時五十分から五・八六時間前、つまり〇時五十九分を中心とした前後一時間を死亡推定時刻と算出した訳です」

玄太郎はしばらく無言で数式を凝視していたが、やがて一度だけ深く頷いた。

「結構。非常に分かり易い」

「しかし、実はこれは正確な数値ではありません。担当した検視官はまだ経験も浅くあまり拘泥しなかったのですが、密閉された室内においては外気温と室温の低下速度には差異が生じるからです。その点、建物の構造にお詳しい香月さんには何かご意見がありますか」

「最近の一般住宅は例の如くエコロジーというヤツが大流行りでしてな」玄太郎はいささかの皮肉を込めて笑う。「あの物件も発泡プラスチックの断熱材を外張りにする工法でしたな。断熱材で四方の壁を埋めてしまうと、日中、窓から採り入れた太陽熱をかなりの時間室内に溜め込むことができる」

「ああ、それは貴重な意見です。すると、実際の体温低下は外気に触れていた場合より緩やかだったことになります。従って死亡推定時刻は〇時五十九分よりも以前に遡る必要がありますね。丁度胃の内容物の消化具合が出ている頃なので、そちらと照合しながら死体検案書を修正するつもりです」

「ありがとう、先生。よく理解できた」

丁重に礼を言い辞去を告げると、この温和な教授は一瞬だけ悪戯《いたずら》っ子のような笑みを浮かべた。

「これは私の独り言ですが、抜け毛の目立つ被害者の側頭部にはタンニンを主成分とした塗料が微量に付着していました。新築間もない現場にはあって当然のものと、一課の刑事さんたちは歯牙にもかけませんでしたが」

「タンニンを主成分とした塗料？」

「不動産や建設関係の方ならよくご存じでしょう。〈柿渋《かきしぶ》〉と呼ばれる物ですよ」

海部教授に見送られて二人は校門を出た。最後まで誠実だった教授の姿が見えなくなると、みち子は辛抱しきれずに口を開いた。

「ああ、びっくりした」

「さっきの説明にかね？」

「いいえ。玄太郎さんがあんな風に畏《かしこ》まった姿なんて初めてで」

「ふん、そんなことか」

玄太郎は面白くもなさそうに鼻を鳴らす。

「あの先生は誠意ある対応をしてくれた。だから、こちらも誠意をもって傾聴した。当然のことや」

4

ハルミ建設に到着すると、玄太郎はドライバーと一緒に車内で待っていろとみち子に命じた。

「いけません。自宅と違って何が転がっとるか分かったもんじゃない。わたしが付き添いますから」

「困ったな。塗料のサンプルを見て話するだけなんやが」

「絶対に駄目です。ええですか。玄太郎さんは押し手がおらんかったらはいはい歩きの赤ん坊と変わらんのですよ」

「赤ん坊がこんな憎まれ口を叩くもんか」

「とにかく一緒に行きます。一人にさせて何か起こったら、後で職務怠慢と非難されるのはわたしです」

強硬に主張し続けていると、やがて玄太郎が渋々折れた。

「塗料のサンプルでしたら、わざわざ来て頂かなくても、こちらから持参しましたものを」

急な来訪に驚く春見に構わず、玄太郎は他人の事務所を我が物顔で進む。

「どんな種類の塗料をお探しで？」

「とにかく見せろ。話はそれからや」

　春見は聞こえないような溜息を吐いて、玄太郎を先導する。

　事務所の奥に行くと〈資材倉庫〉とプレートの掛かった部屋に突き当たった。春見は鍵を取り出して開錠する。

「ほう。ご丁寧にいちいち鍵を掛けとるのか」

「以前、従業員が資材の横流しをしまして。それに懲りて今はわたしが管理しております」

　倉庫の中に入った途端、溶剤のシンナー臭と鉄の臭いが鼻を衝く。と、同時にひんやりと乾いた空気が一行の全身を包んだ。広さは十五坪ほどもあろうか、青白い蛍光灯の下に資材や塗料が整然と並べられている。

　玄太郎は塗料の並ぶ列を水平に移動する。蓋のしてある容器もあれば開けっ放しの容器もあり、玄太郎は一つ一つを仔細に見ていく。よくよく注意すると壁や床には塗料のこぼれた跡が点在している。

「おい。蓋の開いた塗料は表面に膜が張っとるぞ」

「ああ、これは不手際をお見せしてしまいまして」

　そして、ある容器の前でぴたりと車椅子を止めた。みち子はその容器を見てあっと叫びそうになった。

　その容器には〈柿渋〉のラベルがあった。

「ここに死体を置いといたんやな」

　まるで世間話をするような口調だった。

「犯人はお前や、春見」

背筋がいきなり寒くなったのは冷気のせいだけではなかった。みち子が恐々振り返ると、春見善造はひどく困惑した表情で二人を見ていた。

「いきなり何を言うかと思えば。どうしてわたしが烏森くんを殺さなきゃならないんですか。仕事上の有能なパートナーだったのに」

「動機とやらか？　それは烏森がお前の偽装建築に気づいたからや」

「偽装建築？」

「烏森が最初にお前と組んで建てた栄のマンション。あれは完全な手抜き工事や。わしの会社に提示した見積もりよりずっと安い材料を使ってその差額を浮かした。地下駐車場の破損した支柱を見て烏森はそれを知った。だから口封じにあいつを殺した。違うか」

ふう、と聞こえよがしの溜息を吐いたかと思うと、春見の次の行動はあまりに素早かった。音もなくみち子の背後に回り込んで膝を崩させ、あっという間に手近にあったナイロン紐で手足を縛り上げてしまった。叫ぼうとした口には丸めた雑巾が詰め込まれた。

「女子《おなご》に手荒な真似をするやない！」

「しかし、身障者のご老人に手荒な真似をするのはもっと気が引けます。それに元々社長は介護者がいなければ身動きが取れませんしね。ご心配なく。梱包作業は手馴《てな》れていますから痛くないように縛ったつもりです」

人をまるで資材扱いして——みち子が一人憤慨している間に、春見はドアに戻って鍵を掛けた。

「しかし香月社長。貴方は本当に難儀なお人だ。アリバイを疑うとかならまだしも、最初からそれに言及されたのでは逃げ場がないじゃありませんか。幸か不幸か、今日は朝から皆が出払っていまして。それにここは四方が分厚いコンクリート壁で窓もありませんから、多少の大声を張り上げても外には洩れません」

「しかし事務所の前では運転手がわしらを待っとるぞ」

「社長から話が長くなるので先に帰れと伝言されたとでも説明すれば納得してくれるでしょう。貴方が気紛《きまぐ》れなのは彼も嫌というほど承知しているでしょうからね」

話しながら、春見は車椅子をスチール棚に縛り付けて固定しようとする。

「念のため、社長にも身動きは取れないようにさせていただきます」

「下半身不自由な老いぼれにえらく厳重なことやな。親に恥ずかしいとは思わんのか」

「すみません、すみません。しかし社長。何故ここが死体を保管していた場所と思われたんですか」

「烏森の頭には柿渋が付着しとったそうや。警察は建設途中の建物の中やから塗料が付くのは当然と思ったらしいが、現場で塗料を使っていたのはあの時点でフローリングだけ、しかも色は柿渋とは似ても似つかぬアイボリーや。ちょっと気を利かしたら、その柿渋がどこか別の場所で付いたものやないかと想像がつく。そしたら、すぐに思い出したわ。七宝町の分譲地、あれは内装を柿渋塗装しとったやろう。幟にエコ塗料エコ塗料とうるさいくらいに書いてあったからな。恐らく、ここの床か壁にこぼれた柿渋塗料が烏森の頭に付着したんやろうさ」

「柿渋なんて今じゃ珍しくもない。それだけの根拠でこの場所を特定するなんて、ひどく強引だと思いますが」

春見は身体の自由を奪われた二人を前にして、威嚇も開き直りもしない。ただ、降って湧いたようなトラブルに当惑しているようにしか見えない。

「第一ですよ、あの密室の謎はどうなったんですか。仮にわたしに彼を殺さなきゃならない動機があったとしても、あの部屋から脱出できることを証明しない限り逮捕なんてできっこない」

「ああ、あれか。あんなもの現場をちらと見ただけで見当がついたぞ」

事もなげに玄太郎が言うと、春見は目を丸くして顔を近づけた。

「ご冗談を。ちらと見ただけでそんなことが分かるはずありません。警察でさえ、その一点で捜査が行き詰まったというのに」

「春見よ。相手が素人ならいざ知らず、あれは建築屋には分っかり易い方法やぞ。まるで下手な手品を後ろから見せられておるような気がしたわ」

玄太郎は馬鹿馬鹿しそうに斬って捨てる。

「あの物件はユニット工法やったな。基礎の上に工場で仕上げた一部屋ごとのユニットを組み立てる。そして最後に屋根を被《かぶ》せる。いつぞや、わしの言うた通りプラモデルや。そこでお前は死体を室内に転がしておいてから屋根を取り付けた。つまり烏森はお前が作業を終えた十四日の午後八時よりもずっと前に死んでおったのだ。殺された時に密室やった訳やない。逆や。殺してから密室にしただけや。もっと仔細に説明してやろうか？　もちろん屋根一枚をお前一人で張ったのではない。十四日の作業で屋根も九分通り張り終わっていた。そして残り数枚を残した段階で、お前は若い連中を遅れの出ている佐屋の現場に追い立てた」

「遅れていたのは事実なのですよ。本当に最近の若い者はこういうキツい仕事には就きたがらんので人手不足が慢性化してまして」

「死体は大方アルミの断熱シートに包んだ上にブルーシートでも被せておったのだろう。建設現場でブルーシートに覆われておれば誰も見向きもせん。お前は死体を担いで張り残した所から屋根裏に入り、収納階段を使ってリビングに下りた。時刻は七時頃、外は既に暗く照明もまだ装備されていない闇の中の行動や。家の外からは様子が分からんし、見えたとしてもブルーシートのお蔭で資材を運んでいるようにしか見えん。お前は床の上に死体を転がすと、内側が全て施錠されていることを確認してから屋根裏に戻り、階段を収納しこれも施錠した。そして屋根に上がり、軒天井を打ち付ける。垂木《たるき》を載せ、野地板《のじいた》と耐水合板を装着し、アスファルトルーフィングを敷き詰めてから最後に平板スレートを張った。工程だけ連ねれば大層な仕事に聞こえるが、残っていたのは畳数枚分だけやったろうから、お前の腕なら一時間もかかるまい」

春見は黙って聞いていたが、時間経過と共に眉間の皺を深くしていた。

「まるで見てきたかのようにおっしゃる。香月社長はご自分でも大工仕事の経験がおありで？」

「ないな。しかし、自分の売った地所にどんな家が建つか興味はあるからな。時間の許す限り現場に顔を出して作業の様子は観察しとるよ。実際、お前の立ち働く姿も何度か見た。さすがにあの棟梁の弟子やと感心して見ておったもんやが」

「お褒めいただいて光栄です。しかし社長、密室の件はそれで説明がつくとしても、死亡推定時刻の件はどうなります？　検死の先生の報告では十五日の深夜十二時から二時までの間ということでした。社長の推理が正しいなら少なくとも烏森くんは十四日の夕方には死んでいたことになる。それでは齟齬《そご》が生じます」

「ふむ。お前はその十二時から二時までの間はスナックなり何なり誰ぞと一緒にいて、アリバイを作ったのだろうな。だが、実際は多分こうだったのではないか。栄のマンションで烏森がお前の偽装建築に気づいたのが十四日の昼や。奴は取るものも取りあえずここにやって来てお前を詰問した。そこでお前は奴を手に掛けた。お前のことや、しでかしたことを後悔はしたやろう。だが捕まることはできん。必死に考えた。そして思い付いたのが死んだ時刻をずらして、あの家の中に放り込むことやった。そうすればアリバイも成立、密室のカラクリを解けなければ警察の手が自分に届くこともない」

「死んだ時刻などどうやってずらします？」

「大学の先生に聞いた。死亡推定時刻というのは死体の体温が外気温と同じになる時刻から逆算するのだとな。だが、外張り断熱の建物なら室内の温度低下は緩やかやし、元々の体温が異常な高さのままで保温されたとしたら十二時間くらいは誤魔化せる。丁寧に計算式まで教えて貰ったからな。わしも久し振りに頭使って計算してみたんさ」

「何が久し振りなもんですか。社長の頭脳はいつもフル回転でしょう」

「そこでこの倉庫や。お前はここに死体を置くとありったけの暖房で倉庫内を暖めた。死体の周りにはストーブをガンガン焚《た》きもしたやろうな。都合の良いことに倉庫の管理はお前がしとる。邪魔者が倉庫にふらりと入ることもない。死体の温度はどんどん上昇し四十度以上にはなったか。六時間ほどもそうしておいてから、すっかり暖まった死体を断熱シートに包み、お前は七宝町の現場に向かう。現場はここからクルマで五分の場所やから、到着しても死体はまだまだ暖かい。後はさっき長々と説明した通りや。夕刻過ぎでも外張り断熱のお蔭で室内は外よりは冷えていない。死体が発見された六時半には体温は二十七度まで下がったが、元より条件が違うのだから正確な時刻が算出される訳がない。だが、お前はそれ以前に大きなヘマをやらかした」

「何をですか」

「倉庫内を閉め切ったままで暖めたことさ。長時間高温にしたため保管していた有機溶剤塗料のシンナー成分が揮発してしもうた。ここにある何缶かの表面に膜が張ったのはそのせいや。それに、あいつは抜け毛の気味があったからな。恐らく何本かはここに落ちとるはずやぞ」

「では後ほど大掃除をしなくてはなりませんな。ああ、それから塗料も全部買い替えなくては。やれやれ、また余計な仕事が増えた」春見は大きく溜息を吐いた。「自業自得だというのは分かっているんですがねえ。烏森くんが乗り付けてきたクルマの処分だって大変だったというのに」

「ユニット工法を利用したことは仕事柄当然として、死体を暖めて死亡推定時間を狂わせるなんてのはどうやって思い付いた。お前のアイデアとも思えんが」

「ああ、それはですね。昨年、うちの手掛けた物件で似たような出来事があったんです。やはり外張り断熱の家屋で購入者が自殺したのですが、室内の保温効果で体温低下が緩慢だったために推定時刻が大きくずれ込んで捜査が混乱したんです。それを参考にしました」

「しかしなあ、何も殺すことはなかったろう」

「それはわたしだって。あれが穏便な話し合いだったら、また別の展開があったのでしょうが、それがあんな風に恐喝されては」

「あの男が恐喝したのか?」

「ええ、怒鳴り込んでくるなり、よくも自分の初仕事に泥を塗ってくれた。公表されたくなければ今後ひと月ごとにまとまった金額を口座に振り込め、と言われました。当時の発注書も見積もりも、彼は初仕事の記念に保管していると言う。追い詰められて、気がつくと自分のネクタイで彼の首を絞めていました」

「あやつもそこそこ稼いでおったはずだ。いの一番にカネの話をするほど切羽詰まっていたとは思えんが」

「彼自身ではなく細君の仁美さんがカード破産寸前でした。自分は働きもせず毎日毎日買い物を続ければそうなるのが当然なのですが、彼女は自分のような女性だからこそそういう生活が相応《ふさわ》しいと嘯《うそぶ》いていたようです。その、根拠のない思い込みはどこから来るんでしょうねえ。また、あの烏森くんという男も仕事では辣腕を振るっても女房の操縦はからっきしでした。彼よりも羽振りの良さそうな税理士と浮気され、彼女を必死に引き止めたいがため放埒《ほうらつ》な生活を戒めることができなかった」

「やれやれ」と、玄太郎も溜息を吐く。

「そう言や、お前ん所の分譲マンションは他社よりも二割安というのが売り文句やったな。どうせそれ以降も偽装建築を続けたんやろう。そんなハリボテみたいな物件を何も知らん客に売り続けて面白かったか？」

「どうにも仕方なかったのです。長引く不況で受注は減る、あっても足元を見られるような受注額。コストカットや人員削減も限界で、残された方法は原材料のコンクリートを安く仕入れたり鉄筋の数を減らした上で内装だけグレードアップさせ、激安物件として売り出すしかなかった。でなければ会社は倒産してしまう。わたしだけではない。従業員とその家族の生活を護《まも》るためでした」

「阿呆。そいつらの生活を護るためなら、高いカネ出して安普請のマンションに住まわされる客の生活はどうでもええと言うのか。そういうのをすり替えと言うんや」

春見は気圧《けお》されたように口を閉じた。

「春見。一度しか言わんからよく聞け。烏森を殺《あや》めたことも含めて、今まで手抜き工事をした建物を公表せい。そして手持ちの財産を投げ打ってでも補修工事をせい。そうしたところで罪は消えん。民事でも刑事でもこっぴどくやられるやろう。しかし最低限、建築屋の矜持《きょうじ》だけは守れる」

春見はしばらく頭を垂れて考えていたが、やがてゆるりと上げた表情には気弱そうな苦笑が浮かんでいた。

「貴方の、そういう前向きな剛《つよ》さがわたしには眩《まぶ》しかった。しかし、誰しもが貴方のように真《ま》っ直《す》ぐ歩いていける訳じゃない」

「皮肉なもんやな。わしの足はこんな風に使いものにならんというのに」

「これ以上、責められるのは辛うございます。それに知られてしまったのなら、こうするより他にありません。恐れ入りますが……」

一礼し、春見は自分のネクタイを引き抜くと玄太郎に一歩を踏み出した。

玄太郎は眼前に迫る男を無言で睨みつける。

みち子は身を捩《よじ》りながら何とか声を出そうと足掻く。

その時――、
施錠したはずのドアが轟音《ごうおん》と共に吹っ飛んだ。

わんわんと反響音が壁を叩く中、ドアをなくした入り口から数人の人影が一気になだれ込んできた。

「ななな何だお前らいったい」

不意を衝いた襲撃に春見はひとたまりもない。うろたえた様子で立ち竦《すく》んでいると、いきなり腹に膝蹴りを一発、そして顔面にストレートを食らった。げふ、と一声呻《うめ》いてそのまま地べたに腰を落とした。

「社長！　お怪我《けが》は」

次第に目が慣れてくると、むくつけき男たちが七人ほどで春見を取り囲んでいるのが見えた。風体や面構えは到底堅気の者ではない。

「ああ、わしは何ともないから先にその女子を解放してやってくれ。酷《ひど》い目に遭わせた」

無骨な手がみち子の縛《いまし》めを解く。

「こ、香月社長。この男たちは」

「うちの下請けはお前の所だけやのうてな。こういうやんちゃな者が勤めとる建築屋とも懇意にしとる。春見よ。わしが何の用意もせんとここにのこのこやってくると思うか？　わしらが中に入って十五分経っても戻らんかったら、これらが突入する手筈《てはず》になっとったんや。長い付き合いなのに、まだわしの流儀が分からんとみえる。わしはカネにはカネで、権力には権力で、そして暴力には暴力で対抗する男やぞ」

「社長、この男どうします。材料もここにたっぷりある。セメント漬けにして名古屋港へ」

「たわけ。れっきとした殺人事件の犯人や。すぐ津島署に送ってやらんか」

「へ？　わしらが、ですか？」

「普段悪さばあっかしとるんや。こういう時こそ警察に恩を売っておかんか……。おお、みち子さん。すまなんだなあ」

春見が断言した通り、縛られた箇所に痛みはなかったが、遅れてやってきた怒りと恐怖で顫えが止まらない。

「こうなるかも知れんから、わし一人で行こうとしたんやが、あんたも強情やったし」

「本っ当に、何て面倒な爺さんなんだろ！　呆れて開いた口が塞がらんわよ。もう、あたし決めましたからね。ええ、絶対に決めましたとも！」

「辞めるんか？」

「あんたみたいな危険な患者の世話できるのはあたしぐらいしかおりません。今後何があっても絶対、辞めませんからね！」

＊

「契約の止まっていた六物件、午前中に全て成約済みでえっす」

沙織の浮かれた声でそれを確認すると、ご苦労さんと一声答えて玄太郎は携帯電話を閉じた。

やれやれ。何とか決算には間に合ったか。

「強引な商売だこと」

背中からみち子が皮肉る。

「何を言うか。元々商売ちゅうのは北極の住人に氷を売りつけることなんやぞ」

「はいはい。それにしても玄太郎さん。あたし、一つだけ分からんことがあるんです」

「何かね」

「どうして春見さんの仕事が手抜きだって見破ったんですか？」

「ああ、そんなことか。わしがあの時、コンクリを口に含んだのは覚えとるな」

「忘れるものですか。あたしはあの時てっきり」

「あのコンクリは塩辛かった。それでピンときた。あのな、元来コンクリートというのは高アルカリ性でできておる。pH13のアルカリ性が鉄筋の表面に不動態被膜を作って鉄筋を錆《さ》びんよう保護するためだ。ところが、コンクリートの成分となる砂が塩分を含んでいると、その不動態被膜が破壊されて鉄筋はすぐに腐食する。錆びて体積の増した鉄筋は膨張圧でコンクリートを割り、その割れ目から酸素と水が浸入して腐食を更に加速させる」

「じゃあ、あのマンションに使われたコンクリートは」

「うん。材料費を浮かすため海岸から海砂を盗んできよったんだ。何せタダやからな。コンクリが塩辛かったのはそのせいさ。大体、いくら何でも築七年しか経たんマンションがそんなに早く老朽化する訳がない」

ひとしきり感心した後、昼食の用意があるからとみち子は中座した。

もうすぐ二月が終わる。尖《とが》っていた風も丸みを帯び、庭ではスミレが開きかけている。

玄太郎は上半身を深く椅子に沈めて淡い陽光に身体を晒《さら》す。さすがに数日間走り回ったツケだろうか、疲労が首と肩にきている。だが労働に見合うだけの対価が得られたかどうかは微妙なところだ。懸念していた六筆の物件は無事に成約できたが、あれはそもそも売却予定のものだった。津島署からは感謝状を贈りたいと言ってきたが、そんな紙切れを貰ったところで便所紙にもならない。唯一、顔が綻んだのは、奈菜が鳥森仁美の許《もと》に戻れたのをルシアが我がことのように喜んだ時だった。両親を亡くしたばかりのルシアにとって、それはわずかながらでも慰めになったのだろう。

それにしても不愉快な事件だった。身の程知らずの買い物を続けて生活を破綻させた女。その女との縁を断ち切れず夫婦という関係に縋り続けた男。倒産寸前の経営状況を糊塗《こと》するために偽装建築を続けた建築屋。いや、殺人事件の関係者だけではない。高級マンションを破格値で手に入れたと得意満面であったろう購入者。そしてブランドを偽った高級料亭と、そのブランドに盲《めし》いてしまった食客たち――。

その根本にあるのは卑小な虚栄心だ。高級な装飾品、高級な食事を希求するのは、そうしたものを愉《たの》しむ時、自分はそれを愉しむ人間に値するのだと優越感に浸ることができるからだ。ブランド品は信用できるから、などというのは見え透いた口実に過ぎない。本当に優れたものと自分が信じているのなら、その出自など何の関係もないではないか。

そんなにも現実が嫌なのだろうか。虚栄であったとしても、そんなに他人より上等であることが重要なのだろうか。

だが、玄太郎一人憤慨したところで、これからも偽装事件は後を絶たないだろう。人に虚栄心がある限り、それにつけこんだ新たな偽装がまた生まれる。

だからこそ、せめて自分だけは現実から目を背けまいと思う。半身不随の癇癪爺《じじい》――それこそが自分の正体だ。そしてどんなに華美な装飾をしていようが、どんな肩書きを振りかざそうが、その人間の本質さえ見極めていれば失敗することもない。

そこに会社の営業担当者がやってきた。

「社長。栄のワンルーム・マンション、入居希望者が挨拶に来られました」

おお、そうかと玄太郎は身体を起こす。

確か若手のピアノ弾きとかいう触れ込みだった。ゆっくりと吟味して、もしも外見だけのチャラチャラした男なら即座に断ってやろう――。

「すぐに会おう。こちらに来てもらえ」

霧ケ峰涼の屋上密室

東川篤哉

東川篤哉（ひがしがわ・とくや）
一九六八年、広島県生まれ。岡山大学卒。二〇〇二年『密室の鍵貸します』でデビュー。一一年、『謎解きはディナーのあとで』で本屋大賞を受賞。ユーモア本格推理の気鋭として評価される。著書は他に「烏賊川市」シリーズ、「鯉ケ窪学園探偵部」シリーズ、「平塚おんな探偵の事件簿」シリーズ、『館島』『もう誘拐なんてしない』など。

一

それは夏の名残《なごり》も色濃い九月。金曜日の放課後。砂塵《さじん》巻き上がる強風の中、鯉《こい》ケ窪《くぼ》学園のグラウンドでは、不動の四番桜井《さくらい》が野球部の威信を賭《か》けた戦いに臨んでいた。バッターボックスに入るその表情は緊張気味。そんな彼を、グラブ片手にマウンド上から眺め下ろすのは、半袖のブラウスにミニスカートという夏服に身を包んだ美少女。それが僕、霧《きり》ケ峰涼《みねりよう》。右投げ本格派の女子高生。好きな言葉は『一球入魂』。弱気は最大の敵』。所属は野球部ではなくて探偵部だ。

探偵部のなんたるかについては割愛するけれど、要するに、野球部の四番と探偵部女子との野球対決。ならば結果は歴然と見るべきだろうが、意外とそうではなくて現在ツーストライクスリーボールの好勝負。四番桜井苦戦の原因は、足を高く上げる僕の投球フォームにあるらしい。その瞬間、彼の視線は面白いほど泳ぐのだ。が、最後の一球を前に、さすがに彼の顔つきも勝負師のそれに変わった。万が一、三振でもしようものならチームメイトから袋叩《ふくろだた》きは確実。それは彼としても避《さ》けたいに違いない。

もちろん真剣勝負は望むところだ。こっちもとっておきの勝負球を披露するとしよう。

「でも、この球種、握り方が難しいんだよね……」と、グラブの中で複雑なボールの握りに悪戦苦闘していると、いきなり制服のポケットの中で携帯が着信音を奏《かな》でた。「ああ、もう、こんなときにいったい誰――」

文句をいいながら携帯を開く。相手は同級生の高林奈緒子《たかばやしなおこ》ちゃんだった。

はい、もしもし――と、いきなりマウンド上で通話をはじめる僕を見て、バッターボックスの桜井は金属バットをブンブン振り回して、おいこら、てめー、霧ケ峰！　やる気あんのか！　もっと真面目にやれ！　と猛抗議。僕は顔の前に片手をやってゴメンネと謝りながら、電話の向こうの友人に話しかける。

「どうしたの、奈緒ちゃん、こんなときに」

『え、こんなときって、どんなとき⁉　いま、普通の放課後よね』それもそうだ。当然のことだが、彼女は僕がマウンド上で真剣勝負の最中だとは知らない。『おいしいタコ焼きの店を見つけたから、一緒にどうかなって思ったんだけど、なんか、涼、忙しそうね』

「ううん、全然！　忙しくなんか、ないない！　あと一球で終わるから。終わらせるから！」

『あと一球⁉　涼、なにやってんの？』しかし、奈緒ちゃんは深く詮索《せんさく》することはなく、『まあ、いいわ。それじゃあ、わたし、裏門のところで待ってるからね』

通話を終えると、僕は俄然《がぜん》やる気になって、あらためてバッターボックスの桜井を見据えた。この一球で彼を三振に切り捨て、それから僕は奈緒ちゃんとともに勝利のタコ焼きに酔う（?）のだ。そんな理想的な放課後を思い描きながら、僕はグラブの中で硬球に爪《つめ》を立てた。確かこんな握りだと、テレビの野球解説者がいってたっけ――

見よう見まねでボールを握った僕は、大きく振りかぶって第六球目のモーション。高々と上げた足を大きく踏み出し、黄金の右腕を振り抜く。投じられた球は、緩《ゆる》やかな放物線を描きながらベース板の上へ。四番桜井が、「よっしゃ、絶好球！」とばかりに気合を込めてバットを振り抜く。しかし、球はまるで強風に煽《あお》られたかのように不安定な軌道をたどって、彼のバットの下を潜《くぐ》り抜け、捕手のミットに納まった。勝負あり。彼はバットを地面に叩きつけ、僕は手を叩いて、マウンドを駆け下りた。

「どう、桜井君！　見た、いまの！　ナックルボールだよ、ナックルボール！」

「嘘《うそ》つけ、どこがナックルボールだよ！　ただのスローカーブじゃねえか！」

「ナックルだってば。知らない？　ナックルボールってのはね、風が強い日は特に大きく変化するって――ま、いいや。それより僕、用事ができたから、これでいくね」

「おいこら、てめー、勝ち逃げは許さんぞ、もういっぺん勝負しろ！」

やれやれ。どうやら鯉ケ窪学園の負け犬は「わん」とは鳴かずに「もういっぺん」と鳴くらしい。彼の遠吠《とおぼ》えを背中で無視しながら、僕はさっさとグラウンドを後にした。僕が去ったあと、四番桜井が袋叩きにあったか逆さ吊《づ》りにされたか、それは知らない。そんなことより、奈緒ちゃんとタコ焼きだ。

僕は裏門への道を急いだ。裏門は当然のことだが校舎の裏側にある。そこへ向かうためには、第二校舎の脇《わき》を抜けていくのが近道だ。ちなみに第二校舎は普通科の教室や図書室などが入った三階建ての校舎のこと。本館に対する別館みたいな存在の、小ぶりな建物だ。

そんな第二校舎へ向かおうとする途中、僕は髪の長い女性の後姿を発見。白いブラウスに細かいプリーツの入った紺色のスカートという装いに見覚えがある。こっそり背後から駆け寄り、気安く彼女の肩を叩く。

「——栄子《えいこ》先生、いまお帰り？」

いきなり呼ばれた彼女は、びっくりしたように背中を震わせ、こちらを振り返った。

「なんだ、霧ケ峰さんなの！　ああ、びっくりした——」

大きな目をパチクリとさせる彼女は、野田《のだ》栄子先生。先生とはいっても普通の教師ではない。彼女は大学の教育学部に籍を置く現役の大学生。いわゆる教育実習生だ。担当教科は国語。若くて美人なので男子たちの間では瞬《また》く間に人気になったが、女子の間でも評判はいい。

「わあ、名前、覚えてくれてるんですね。先生の授業、数回しか受けてないのに」

「だって、珍しい名前だもの、霧ケ峰涼って。それにわたしの実家、電気屋だったし」

エアコンと同じ名前で覚えやすかったと、そういいたいらしい。

男子の発言なら尻《しり》を蹴《け》っ飛ばしてやるところだが、栄子先生だから今回は特別に許そう。

先生の尻は蹴れない。

「それより霧ケ峰さん、結構帰り遅いのね。もう、四時半近い時刻よ。部活なの？」

「ええまあ、部活みたいなものですが……」野球部と勝負していました、とはなんだか恥ずかしくていいづらい。僕は咄嗟《とっさ》に話題を変えて、「あ、栄子先生も裏門から帰るんですね。じゃあ、一緒ですね。僕も裏門で友達と待ち合わせしてるんです。さ、いきましょ」

僕は適当に話を誤魔化し、彼女と肩を並べるように歩く。第二校舎の脇、すなわち校舎の側面の壁際を進む。そこは大きな椎《しい》の木が枝を広げているだけの、土の地面が広がる空間。そこを横切ろうとしたとき、事件は突然降ってきた。いや、べつに比喩でもシュールな表現でもなく、実際それは上から降ってきたのだ。

最初、僕は栄子先生の口から、悲鳴とも溜《た》め息とも思えるような「はッ」という声が漏れるのを聞いた。なんだろうと思って彼女のほうに視線をやる。栄子先生はつつっと二、三歩前に歩を進めた。次の瞬間、頭上に感じる気配。突風で椎の木の枝葉がざわめいたような気がした。ふと頭上を見上げる。いきなり視界に飛び込んでくる物体。それは手足の生えた黒い影。人間だった。危ない――

だが、叫び声をあげる間はなかった。上空から落下してきた何者かは、僕のすぐ前にいた栄子先生の上に猛烈な勢いで覆いかぶさり、彼女の身体《からだ》を一瞬にして地べたに押し潰した。まるで、油断して背中を向けたジャンボ鶴田に対してトップロープから必殺のフライングボディアタックを敢行するミル・マスカラスのよう――そんな的確な喩《たと》えが不謹慎に響くほど、それは見る者を震撼《しんかん》させる光景だった。

「！」一瞬の間をおいて、「きゃあぁぁ！　せんせーぃッ！」

僕はようやく悲鳴をあげ、折り重なって倒れている二人の女性に駆け寄った。下敷きになったのが栄子先生。上になっているのが制服姿の女子。その女子の傍らの地面には、彼女のものらしき生徒手帳が転がっていた。

ぐったりとなった女子の身体をゴロリと転がすようにしながら、栄子先生の身体から下ろす。女子の嵌《は》めている腕時計の針が、ぴったり四時半を示しているのが目に入る。それから二人の胸に耳を当てて安否を確認。大丈夫、栄子先生も制服の女の子も息は確かだ。一安心すると同時に、僕は制服の女子の顔に見覚えがあることに気付いた。

「加藤《かとう》さん――」

隣のクラスの加藤美奈《みな》さんだ。だけど、なぜ彼女が自殺を――そんなふうに考えてから、僕は冷静に首を振った。いや、待て、まだ自殺と決まったわけじゃない。

ビルから飛び降り自殺があったときなど、歩道を歩いていた無関係な歩行者が巻き添えを食うケースがある。今回の栄子先生の状況がまさにそんな感じに見えたものだから、ついつい早合点してしまいそうになるが、加藤さんが自殺を試みた、と決め付ける根拠はない。誰かに突き落とされたという可能性だって充分に考えられるのだ。

僕は咄嗟に校舎の側面の壁を見上げた。その壁に窓はない。のっぺりとしたコンクリートの壁だ。離れた場所に非常階段とそれに通じる各階の非常口がある。もしも、加藤さんが誰かに突き落とされたのだとすると、その現場は屋上以外にあり得ない。では、犯人はまだ屋上に？　いや、そんなことより、いまは救急車を呼ぶのが先か——

屋上に気を取られながら携帯を取り出す。すると背後から誰かが駆け寄ってくる気配。

「どうしたの、涼？　なにがあったの——」

奈緒ちゃんだ。裏門で待っていた彼女は、僕の悲鳴を聞きつけて駆けつけてくれたらしい。僕は彼女の登場を渡りに船と考えて、彼女に自分の携帯を押し付けた。

「悪いけど、奈緒ちゃん、救急車呼んで！　僕、ちょっと、確かめたいことがあるから！」

「え、ちょ、ちょっと、涼——なにこれ⁉　ちょっと、救急車って——」

「一一九だよ！」

「知ってるわよ。そうじゃなくて、わたし、救急車なんか呼んだことないって——」

奈緒ちゃんの抗議の声を背中で聞きながら、僕は駆け出した。コンクリート製の非常階段。これを上がれば屋上はすぐだ。派手な靴音を響かせながら一目散に階段を駆け上がる。

すると、二階と三階の間にある踊り場に、ひとりの男子生徒の姿を発見。しゃがんだ恰《かっ》好《こう》で携帯ゲーム機を持って、一心不乱にプレイの最中だ。すぐ近くで起こっている騒ぎに気付いていないのは、イヤホンからの大音量のせいだろう。僕はワイシャツの校章の色を見て、彼が一年坊主であることを確認してから、そのイヤホンを引っこ抜いた。

「ちょっと、聞きたいことがあるんだけど」

「わ！　な、なんだよ、いきなり」驚いて立ち上がる男子。「——誰だ、おまえ」

「おまえじゃなくて、二年生だよ」精一杯の先輩風を吹かせつつ、一方的に質問に移る。「そんなことより君、いまここを誰か通らなかった？」

「はあ⁉ なにいってんだ、誰も通っちゃいねえよ。通るわけねえじゃん」

「ごめん、よく聞こえなかったんだけど、いま一年生が二年生になんていったのかな？」

もういっぺんいってごらん、とばかりに片方の耳に手を当てて横目でギロリ。ついでに革靴の先で彼の運動靴のつま先をギュウッとしてやると、一年坊主も少しは先輩女子の恐さを思い知ったのか、背筋を伸ばして言葉遣いを改めた。

「は、はい、誰も通りませんでした！」

「そうそう、それでよし。――ちなみに君、いつごろからここにいたの？」

「ほんの十分前から。ええ、この十分間は、ずっとひとりでした」

「そう。じゃあ、君、ついでだから少し付き合ってくれるかな。名前はなんていうの？」

一年坊主は土屋《つちや》一彦《かずひこ》と名乗った。僕は土屋君においでおいでをしながら、階段をさらに上って屋上へ。すっかり従順な態度になった土屋君は、首を傾《かし》げながら僕に続く。

「屋上には誰もいませんよ。そもそも屋上は誰も入れないはずなんですから」

確かに彼のいうとおり、第二校舎の屋上は原則立入禁止。この非常階段もいちおう屋上まで通じてはいるが、階段と屋上とを隔てる扉は、常に施錠されている。

とはいえ、そこは屋根のない屋上のこと。その気になれば鉄製の格子扉をよじ登るぐらいは、女子だって朝飯前だ。実際、授業をサボってこの屋上に密《ひそ》かに侵入し、日のあたる場所でトランジスタラジオでスローバラードを聞きながらタバコをふかす、そんな歌に歌われたような不良も存在すると聞く。屋上に誰かがいる可能性は否定できない。だが――

「ほらね、誰もいないでしょ、先輩」

非常階段の最上部、格子扉越しに屋上の様子を見渡しながら、土屋君が指を差す。

「……いや、まだ判《わか》んないよ」

いうが早いか僕は大胆に格子扉をよじ登り、堂々と屋上に侵入を果たす。

「ちょ、ちょっと、いいんですか、そんなことして」土屋君も驚きつつ、後に続く。

だだっ広い屋上には、不審者が身を隠せる場所がひとつだけある。それは屋上の端っこにでんと存在する給水タンクだ。僕は給水タンクの背後を確認するべく、その周囲をぐるりと一周。だが、誰もいない。僕ら二人を除いて、屋上は完全に無人だった。

ホッとしたような、ガッカリしたような曖昧な気分。それでも何かないかと見回してみると、唯一、屋上の周りを囲んだ手すりの傍《そば》に、女子生徒のものらしき鞄《かばん》を発見した。

「これきっと、加藤さんの鞄だ――じゃあ、やっぱり彼女はここから地面に」

手すりから身を乗り出して下を覗《のぞ》き込む。だが、手すりは建物の縁から五十センチほど引っ込んだところにあるので、下の様子を直接見ることはできない。ただ、椎の木の枝の先端が見えているから、彼女の落下した地点が、この真下あたりであることは間違いない。

「屋上には誰もいない……鞄はここにある……ってことは、やっぱり……」

「いったい、なにがあったんですか」

いまだに事情が呑《の》み込めていない土屋君に、先ほど起こった悲劇を説明しながら、僕は無人の屋上を後にした。非常階段を下りながら、各階に通じる非常口の様子を確認する。一階から三階まで、三つの扉はすべて中から施錠されていた。犯人がいたとして、逃亡の経路に使えたとは思えない。これでもう完璧《かんぺき》だろう。

つまり、この屋上はいわば密室状態だったわけだ。

「え、じゃあ、密室殺人ってことっすか！」

「誰かが加藤さんを突き落としたのなら、確かに変形の密室殺人事件だね。だけど、そういう話にはならないと思うよ。要するに、これは普通の自殺みたいだから」

正確には自殺未遂。加藤さんが意識を取り戻した暁《あかつき》には、彼女自身の口から真相が語られるはずだ。探偵の出る幕ではない。

「なんだ、そうですか。じゃあ可哀相《かわいそう》なのは、巻き添えを食った教育実習生か……」

彼の呟《つぶや》きに重なるように、遠くで救急車のサイレンの音が響きはじめた。奈緒ちゃんは初めての一一九を無事にやり遂げてくれたらしい。僕は土屋君と一緒に、現場に舞い戻った。そこには奈緒ちゃんの他に、もうひとりの新しい人物が姿を見せていた。

厚ぼったいメガネをかけた真面目そうな横顔。新品の背広が体に馴染《なじ》んでいない感じに映るこの男性は、八木広明《やぎひろあき》先生。野田栄子先生と同じ大学からやってきた教育実習の先生だ。確か教科は化学だ。騒ぎを聞きつけて、駆けつけてきたらしい。

「大丈夫か、野田さん、しっかりしろ。いま救急車がくるからな」

必死で実習仲間を励ましているが、気絶した栄子先生には聞こえていないだろう。「あ、涼！　どこいってたのよ」奈緒ちゃんが、バタバタした動きで僕を手招きする。「ほら見て、加藤さんの意識が戻りそうよ！」

押し潰された栄子先生より、押し潰したほうの加藤さんのほうが、多少なりとダメージが軽かったようだ。

僕らが見守る目の前で、加藤さんは「うーん」と唸《うな》って、薄《う》っすらと目を開けた。そして虚《うつ》ろな目を泳がせながら、「あれ……あたし……どうしたの……」

「あなたは自殺しそこなったんですよ」

と、隣の馬鹿《ばか》一年生がいきなり身も蓋もないことをいうので、奈緒ちゃんは啞然《あぜん》。僕は土屋君の延髄《えんずい》のあたりに手刀を叩き込み、無理矢理彼を黙らせる。しかし、彼の無神経極まりない発言は、加藤さんの口から思いがけない言葉を導き出した。

「自殺……いいえ、自殺じゃないわ……あたしが自殺するわけないいじゃない……」

二

やがて救急車とパトカーが相次いで学園に到着。校内に居残っていた生徒たちも野次馬と化して、現場は一時騒然となった。加藤美奈さんは、気絶したままの野田栄子先生と同じ救急車に乗せられ病院へと運ばれていった。

そんな中、捜査担当として登場したのが、国分寺署《こくぶんじしょ》の祖師《そし》ケ谷大蔵《やたいぞう》警部と烏山千歳《からすやまちとせ》刑事の通称《私鉄沿線コンビ》。その実態は、冴《さ》えない中年警部と若くて美人の女性刑事という格差コンビだ。

この二人組と僕とは過去の事件ですでに顔を合わせている。

二人は事件の概要を把握するに当たって、真っ先に僕から話を聞いた。事件をもっとも間近で見ていたのは僕だから、当然の成り行きだ。それから、刑事たちは奈緒ちゃんや土屋君の話を聞き、最後に八木先生に向き直った。八木先生は自分が野田先生の実習仲間であることを語ってから、さらにこう続けた。

「僕と野田さんは、ついさっきまで化学の準備室にいて二人で話をしていたんです。生徒の印象とか実習の苦労話とか、そんな他愛もない話でした。お喋《しゃべ》りが一段落すると、彼女は部屋を出ていきました。その後で、まさかこんな事故に遭うなんて――」

「そうでしたか」と気の毒そうに頷《うなず》いてから、祖師ケ谷警部は何食わぬ口調で、「ちなみに聞きますが、お二人が化学準備室におられたのは何時ごろですか」

「午後四時前後のことです」

正確には三時五十分ごろに栄子先生が準備室を訪れて、出ていったのは四時二十分ごろ、と八木先生は答えた。

「つまり、八木先生と別れた十分後に、野田先生は生徒の自殺に巻き込まれたのですな」

祖師ケ谷警部が軽々しく口にした「自殺」という言葉に、千歳さんが反応する。

「意識を取り戻した加藤美奈は、自殺ではない、といっていたそうです。彼女は何者かに突き落とされたのではありませんか」

　そうだそうだ、と盛んに頷く僕。だが、中年警部はそんな僕を指差していった。

「彼女の確認した限りでは、屋上はいわば密室状態にあったそうじゃないか。加藤美奈を突き落とした犯人が仮に存在するとして、その犯人に逃げ場はない。それじゃ、犯人はどうやって屋上から姿を消したのかね」

「そうなんです。それが不思議なんですよね」僕は思わず一歩前に踏み出す。

　すると、祖師ケ谷警部がそんな僕をあざ笑うように、大きく口を開いた。

「はは、馬鹿な。不思議なことなどない。答えは簡単。要するに加藤美奈が嘘を吐《つ》いているのだよ。なに、ときどきあることだ。自殺志願者が建物の屋上から飛び降りる。建物の下を歩いていた第三者が巻き添えを食う。死にきれなかった自殺志願者は、事の重大さに恐れをなして咄嗟に嘘を吐く。『自殺じゃない！　誰かに突き落とされたんだ！』とな。まさしく、今回のケースがそれに当たるというわけだ」

「なるほど、さすが刑事さんだ」と、感嘆の声をあげたのは八木先生だった。「確かに、そう考えれば、なんの不思議もありませんね」

「えー、そうかなあ。意識を取り戻して、すぐにそんな嘘を吐けるもんなのかなあ」

　不満を口にする僕を、奈緒ちゃんが援護。

「そうよね。だいいち、目覚めた直後の加藤さんは、自分が栄子先生を押し潰したことすら、理解していなかったみたいに見えたけど」

「確かに、嘘を吐くにもそれなりに考える時間が必要だわ。加藤美奈は事実を口にしたのかもしれない」

と、千歳さんは僕らの意見に一定の理解を示す。現実感に溢《あふ》れ、その分、想像力に欠ける祖師ケ谷警部よりも、こちらの若くて美人のお姉さんのほうが思考は柔軟らしい。

「だけど、加藤美奈が自殺じゃないなら、結局最初の疑問に戻るわね。――犯人はどうやって屋上から消えたのか？」

「ははは、烏山刑事、人間はそう簡単に消えたりはせんよ。それとも、怪人二十面相のように犯人はアドバルーンに摑《つか》まって空へと消えたとでもいうのかね。馬鹿げた話だ」

祖師ケ谷警部にいわれるまでもなく、現代ではこのやり方は流行《はや》らない。そこで土屋君がもう少し現実的な手段を提示した。

「屋上からロープを垂らして下りていくのは？　ロッククライミングの心得のある人なら、そう難しくないと思いますが」

鯉ケ窪学園にも山登りを趣味とする生徒はいるはずだ。そう思って期待したのだが、千歳さんがこれを冷静に否定した。

「確かに、ロープを使えば非常階段を通らずに済むわね。だけど、残念ながら無理よ。なぜなら、犯人は非常階段で土屋君が座り込んでゲームをしていることや、事件直後に霧ケ峰さんが屋上に現れることなどを、前もって予想できなかったはず。それなのに、犯人の手には逃走用のロープが用意してあった、なんてことはちょっと考えられないでしょ」

なるほど、この女性刑事は賢い。僕はそんな彼女を負かすつもりで、他の可能性を探る。

すると、現場に高く聳《そび》える一本の樹木が、いままでと違う意味を持って僕の目に映った。

「ほら、この椎の木、使えませんか。逃走経路を断たれた犯人は、一か八《ばち》かで屋上から、あの椎の木に飛び移るんです。で、枝と幹を伝って、地上に下りていく――」

「駄目よ、涼」横から割って入ったのは、奈緒ちゃんだ。「この木を降りたところには、このわたしがいたのよ。すぐ傍にいる犯人を見逃したりしないわ。ね、八木先生」

「ああ、そうだな。僕が現場に駆けつけたとき、ここには倒れた二人と高林さんしかいなかった。他は誰も見かけなかったな」

「そっか。じゃあ無理みたいだね――」思わぬ凡ミスに、僕は頭を掻《か》く。

誰かがあの木の幹を伝って下りてくれれば、奈緒ちゃんか八木先生が絶対に気付く。逆に考えるなら、二人がいる限り、犯人は木の上から下りてこられない。すると、ここで土屋君が意外に豊かな想像力を発揮して、

「じゃあさ、ひょっとして、いまだに犯人は木の上にしがみついているんじゃねえの？」

そんな馬鹿な、と思いつつ現場の椎の木をついつい見上げる僕らに、警部が哀れみの目を向ける。

「こらこら、そんなコアラみたいな犯人がいると思うかね。だいたい、一か八かで木に飛び移るなんて、いくらなんでも一か八かすぎるだろ。あり得ん話だ」

確かに祖師ケ谷警部のいうとおり、この発想は突飛すぎたようだ。僕は椎の木の利用を諦《あきら》めて、べつの可能性を探る。だが、もはやこれといった考えは浮かばない。屋上は広々として開放的な空間でありながら、そこからの逃走経路は意外なほど限られているのだ。

僕は根本的な発想の転換を試みる。

「もともと、屋上に犯人はいなかったのかも。屋上にいたのは加藤さんだけで、犯人は離れたべつの場所にいた――そういう可能性はありませんか、千歳さん」

「それで、どうやって屋上にいる加藤美奈を地面に墜落させることができるの？」

「さあ、飛び道具を使うとか……鏡を使って太陽の光を反射させるとか……」

「それで、屋上の加藤美奈がバランスを崩して、手すりを乗り越えて落下したというわけね。話としては面白いけど、あまり現実的じゃないわ。屋上の手すりは、大人の胸ほどの高さがある。彼女がどうバランスを崩したとしても、うっかり手すりを乗り越えて落下するようなことはあり得ないわ。そういう意味で、不慮の事故という可能性も低い。例えば、誰かが彼女の背後から忍び寄り、足をすくい上げるようにしながら、彼女の身体を手すりの向こうに突き落とす――みたいな直接的な手段をとらない限り、加藤美奈を墜落させることは無理でしょうね」

「やっぱり、自殺だ」

断固、自殺説を貫く祖師ケ谷警部。そして僕は警部の自殺説を覆《くつがえ》すような理論を思いつくことができない。だが、やはりなにかが変だ。僕は自分の胸にわだかまっていた疑問を、ようやく口にした。

「加藤さんはどうして栄子先生の頭上に落ちてきたんでしょうか」

「はあ、急になにを――」警部が目をパチパチさせる。「そんなのは、ただの偶然にきまっとる。理由などあるわけがない」

「でも、それにしてはピンポイントっていうか、ドンピシャリっていうか、うーん、なんていったらいいのかなあ、まるで狙いすましたような感じに見えたんだけど……」

僕の曖昧すぎる意見に、千歳さんは真剣に答えてくれた。

「それは、加藤美奈の身体が野田栄子の真上に落ちる瞬間を、あなたが直《じか》に目撃したからそう感じるんじゃないかしら。それとも、これも犯人の計算したことだと？　でも、それはさっきのロープの話と同じ理屈で否定できるわ。野田栄子が四時半にこの場所を通ることを、犯人は予想できないはず。――そうじゃありませんか、八木先生」

いきなり名前を呼ばれた八木先生は、冷静に眼鏡の縁に指を当てた。

「確かに、そうですね。僕と野田さんのお喋りが長引けば、彼女は四時半にこの場所を通ることはなかった。やはり、彼女は偶然事件に巻き込まれただけだと思いますよ」

八木先生の言葉を聞いた祖師ケ谷警部は、うんうん、と頷いて、早々と結論を下した。

「要するに、加藤美奈は自殺未遂。巻き添えを食った野田栄子はツイてなかったというわけだ！」

三

翌日は土曜日で学校は休み。僕は午前中から奈緒ちゃんを引き連れて、加藤美奈さんが入院した病院へ向かった。要は、お見舞いという名の情報収集だ。

病室の扉を開けて、僕らが顔を覗かせると、パジャマ姿の加藤さんはベッドの上でびっくりしたような顔をした。顔色はよく、表情も明るい。少なくとも昨日自殺にしくじった女の子には見えない。

「加藤さん、具合はどう？　元気？　それなら、よかった。いやあ、昨日は心配したよ。ホントホント、だから今日は様子を見にやってきたってわけ。はい、これ花束ね」

僕はキョトンとする彼女にお見舞いの薔薇《ばら》の花束を押し付けてから、

「で、聞きたいことがあるんだけどさ、昨日の事件って、ホントはなに？　自殺？　事故？　それとも殺人――」

「こら、涼、そんなにがっつかない！」隣の奈緒ちゃんが僕の暴走を抑え込む。「お見舞いにきたのなら、もう少しそれらしく振舞いなさい。探偵根性丸出しにしないの！」

そんな僕らのやり取りを聞いて、加藤さんは事情を理解したように笑みを浮かべた。

「いいのよ、ついさっきまで刑事さんたちにも似たようなことを散々聞かれていたから。でも、残念ね。ハッキリしたことは答えてあげられないの。実は記憶が曖昧で――」

「え、昨日のこと、覚えてないの？」

　僕の問いに、加藤さんは手にした花束をじっと見詰めながら、ゆっくり頷いた。

「ええ。もちろん自殺じゃないわ。死にたいなんて思ったことないから、それは断言できる。でも、いつどんなふうに屋上から落ちたのかは、自分でも判らないの。墜落の前後の記憶が全然ないのよ。だから悪いけど、霧ケ峰さんや高林さんのお世話になったということも、わたしの記憶にはないのよね——」

「そっかあ、覚えてないんだあ。じゃあ、どうしよう。とりあえず薔薇の花束、返してもらおうか」

「なに、みみっちいこといってんの！」奈緒ちゃんは花束に伸ばしかけた僕の手をピシャリと叩く。「いいのよ、加藤さん、花束は受け取って。だって仕方がないもの。頭に強い衝撃を受けたような場合は、よくあるんでしょ、そういう一時的な記憶障害って」

「ええ。お医者様もそういってた。でも記憶はないけど、多少判ったこともあるの」

「え、なになに？」僕は興味を惹《ひ》かれて、彼女のベッドににじり寄る。

「実はね、わたしの制服のポケットの中に手紙が残っていたの。刑事さんが持っていっちゃったから文面は正確には覚えてないけど、要するに『放課後の四時に第二校舎の屋上にこい』っていう内容の手紙だった」

「わ、誰かの果たし状⁉」

「果たし状なわけないでしょ！」加藤さんはキッと僕を睨《にら》みつけ、それから両手を胸の前で合わせて、夢見るようなうっとりとした目を天井に向けた。「違うのよ。サッカー部の倉橋《くらはし》先輩からのお誘いの手紙」

サッカー部の倉橋先輩は、下級生に絶大な人気を誇るイケメンのストライカーだ。

「でも、残念。どうやら贋《にせ》手紙だったみたい。倉橋先輩自身がそんな手紙は知らないっていってるらしいし、警察の調べによると筆跡も違うんだって」

「要するに、加藤さんは倉橋先輩の贋手紙で屋上におびき出されたってわけだね」

「どうやら、そのようね。そういえば帰り際、下駄箱を覗いたときに手紙を見つけた記憶はあるのよ。だから、たぶんわたしは午後四時に屋上にいったはず。わたし、時間には正確だから。でも、その後のことは、よく判らないのよねえ」

「ふうん、そうなんだ。確か加藤さんが屋上から落ちてきたのは、午後四時半だったよね。三十分間の空白がある。その間になにが起こったのか。それが問題だね」

僕の呟きに答えるように、奈緒ちゃんが口を開いた。

「倉橋先輩とは違う誰かが屋上のどこか——例えば、給水タンクの陰とかに隠れていて——現れた加藤さんを背後から襲って屋上から突き落とした。そういうことかしら」

「それだと、わたしが墜落したのは午後四時ちょっと過ぎぐらいになるんじゃないの。でも、実際に墜落したのは四時半なんでしょ」

「うん、それは間違いない」僕が頷く。「ということは、加藤さんと誰かとは、屋上で顔を合わせて三十分ぐらい話をしたんじゃないかな。なにかこう、その、なんていうか、男と女のあーでもないこーでもない……」

「ドロドロした話⁉」

「そうそれ！　ドロドロした話！」僕は奈緒ちゃんの言葉を串刺《くしざ》しにするように指を立てた。「で、その話がもう、どうしようもないくらいドロドロでこじれにこじれて、相手の男はついに、あーもう、こんな奴《やつ》！　とか思って加藤さんを屋上から突き落としたってわけ。――違うかな、加藤さん？」

「あなたたち、そろそろ帰ってもらえるかしら」

加藤さんは唇の端を歪《ゆが》めて出口を指差した。「あたしが誰とそんなドロドロした話をするってのよ。勝手に想像しないでちょうだい。不愉快だわ」

加藤さんが機嫌を悪くするのも無理はない。どうやら、僕らは彼女の記憶が曖昧なのをいいことに、想像を膨《ふく》らませすぎたようだ。屋上密室の謎を解く手掛かりを求めて、見舞い客のフリをしてきたけれど、どうやらこのあたりが潮時か。そう思った僕は、「じゃあ、最後にひとつだけ」と前置きして、とっておきの危険な質問。

「加藤さんのことを殺したいほど憎んでいる人の心当たりとか、ないかな？」

「な――」

たちまち彼女の表情は激しく強張《こわば》り、花束を抱えた両腕はプルプルと震えを帯びた。どうやら予想通りの危険な状況だ。そう察知した僕らは目配《めくば》せしながら、ジリジリと出口へと下がっていく。そんな僕らに向かって、

「そんな心当たり、あるかっつーの！」

罵声《ばせい》とともに、薔薇の花束が飛んできた。

逃げるように加藤さんの病室を後にした僕らは、白い廊下にある長椅子に腰を下ろす。投げ返された薔薇の花束を見詰めながら、僕は後悔のため息を漏らした。

「結局、加藤さんのこと怒らせちゃったね。あと、こんなことになるんだったら、花束は安い造花でよかったかも……」

「そういう考えだから、彼女を怒らせるのよ」奈緒ちゃんは、判ってるの、とばかりに僕の目を覗き込む。「それからね、加藤さんはあんなふうにいってるけれど、実は彼女のこと恨んでる人は結構いると思うわ。わたし、加藤さんとは同じ中学だったけれど、そのころは彼女、相当ワルだったから」

「え、そうなんだ！」意外な話に僕は目を丸くする。「そっかあ、加藤さん、中学時代はスケバンだったのかあ……」

人は見かけによらないねえ、としみじみ呟く僕の隣で、友人はズルリと尻を滑らせた。

「あんた、いつの時代に生きてるの⁉　ワルい女子＝スケバンって、八〇年代の感覚よ」

それもそうだ。最近、街を歩いていてもスケバンにカツアゲ食らうことはない。

「わたしがいってるのは、加藤さんがイジメっ子だったたって話。彼女、演劇部ではちょっとしたスターで、その分、下級生いびりが酷《ひど》くてね、泣かされた女子が大勢いたって噂《うわさ》よ。

中には退部したり、不登校になった子もいたとか。加藤さん自身は高校に入っておとなしくなったけれど、当時のことを恨みに思っている子は絶対いるはず。特に下級生にね」

「ふーん、ちなみに聞くけどさ、そのイジメられた下級生には、男子も含まれるのかな？」

「男子⁉　さあ、普通女子がイジメる相手は女子だと思うけど——なにがいいたいの？」

「今回の事件の関係者で下級生といえば、土屋君がそうでしょ。実際、彼が犯人ならば、屋上の密室の問題は解決するんだよね。だから、ちょうどいいなあ、と思って」

「ちょうどいいなあ、で犯人にされたんじゃ、土屋君が迷惑じゃないかしら——あら、もうこんな時間」

　奈緒ちゃんは腕時計に視線を落として、慌てたように立ち上がった。

「ごめん、わたしこれからちょっと用事があるから、もういくね。悪く思わないで」

「あ、いいのいいの。全然構わないから——ちなみに、なんの用事？」

「テニス部の村上《むらかみ》先輩とデートなの。それじゃあ！」

「…………」逃げるように立ち去る奈緒ちゃんの後姿を、呆然《ぼうぜん》と見送りながら、「くそ、高林奈緒子め、悪く思ってやる！」と、小さく呟く僕だった。

　だが、病院の廊下で友人を呪《のろ》っていても仕方がない。帰って昼寝でもするか、と長椅子から腰を浮かせたところで、突然聞き覚えのある声が僕の名を呼んだ。

「あら、霧ケ峰さんじゃない。お見舞いにきたのね。先生の病室なら、こっちよ」

見ると、白い廊下の向こうでパンツスーツ姿の烏山千歳刑事が軽やかに手を振っている。

僕は一瞬キョトンとし、すぐに状況を理解した。

先生とは野田栄子先生のことに違いない。つまり彼女もこの病院にいるのだ。

これは願ってもないチャンス。僕は加藤さんに投げ返された薔薇の花束を胸の前に持ち、満面の笑みで千歳さんのもとに駆け寄る。

「そうなんです。僕、栄子先生のお見舞いにきました。ほら、薔薇の花束持って――」

「ええ、見れば判るけど――でも、この薔薇、ちょっとくたびれた感じ、しない？」

「…………」それは使い回しだから仕方がない。くたびれたって薔薇は薔薇だ。「結構、綺麗《きれい》じゃありません⁉　そんなことより、栄子先生の容態はどんな感じですか」

すると千歳さんは残念そうに首を振りながら、僕をひとつの病室に案内してくれた。個室のベッドでは、頭に包帯を巻いた栄子先生が、静かに目を閉じて横たわっている。まるで死んでいるかのような彼女の寝顔を見詰めながら、千歳さんは小さく口を開く。

「実は、まだ意識が戻らないの。たぶん、頭を強く打ったのね。だけど大丈夫。命に別状はないわ。骨折が数箇所あるけれど、重大なものではないそうよ。意識さえ戻ればすぐに元気になると思う」

「そうですか。早く意識が戻るといいですね」そう呟きながら、僕はがらんとした病室の中をきょろきょろと見回した。「先生の御家族の方とか、いないんですか」

「ええ。野田さんには身寄りがないのよ。何年も前に両親を交通事故で亡くしているの。妹さんがいたらしいんだけど、その子も今年の春に自殺したらしくて――」

「自殺⁉　ひょっとして、飛び降り自殺とか」

「それは――」と、いったん口を開きかけた千歳さんだったが、これ以上は喋りすぎと感じたらしく、唐突に口を閉ざした。「被害者のプライバシーだから、これ以上は勘弁してね」

いわれて僕は、それ以上栄子先生の私生活に踏み込むことをやめた。要するに、栄子先生は天涯孤独の身の上ということだ。ちなみに、病室は学校側が用意してくれたものらしい。事件のとばっちりを受けた教育実習生に対する、せめてもの補償なのだろう。

僕は花瓶に薔薇の花を活《い》けて、窓辺に飾った。病室は少しだけ明るくなった。それから僕は窓辺に立ち、千歳さんに昨日いいそびれたささやかな疑問を打ち明けた。

「墜落事件の直前、栄子先生が声をあげたんです。『はッ』というような、小さな叫び声みたいなものを。あれは、いったいなんだったのかなあ、と後になって気になったんですよね」

「小さな叫び声⁉　それは、屋上から落下してくる加藤さんの気配を感じて、『はッ』と声をあげたんじゃないの？」

「僕も最初はそう思いました。でも、よくよく考えるとタイミング的に合わない気がするんですよね。栄子先生が『はッ』と声をあげて、二、三歩ほど歩いてからドスンでしたから」

「野田さんが声をあげてから、加藤さんが落下するまで、若干の間があったのね。でも、その叫び声が落下の気配を感じたものでないとするなら、彼女はなにに声をあげたの？」

「さあ——ひょっとすると先生は、あの場所でなにかを見つけたのかもしれません。『はッ』と思うような重大なものを」

「なんだか、曖昧な話ね。あの現場に、そんなに目を引くようなものがあったかしら」

千歳さんは昨日の現場の様子を思い出すように眉を寄せる。僕も記憶の糸を辿《たど》ってみるが、現場に落ちていたものといえば、加藤さんの生徒手帳ぐらいしか思い浮かばない。

「まあ、いいわ。野田さんの意識が戻ったら、わたしから確認しといてあげる。もっとも、彼女自身がその叫び声のことを記憶しているかどうか、不安だけど——」

確かにそうだ。加藤さんが一時的な記憶障害に陥《おち》って、犯行時前後の記憶を失っているのと同様に、栄子先生も記憶が曖昧になっている可能性はある。覚えていなかったら、質問しても意味がない。そんなことを考えている、ちょうどそのとき——

千歳さんの口から「あ！」という小さな驚きの声。どうしたの、と振り向く僕。すると、ベッドの上には両目をパッチリ開いた栄子先生の姿があった。意識を回復しているばかりではない。彼女は何事もなかったように、すでにベッドの上で上半身を起こしている。肩に巻かれた包帯が痛々しいが、痛みを訴える様子はない。僕らは驚きと歓喜を露《あらわ》にしながら、彼女のベッドに駆け寄った。

「わ！　気がついたんですね、先生！」

「どうしたのかしら……わたし……」栄子先生は、ぼんやりとした視線を病室に巡らせながら、「霧ケ峰さん……ここは、どこ？」

「病院ですよ、病院！　先生、判らないんですか！」

「駄目よ、霧ケ峰さん、彼女は気絶したまま運ばれてきたから、判らなくて当然だわ」

僕と千歳さんが早口で交わす会話を、栄子先生はうまく飲み込めない様子に見えた。

「……どうして病院に……わたしは、なぜベッドの上に……」

「あなたは事件に巻き込まれたんです。覚えてませんか、墜落事件のこと――」

千歳さんの言葉を聞いても、栄子先生の疑問は増すばかりのようだった。

「……そういう、あなたは、いったいどなた？」

「ああ、すみません。わたしは国分寺署の者で、烏山といいます」

「国分寺署の……刑事さん……ああ！」何事かを理解したような理性の光が、ようやく彼女の眸《ひとみ》に宿った。「では、事件の捜査で……」

「ええ、そうです。よかった。記憶にあるんですね、昨日の事件のこと。屋上から女子生徒が墜落した事件なんですが……」

「はあ……女子が墜落……それで、わたしは……」

「あなたはそのとき現場にいたんです。覚えていますか」

「現場に⁉　現場にわたしが……はッ」

その瞬間、栄子先生の表情に震え上がるような恐怖の感情が浮かび上がった。落下した女子生徒に押し潰された、そのときの恐怖がぶり返したのかと思った。だが、そうではなかった。栄子先生は激しく首を振り、大きな目を見開いて、震える口で訴えた。

「違います。それは違います！　現場にいたなんて、とんでもない。わたしはその時間、化学の準備室で八木君と一緒にいました。八木君に聞いてください。間違いありませんから！」

「……え⁉」

僕は思わず千歳さんと顔を見合わせた。栄子先生の発言の意味が理解できなかったからだ。千歳さんも怪訝《けげん》な顔つきになって、考え込むように顎《あご》に手を当てた。微妙な沈黙に包まれた病室。千歳さんは栄子先生の言葉を呪文《じゅもん》のように繰り返す。

「その時間、化学の準備室で八木君と……その時間……その時間……」

そして、女性刑事は栄子先生を鋭く睨み付け、静かに尋ねた。

「野田栄子さん、『その時間』とは、どの時間ですか？」

四

それからしばらくの後、僕は病院の中庭にあるベンチに座っていた。僕の見詰める前で、複数の警官たちが足早に病院の建物を出入りする。祖師ケ谷警部の姿も見えるようだ。事件は急転直下、解決へと向かっているらしい。僕にはサッパリ意味が判らないのだが。

そんな僕に事情を説明するべく、女性刑事が中庭に現れたのは、お昼過ぎのことだった。刑事にも昼食タイムはあるらしい。あるいは昼食を食べられる程度に、事件は一段落したということか。千歳さんは僕の隣に座り、サンドイッチを片手にして、「まず、なにから知りたい？」と聞いてきた。僕は迷わず答える。

「結局、『その時間』とは、どの時間だったんですか？」

千歳さんは、「ああ、そのことね」とベンチの上で長い脚を組み、説明を開始した。

「さっきの病室でのやり取りを思い出してね。わたしは昨日の午後四時半に起こった墜落事件について野田栄子に話していた。彼女が午後四時半に現場にいて、落下してきた加藤美奈と衝突して気絶した。そのことを説明しようとしていたの。ところが、彼女はいきなりこういった。『違います。わたしはその時間、化学の準備室で八木君と一緒にいました』と。あれっ、と思ったでしょ」

「ええ、ずいぶん唐突な発言でしたね。先生が現場にいて事故に遭《あ》ったのは事実なのに」

「そうね。だけど、わたしたちは彼女の発言とよく似た内容の話を昨日聞いたはずよ。彼女と同じ教育実習生、八木広明の証言にあったわ。『僕と野田さんは化学の準備室にいて話をしていたんです』と。二人の証言は一致している。そして、八木広明の証言によれば、二人が化学準備室で話をしていたのは、『午後四時ごろ』だったはず。つまり、わたしが午後四時半の墜落事件の話をしているのに、野田栄子は午後四時の話をしているわけね。なぜ、彼女はこんな勘違いをしたのかしら？」

「さあ……なぜでしょうか」

「答えは簡単。野田栄子にとっての『その時間』は、午後四時なのよ」

「？」僕は訳が判らずキョトンとした。「墜落事件は午後四時半の出来事ですよ」

「霧ケ峰さんやわたしたちにとっては、そうね。だけど野田栄子にとっては、どうやらそうじゃないらしい。彼女が記憶している墜落事件は午後四時の出来事なのね。じゃあなぜ、わたしたちが四時半の出来事だと信じて疑わない墜落事件を、彼女だけが四時だと記憶しているのか。それは、加藤美奈が屋上から墜落した本当の時刻が午後四時だからではないか。そして野田栄子こそが加藤美奈を屋上から突き落とした真犯人なのではないか――それが、わたしの推理の出発点ってわけ」

「………」

犯人は野田栄子先生。ある程度は予想した結論だったが、やっぱり訳が判らない僕は、キツネに摘《つま》まれたように首を傾げる。

「えーと、それは、どういう意味なんでしょうか。栄子先生は墜落事件の巻き添えを食った被害者だったはずでは？」

「ところが、被害者と思われた彼女が、実は犯人だった。そういうパターンね」

「だって、加藤さんは栄子先生の頭の上に落ちてきたんですよ。これって、先生が犯人じゃないっていう、なによりの証拠じゃないですか。墜落が起こったとき、先生は屋上にはいなくて、地面の上に立っていた。これ以上完璧なアリバイはありません」

「そうね。実際、このわたしもついさっきまで野田栄子をこの事件の容疑者とは見なしていなかった。けれど、その思い込みが間違いの元だった。屋上から突き落とされた被害者が、真犯人の頭の上に落ちてくる、そんな奇跡もあり得るのよ」

そんな馬鹿な、と眉を顰《ひそ》める僕に、千歳さんは丁寧に説明した。

「順を追って事件を見ていくわね。まず昨日の放課後、犯人は加藤美奈を贋手紙で第二校舎の屋上に呼び出した。加藤美奈が屋上にやってきたとき、犯人は給水タンクの陰に身を隠していた。そして、犯人は隙を見て加藤美奈の背後に忍び寄り、彼女の足をすくうようにしながら、その身体を手すりの向こうに突き落とした。――これ、何時の出来事だと思う？」

「午後四時半、ですよね？」と、不安げに答える僕。

「うーん、まだ判っていないようね」千歳さんは、困ったわね、というようにこめかみのあたりを指で掻く。「あのね、霧ケ峰さん、これは午後四時の出来事なのよ」

「そんなことといったって、墜落が起こったのは午後四時半ですよ。加藤さんの身体が栄子先生を押し潰した直後に時計を見たから、間違いはありません」

「ええ、判ってるわ。加藤美奈の身体が地面に到着した時刻は、間違いなく四時半よ。でも、彼女が屋上から突き落とされた時刻は四時だったの。意味、判る？」

「判りません」と、僕は断固首を振る。「なんで、屋上から地上まで三十分もかかるんですか。そんな奇妙な墜落事件なんて、見たことも聞いたこともありません」

「確かにね。わたしだってべつに、加藤美奈が三十分もかけて空中をゆっくり落下していった、なんて思わない。当然、彼女の身体は三十分間、どこかに引っかかっていたはずだわ。

屋上と地面の、その中間にね」

「え！　屋上と地面の中間――ええ⁉」

僕は現場となった第二校舎付近の状況を思い描いた。窓のないのっぺりとした壁に、人の引っかかるような部分はない。だが、あの場所には大きな椎の木があって、見事な枝を広げていた。ということは――

「ひょっとして、加藤さんは木の枝に引っかかっていた？」

「そういうことね」千歳さんはにっこりと微笑《ほほえ》んだ。「もっとも、加藤美奈はそのときすでに木の枝で頭を打って気絶していたから、なにも覚えていないでしょうけど」

「………………」

僕は意外な事実に愕然《がくぜん》とした。屋上から突き落とされた加藤さんは、まっすぐ地面に落下したのではなかった。樹上でワンクッション置いて、三十分後に落ちてきたというのだ。

「犯人は――栄子先生は、そのことに気がついていたんでしょうか。自分が突き落とした相手が、木の枝に引っかかったことに」

「もちろん気付いていなかったはずよ。屋上から真下の地面は見えないし、椎の木の枝もてっぺん付近のものしか見えない。野田栄子は自分が突き落とした相手が、どこにどう落ちたかを自分の目で確認することはできなかった。しかし彼女は被害者の安否を確認するよりも、現場からの逃走を優先した。急いで非常階段を駆け下り、第二校舎を離れたのね。後は、地面に転がった加藤美奈の死体を誰かが発見してくれるだろうと信じて」

「ところが、誰も加藤さんの死体を発見してくれなかった」

「そう。加藤美奈は気絶した状態で木の枝に引っかかっていたんだから、発見されないのも無理はないわ。だけど、そうとは知らない野田栄子は不思議に思ったはず。犯行から三十分近く経《た》っても誰も騒ぎ出さないし、救急車やパトカーのサイレンも聞こえてこない。不安に駆られた彼女は、意を決して現場の様子を見にいくことにした。その途中で彼女は霧ケ峰さん、あなたに偶然出くわしたのね」

僕のほうから先生の肩を叩いたのだ。びっくりした彼女の表情が印象的だった。

「野田栄子は『死体を偶然発見してびっくりする教育実習生』の役を、霧ケ峰さんの前で演じることにした。そのほうが自然に見えると思ったんでしょうね。なにも知らない霧ケ峰さんは野田栄子と一緒に第二校舎の脇を進んだ。そこで、彼女の口から『はッ』という叫び声が漏れたのだけれど――」

「そうでした。じゃあ、あれは栄子先生が何かを見つけた叫び声じゃなくて――」

「ええ、その逆よ。彼女の叫び声は、そこにあるべき死体を見つけることができなかった。その驚きの声だったのね。ただし、地面の上に何もなかったわけじゃない。死体はなかったけれど彼女はそこに小さな物体を発見した。加藤美奈の生徒手帳よ。野田栄子は思わずその手帳に歩み寄った。ところで、その手帳は、なぜその場所に落ちていたと思う？」

「加藤さんは木の枝に引っかかっていたんですよね。だったら手帳は、彼女の胸のポケットあたりから滑り落ちたんじゃないですか」

「たぶん、そうだと思う。ということは逆にいうなら、手帳の落ちていた場所の真上あたりには、枝に引っかかった状態の加藤美奈の姿があったはずよね」

「そうですね。あ、そうか、それで——」

その光景を思い描きながら思わず僕は指を鳴らす。千歳さんは小さく頷いた。

「そう。野田栄子は加藤美奈の生徒手帳に導かれるようにして、知らず知らずのうちに彼女の真下の位置に立ってしまった。そこに幸か不幸か強い風が吹き、椎の木の枝を揺らした。——昨日は風が強かったわよね？」

「はい。ナックルボールがよく落ちました」

「ナックルって、なんの話？　まあ、いいわ。とにかく現場には強風が吹いた。枝の上に辛うじて引っかかっていた加藤美奈の微妙なバランスが崩れる。そして、ついに二度目の落下。加藤美奈の身体は、野田栄子の上に落ちて、その身体を地面に押し潰した。まるで、狙いすましたかのようにね」

「………」

そういうことだったのだ。栄子先生と加藤さんの衝突は単なる偶然ではなかった。二人が犯人と被害者の関係だからこそ、起こり得た出来事だったのだ。そして僕はこの女性刑事の言葉にいっさい嘘のなかったことを思い知った。

確かに彼女のいったとおり、屋上から突き落とされた被害者が、真犯人の頭の上に落ちてくる、そんな奇跡もあり得るのだ。

そして、千歳さんは今回の事件の最大の謎——と、僕が勝手に思いこんでいた例の謎について、ようやく答えを出した。

「ここまでくれば、霧ケ峰さんがいっていた屋上密室の謎については、もう解けたも同然ね。午後四時半に墜落してきた加藤美奈を見て、あなたはすぐさま屋上に犯人の姿を捜した。しかし、そこには誰もいなかった。だけど、これは当然のこと。実際の犯行は、その三十分前に終わっていたんだから、屋上に誰もいるわけがない。これで納得してもらえるかしら、霧ケ峰さん」

確かに屋上密室の謎は完璧に解けた。納得だ。だが、なんだろうか、この徒労感と屈辱感は。結局、屋上密室の謎にこだわっていた僕は、ひとりカラ回りしていた気がする。

そんな僕を慰めるように、千歳さんは明るく僕の肩を叩く。

「霧ケ峰さんは現場を目の当たりにした分、真相から遠ざかってしまったのよ。誰だってあの状況を見れば、加藤美奈が屋上から墜落したと早合点するわ。校舎の屋上から飛び降りる女子高生はいても、木の上から落っこちてくる女子高生なんて、滅多にいないものね」

その滅多にないような現象を、アッサリ見抜いたこの刑事さんは偉いと思う。

犯人が明らかになり屋上密室の謎も解けた。残るは動機の問題だが、それについて千歳さんは「いまはまだ、想像の段階だけれど」と前置きしてから、こう語った。

「野田栄子のたったひとりの妹がこの春に自殺したって話はしたわよね。あなたが想像したとおり、実は飛び降り自殺だったの。生きていれば高校一年生だったはず。でも、その妹さんは中学時代の後半はずっと不登校だったらしいのね。そのことと、加藤美奈に対する殺意とは、なんらかの関連があるのかもしれない。二人は同じ中学に通っていたらしいから」

おそらく、その見立ては正しい。僕は奈緒ちゃんから聞いた噂話を目の前の女性刑事に語りたい衝動に駆られたが、結局やめておくことにした。それは犯人である野田栄子先生の口から直接語られればいい話だ。

さて、これでもう、すべての謎は明らかになっただろうか。あたりを点検するような気持ちで事件を反芻《はんすう》する僕。すると、ひとつ意外に大きな見落としがあることに気がついた。

「あれ⁉ ちょっと待ってください、千歳さん。屋上での犯行時刻は午後四時なんですよね。だったら、昨日の八木先生の証言。あれは、なんですか。午後四時ごろに化学準備室で栄子先生とお喋りしていたという例の証言は」

「ああ、あれね。あれはもちろん野田栄子と八木広明がでっちあげた作り話よ。二人で口裏を合わせただけの、安直な贋アリバイ。つまり、八木広明は今回の事件の共犯者ってわけ。いまごろ、彼のもとにも捜査員が向かっているはずよ」

「な、なんですって！」僕の声が思わず裏返った。「ふ、二人はデキていたんですか！」

「驚くポイント、そこ⁉」落ち着いて、というように彼女は僕の肩をぽんと叩く。「八木広明が彼女に協力した理由は、調べてみないと判らないわ。もちろん、二人がデキていた可能性もなくはないけど。――そんなことより、これって皮肉な話だと思わない？」

「皮肉⁉　なにがです？」

「だって、あなたがいったとおり、野田栄子には完璧なアリバイがあったのよ。被害者が墜落してくるとき、まさにその真下にいたという、ちょっと考えられないような難攻不落のアリバイがね」

「あ、そっか。二人のでっちあげた贋アリバイは、まったくの無駄だった！」

「無駄どころか、完全な蛇足だったわね。こっちは、お陰で助かったけれど」

「助かったって、どういうことです？」

「さっきの病室での会話を、もう一度思い出してね。墜落事件の話をしながら、わたしは野田栄子に向かって、『あなたはそのとき現場にいたんです。覚えていますか』って聞いた。そのとき、彼女が急に恐怖に震え上がったのを見たでしょ」

「ええ、確かに見ました。そうそう、あれはいったいなんだったんですか？」

あのとき、栄子先生はいったいなにに恐怖を感じたのか。千歳さんは最後の謎について語った。

「あれは『現場』という言葉の捉《とら》え方の違いだと思うの。わたしは野田栄子のことを墜落事件の巻き添えを食った被害者だと思っている。だから『現場』という言葉を、墜落事件の被害者にとっての現場、すなわち地上の意味で使った。しかし犯人である彼女はそれを犯人にとっての現場、すなわち屋上という意味で理解した。つまり、『あなたはそのとき現場にいたんです』というわたしの言葉を、『あなたは午後四時に屋上にいたんです』という意味に変換して彼女は聞いた。どう、この台詞《せりふ》？　真犯人ならぞっとする台詞でしょ」

「ああ、確かに！」

午後四時の屋上。それはまさしく犯行時刻と犯行現場だ。

「栄子先生は、自分が刑事から疑われているような、アリバイ調べを受けているような、そんな錯覚に陥ったんですね」

「おそらく、そうね。それで彼女は震え上がった。そして、記憶の中にあった贋のアリバイを反射的に口にした。『その時間、化学の準備室で八木君と一緒にいました』ってね。彼女にはもうすでに完璧なアリバイがあって、誰も彼女のことを疑っていないのに！」

謎解きを終えた千歳さんは、大きく両手を広げて、どう思う？　というような身振り。

「うーん、そうか――」

僕は思わず唸った。眠っている間、完璧なアリバイに守られていた真犯人は、目覚めた途端、安っぽい贋アリバイを口にしてしまい、墓穴を掘ったわけだ。

なるほど、これは皮肉な事件だと、僕は溜め息を吐くしかなかった。

密室荘

麻耶雄嵩

麻耶雄嵩（まや・ゆたか）
一九六九年、三重県生まれ。京都大学卒。九一年『翼ある闇 メルカトル鮎最後の事件』でデビュー。二〇一一年、『隻眼の少女』で日本推理作家協会賞、本格ミステリ大賞をダブル受賞。一五年、『さよなら神様』で本格ミステリ大賞を受賞。著書は他に「貴族探偵」シリーズ、『化石少女』『あぶない叔父さん』『友達以上探偵未満』など。

1

心地よい春の陽差しで目覚めた私が階下に行くと、メルカトルが電話を掛けていた。

「では、よろしく頼むよ」

そう云《い》って受話器を降ろす。

「どうしたんだ？」

「いや、ちょっとセメントをね」

まるでピザの宅配を頼む口調で、メルは答えた。朝も早いというのに、既にいつもの夕キシードを着込んでいる。

「セメント？　何に使うんだ、そんなもの」

「それより、もう起きたのかね。君にしては早いな」

「昨日は早く寝たからね」

まだ朝の八時だ。夜型なので普段なら眠っている時間だが、日付が変わる前に床に就いたため、自然と目が覚めたのだ。リズムが狂いっぱなしの作家生活につき合わされている体内時計は、意外にもまだ錆《さ》びついていなかったらしい。

ここは信州にあるメルの別荘。ある事件の折り、依頼者から買い取ったものだ。とはいうものの、先日の花札の家と違って奇矯《ききょう》な建物でもなければ事故物件でもない。極めて普通の二階建てのログハウス。

そんな凡百な物件をなぜ稀代《きたい》の異常人であるメルが買ったかと云えば、地名が気に入ったからということらしい。この地区の名は〝密室《みっしつ》〟。あるところにはあるものである。そして番地が四の四。以前はあざみ荘という無難な名前がついていた別荘だが、買い取ると同時に、当然のようにメルは密室荘と名を変えた。

それが数年前のこと。以降メルはたびたびこの別荘で休暇をとっていた。つきあいで私も三度ほど訪れたことがある。中央アルプスの山々に抱かれた、閑静で風光明媚《ふうこうめいび》な別荘。白樺《しらかば》並木の合間から覗《のぞ》く澄んだ空。もちろん事件など起こるはずもなく、ひねもすのたりな数日を毎回満喫していた。変人でも休養はまともな場所でとるものだな、と妙に感心した覚えがある。

そしてつい三日前に、密室荘へ行かないかとメルからの誘いがあった。半月がかりの大きな事件を解決して、いつものようにリフレッシュしたいらしい。

ちょうど私も作品を書き終えたところなので、一も二もなくついていくことにした。他の場所ならともかく、オアシスのようなこの別荘へ行くのに何の躊躇《ためら》いがあろうか。

別荘に着いたのは一昨日の夜だが、昨日は私の期待通り信州のゆるやかな時間を堪能できた。〆切に追われ睡眠不足で使い古したスポンジのようにズタボロになった私の身体《からだ》を、まだ雪を被《かぶ》るアルプスから吹き下ろす冴《さ》えた風とメトロノームのごとく規則的にリズムを刻む野鳥のさえずりが充分に癒してくれた。

メルもいつもの無軌道な探偵ぶりはなりを潜め、ウッドデッキのロッキングチェアに身を埋《うず》めている。密室四の四という地名とは裏腹な平和な空間。ここでは事件は起こらない。起こって……

「もしかして、何かあったのか？」

ピザと違いセメントなど普通は頼まない。別荘の裏には小綺麗《こぎれい》な庭があるが、土木工事を必要とするような箇所はない。

野性の勘、いや、永年の否応《いやおう》ない経験で私が尋ねると、

「まあね」

と頷《うなず》く。ここでの平穏な記録も今日で終わりを告げるのか……。落胆しながらメルを見やると、

「来るかい？」

ニヤッと笑みを浮かべて水を向ける。

「ああ」

本心はついていきたくなかったが、起きた以上は見ないわけにも行かないだろう。私が頷くと、メルはキッチンへと向かっていった。

キッチンの隅の床板は大きめの床下収納庫のように外せるようになっており、蓋を開けると地下室へ続く階段が現れる。

場所が地下室と判《わか》り、ますます嫌な予感がする。地下室だけは、この別荘がもつ柔和でアットホームな雰囲気と相容《あいい》れない、暗いじめじめした空間だったからだ。悪意がもっとも発露しやすい場所と云える。

暗く細い階段を一度折れた突き当たりに地下室の扉があった。鉄板で出来た扉を開けると、八畳ほどの広さの部屋がある。

地下室は床も壁もコンクリートが剝《む》き出しで、味も素っ気もない昔の牢獄《ろうごく》のような部屋だ。もちろん窓もない。天井には丸い笠を被った電球が一個あるだけ。

前の住人は日曜大工が得意で、多くの工具を置いていたらしい。メルカトルにはその手の趣味がないので、庭の植物の肥料やジョーロなどが少しあるだけで、休耕地のようになっている。

だが今は、がらんとした地下室には、ろくでもないオブジェが床の上に飾られていた。中央付近に男の死体が仰向《あおむ》けに転がっているのだ。

「死んでいるのか？」

尋ねるまでもないことに直《す》ぐに気づく。首には禍々《まがまが》しい紐《ひも》が巻きつき、顔が蒼《あお》く変色している。口からは舌がだらんと飛び出し、目はこれ以上ないほどに見開かれていた。歳《とし》は二十代半ばだろうか。背は一七〇センチ前後、太ってはないが極端に痩せているわけでもない。面長で尖《とが》った顎に細い眉。その他のパーツは苦悶《くもん》の表情のためはっきり判らない。富士額の長髪で、色は金色だが日本人のようだ。染めているのだろう。服は白地に赤いストライプが入った長袖のシャツに、紺色のジーンズを穿《は》いている。足に履いた青いスニーカーとの隙間から、白い靴下が覗いていた。

地下室は埃《ほこり》っぽいので私もメルも階段の入り口に用意してある布製のスリッパを履いているのだが、当然、別荘の外から地下室に直接入ることは出来ない。靴を履いているということは土足のまま別荘に上がり込んだか、靴を携帯し階段で再び履いたということなのだろう。

戸口から死体までは薄く積もっていた埃が故意に乱され、足跡を特定するのは不可能のようだ。

「死後四、五時間というところだ」

戸口でメルカトルが呟《つぶや》く。逆算すると、昨夜の三時から四時の間。たぶんつちのこの蒲《かば》焼《や》きを食べる夢を見ていた頃だ。

「どうなっているんだ？　君が殺したのか？」

「まさか」

メルは心外そうに肩を竦《すく》めた。

「私はこんな下らない殺人などしないよ」

表現は引っ掛かるが、とりあえず信じることにする。

「それで、この男は誰なんだ？」

私に心当たりはない。メルも同様らしく、

「さあね。初めて見る顔だ。過去の事件の関係者でもないな」

とぼけていたり、嘘《うそ》を吐《つ》いている様子はない。物忘れがひどく時々大ポカをしでかす私と違い、メルは人の顔は滅多に忘れない。この前も、数年前に立ち寄った駅の売店のおばちゃんを瞬時に云い当てたほどだ。

「死体には財布や携帯電話はおろか、身許を明らかにするものは何もなかった。身につけていたのは、その時計くらいだ」

遺体の右手の腕時計に目を遣る。国内メーカーの安物の時計だ。服も量販店にある既製品で、特定できそうにない。

「身許不明の死体か……。もしかして泥棒だとか？」

「どうだろうな。地下室はもとより、屋内のどこにも物色された形跡はない。盗まれた物もない。被害者が一直線に地下室へ向かったのは、ほぼ確実だろう」

「泥棒でもないとすると。……そういえば、警察には連絡したのか」

「いや、まだだ」

さも当たり前のようにメルが首を横に振る。

慌てふためいて警察を呼ぶのは、プライドが邪魔をするのだろう。なにせ日頃、銘《めい》探偵などと豪語しているくせに、寝ている間に自分の膝元で死体を作られたのだ。探偵としては事件の解決以前の醜態といえる。高い鼻が折れるのも仕方がない。良い薬だ。

「当然、君が解決するのだろう？」

いくぶん挑発気味に尋ねかけると、

「もちろんそのつもりだ。クール便で送られてきたケーキをみすみす他人に譲るほど、私は寛容ではないからな。その前にひとつ、気になることを解決しなければならないが」

メルは地下室の扉を静かに閉めた。そして一階に戻るよう促すと、

「状況を整理しよう。私が死体を発見した時、地下室の照明は点《つ》けっぱなしになっていた。地下室の扉も、キッチンの床板も閉じられていた。むろん、どちらにも錠などない。地下室の照明はキッチンからもスイッチングできるんだが、それが点灯していたので何かあったと判ったんだがね。そして一階の窓はみなクレセント錠が下りていた。二つあるドアも鍵がかかっており、内側からドアチェーンもかけられている。君も確認してみるかい」

「いや、別にいいよ」

私が見るまでもなく、メルカトルが確認したのだからそうなのだろう。

「そうか、相変わらず呑気《のんき》だな」

意味ありげにメルは彼方《かなた》に視線を向けると、

「二階の窓も同様だ。ただ、君の部屋だけはまだ確認していない。気持ちよく眠っている君を起こすのも忍びないと思ってな。部屋の窓の鍵は下ろしたのかい？」

「ああ」

春といってもこの辺りは夜はまだまだ冷え込みがきつい。風が寒かったので窓を閉め、クレセントを下ろした記憶がある。

「一応確認させてもらうよ」と、メルはそのまま階段を上がり、自分の寝室の前を通り過ぎ、私の寝室に入って行った。

「ＯＫ」

部屋に二つある窓を確認し、メルカトルは振り返る。

「まあ予想していたことだが、これで状況は確定したな」

満足げ……とも少し違う、シニカルな微笑《ほほえ》みでメルカトルは独り合点するように頷いた。

そして再び階下に戻ると、

「美袋《みなぎ》君。コーヒーを淹《い》れてくれないか」

リヴィングのソファーにふんぞり返る。メルの別荘なのに、これではどちらがホストだか判らない。とはいうものの事件が起こった以上、私が助手的役割を受け持つのは仕方がないだろう。事件が未解決のままここに滞在するわけにもいかないので、メルカトル様にはせいぜい張り切ってもらわなければならない。

瘴気《しょうき》を放つ床板の蓋から目を背けながら、慌ててキッチンで湯を沸かす。口うるさいメルの攻撃を食らわないよう——新人秘書の青山嬢《あおやま》にコーヒーの淹れ方を小姑《こじゅうと》のごとくネチネチ注意している場面を何度も目撃していたので——丁寧にドリッパーに湯を注ぎ込み、ドリップする。

カップを二つ持って戻ると、自分の家で殺人があったにも拘《かか》わらず、リヴィングのメルカトルは呑気に音楽を聴いてくつろいでいた。

今さら驚きはしないが、大した心臓だとは思う。

「こんな時にブルックナーか……。相変わらず、死体程度では変わらないんだな」

溜息《ためいき》を吐きながら私はコーヒーカップを差し出した。メルは静かに受け取りながら、意外そうに片眉を上げると、

「変わらないのは君の方だよ。その鈍感さが羨ましく思えるときがある。かといって君になり代わりたいとは微塵《みじん》も思わないがね」

悪態と共に謎めいた言葉を投げかける。私が首を捻《ひね》ると、

「今までの説明で気づかなかったのかい？　この別荘には私と君しかいない。そして窓もドアも内側から施錠されていた。外からは開けないし、施錠することも出来ない。これが何を意味しているか判るかい？」

「密室殺人というわけか」

密室荘に相応《ふさわ》しい事件ではある。しかもメルカトルの鼻先でするなんて、堂々とした犯人ではある。

ところがメルは口をつけたカップをカチャとソーサーに置くと、

「密室殺人？　君は勘違いをしているようだが、現場は密室でもなんでもない。なぜなら容疑者が二人、閉ざされた境界の内側にいるのだからね。つまり、犯人は私か君のどちらかということだ」

2

「他に選択肢はないのか？」

意外な言葉に私の腰は引けていた。

「ないね」とメルは小憎らしいほどあっさりと否定する。「別荘は密室状態。いくら調べてみても、窓やドアに犯人が細工をした形跡はない。外から殺害しようにも、窓もない地下室ではむろん不可能だ。仮に他の場所で殺害してここに運びこんだとしても、地下室に捨てるには犯人自身が屋内に侵入しなければならない。入れば当然抜け出す必要もある。その痕跡が全く見あたらないんだよ。そもそも昨晩私は、ドアも窓も全て施錠されていることを確認している」

他人事《ひとごと》、まるで第三者の事件を扱っているような冷静な口振りだ。これも探偵の習性なのだろうか？

彼は長い脚を組み替えると、再びコーヒーに口をつけた。だが私のほうはそうも行かない。

「この別荘のどこかに秘密の抜け穴があるとか？　密室荘なんて云うくらいだから……」

「私が何年ここを使っていると思っているんだ。ないよ、そんなものは。屋根も床も壁も鉄壁だ。それに密室荘は私が名付けたもので、元の名はあざみ荘だ。それ以前はごく普通の別荘なんだよ。気になるなら君自身が調べてみればいい」

こうまで断言するところを見ると本当なのだろう。しかし納得できない私は、自分の目で確かめてみることにした。

ドアは玄関も裏口も分厚い一枚板を加工して作られている。錠は縦に二つあるが、どちらも別荘を買い取った際に新調したので、鍵はメルしか持っていない。錠自体もピッキングに強い新式のシリンダー錠。プロならば何とか出来るかもしれないが、問題は内側につけられているドアチェーンだ。二つのドアのどちらもしっかりと太いチェーンが渡されている。チェーンは上から落とし込むタイプのもので、遊びの部分は多くない。ドアには隙間もなく、外からチェーンを掛けるのは不可能に思えた。

ならば窓かと一つ一つ見てまわったが、腰の高さほどの窓もウッドデッキに通じるサッシ戸も、クレセントはおろかクレセントをロックするつまみすら下ろされている。

窓は枠にアンティークな装飾が施されて一見古そうだが、気密性が高く外から何かを差し入れてクレセントを操作するような隙間はない。当然、ガラスが欠けていたりすることもない。

お手上げだった。

「満足したかい？」

とぼとぼと帰ってきた私を見て、ずっとソファーでふんぞり返っていたメルが声をかける。

「ああ……。それじゃあ、犯人は君なのか？」

しかし、メルがまさか人殺しにまで手を染めるなんて。見て見ぬ振りをしたことはあったが、人を破滅に追いやることはあったが、自ら手を下すのはまた別だ。

「まさか」と、メルカトルは冷笑する。「さっきも云っただろ。私はこんな下らないことはしない」

「じゃあ、誰なんだ」

「君だろ？」

冗談ともつかない、いや結構本気が混じった眼差《まなざ》しが私を捉えた。数多《あまた》の事件でいつも犯人に向けられていた、冷えた水晶のような視線。その片鱗《へんりん》が瞳孔に浮かんでいる。

「冗談じゃない！」

思わず私は立ち上がった。

私はやっていない。こんな見も知らない男を殺す理由がない。そもそもいかなる理由があろうとも、相手が誰だろうとも、殺人などしない。

となれば残るはメルカトルしかいない。簡単な引き算だ。

「それは全く論理的ではないな」

私の心を見透かすように、メルは鼻であしらうと、

「まず、君が犯人ではないということを他人に証明しなければならない。君にそれが出来るのか？」

簡単な引き算を証明する術《すべ》を私は持っていなかった。しかし私は、私が犯人ではないことを知っている。むかつくほどに余裕の表情のメルを前に、私は歯ぎしりした。いまなら冤罪《えんざい》で犯人扱いされた者の気持ちがすごくよく解《わか》る。

「でも、それなら、君も自分が犯人じゃないことを証明しなければならないんじゃないのか！」

「もっともな意見だ」意外にもメルは頷くと、「……残念ながら、私にも証明する方法はないね」

いったいメルカトルは何をしたいのだろう。私には解らなかった。私が殺していない以上、メルカトルが犯人だ。だが、メルカトルはわざわざ死体を私に見せて事件を報《しら》せ、なおかつ別荘が施錠されていたと申告している。彼が本気で隠蔽する気なら、私はずっと気づかないままだっただろうし、また他人の仕業にする気なら窓やドアが開いていたことにすればいいはずだ。

「もしかして僕も処分するのか？」

〝口封じ〟という最悪の言葉が頭を掠《かす》める。

「バカげたことを云うものではない。死体の処分など簡単だし、私がその気なら、君が呑気によだれを垂らして眠っている間にいくらでも始末することが出来たよ」

たしかに寝室に鍵はないので、メルの言葉通り簡単に行えただろう。想像したくもないが。

「じゃあ、どういうことなんだ。もしかして、僕に罪を着せるために……」

このまま玄関に駆けていき逃げ出したくなるのをなんとか抑えながら、私はメルカトルを睨《にら》みつけた。背中からひんやりとした汗がどっと吹き出す。

「それならもっと、それらしい仕掛けを残しておく。君がどう藻掻《もが》き足掻《あが》いても決して抜け出せないような残酷な罠《わな》をね。ところが非常に残念なことに、現場からは今のところ君に不利な物証は見つかっていない」

今にも全ての関節が外れてしまいそうな私と対照的に、メルはずっと冷静なトーンで語っている。ただ、彼の目指すその先が全く見えない。

物証……先ほどの死体を見て私は思いついた。

慌てて地下室に行く。

死体の許に近づくのは避けたいことだが、身の潔白を証明するためだ。仕方がない。

「何か気づいたのかい？」

興味深げにあとをついてくるメル。

私は地下室の扉を開けると、死体の右側を指差しメルに訴えた。

仰向けになった死体の右横には、埃の上にドーナツ状の痕が残っている。外径が三十センチ以上ある巨大なドーナツ。最初は何のことか解らず気にもしていなかったが、今ならはっきりと解る。シルクハットの痕だ。

被害者を絞殺する際に、はずみで鍔《つば》を下にして床に落ちた。もちろん犯人の帽子だろう。そしてシルクハットなど被っている人間は一人しかいない。

「これは君の犯行だという証拠じゃないのか」

勢い込んで説明すると、何がおかしいのか、メルカトルは今度は大笑いした。油断すると腹を抱えそうなほどに。

「失敬。君にすら直ぐに見つけられるような証拠を、この私が見逃すと思うかい。あれは私を陥れようとする犯人の策略だよ。あからさますぎて涙が出てくる。そしてこの状況で、そんな小細工を弄して得をするのは君しかいない」

一瞬納得しそうになったが、はっと我に返る。説得力があるが、私が犯人ではない以上、間違っているはずだ。

「待てよ。君が裏をかいて、わざと証拠を残したのかもしれないだろ。君が警察にそう説明すれば、警察は君の理屈を信じるだろうし」

数々の事件を解決してきた探偵としがない作家。どちらの言葉を信じるか、火を見るよりも明らかだ。

「もちろんその可能性もある。私が故意に自分に疑いが向く手掛かりを残し、その稚拙さを誇示することによって、結果的に君を陥れる可能性もね。少しは頭が回るようになったじゃないか」

むかつく褒め方でメルは私を見下ろすと、

「残念ながら、この議論はどこまでも平行線だ。君がそのまた裏をかいて、あの手掛かりを残した可能性も同様に存在するからな。手掛かりが細工によるものだという可能性が濃ければ濃いほど、裏読みの階梯《かいてい》は無限に続くことになる。導火線に火がついた爆弾を押しつけあうようにね。だから私もこれをもって君を糾弾する気はないさ」

地下室に長居は無用とばかりに、メルカトルは再び階段を上り一階へ向かった。私も慌てて後を追う。

「ということは、君も僕が犯人だと証明できないわけだな」

「だからさっきそう云っただろ。それなのに稚拙な手掛かりをわざわざ持ち出してきたのは君のほうだよ。とんだ骨折り損だ」

冷淡に吐き捨て、メルは再びソファーに身を預ける。

「地下室まで行って疲れたから、コーヒーのおかわりをくれないか」

憎たらしいほどにとり澄まして、サーヴィスの要求。その自信の源泉が気になる。

密室が完璧ならば、私とメルのどちらかが犯人というふざけた状況が確定することになる。しかもメルは私に罪を被せるどころか、自分自身の潔白すら証明できないという。

メルは外部の犯行は不可能だと云ったが、もしかすると密室状況の謎を解く答えを既に見つけているのかもしれない。希望的推測なのかもしれないが、彼の態度を見てふとそう思った。探偵が事件を解決できそうにないのなら、もっと深刻になるはずだからだ。

しかし……それならば、どうして嘘を吐くのだろう？

単に私をからかっているのだろうか？　いかにメルとはいえ、死人が出ている状態でこんな悪質なおふざけをするとは思いたくない。ハードディスクドライヴクラッシュの時は私にも少しは非があったが、今回はなんら身に覚えがない。

もしかするとあの死体はエキストラによる偽装かもと、一瞬頭を過《よ》ぎったが、男が完全に死んでいたのは間違いない。永年メルとともに事件に遭遇しているおかげで、死体が本物かどうかくらいは見分けがつく。

真意を計りかねながら、私は渋々再び湯を沸かし、コーヒーを淹れた。

「前にある事件で、犯人がいないとか推理していたが、今回もそうなのか？」

ガスコンロの前でぼうっと突っ立っていたときに思いついた案を述べてみる。当然、私は犯人ではないし、メルカトルも自分ではないと云い切っている。ならばあの時と同様、この事件にも犯人がいないという結論に達したのかもしれない。だからこうも落ち着いていられるのかも。

藁《わら》どころか茹《ゆ》ですぎた素麺にも縋《すが》りたい気持ちだったが、メルカトルは否定的な口調で、

「ああ、メフィスト学園の話か。あれは論理的に犯人が不在であることを証明したわけだが、今回は状況が違う。論理的に犯人の不在は証明されていない。密室荘は密室状態で、

密室荘の外に存在する七十億の人間たちはその境界によって消去されるが、境界の内側にいた我々は容疑者として残っているんだよ。私も君も犯行が充分に可能だったし、同時に君の無実も私の無実も現状では証明することが出来ない。今の我々を支配しているのは、自分ではないから相手が殺したのだろうという脆弱《ぜいじゃく》な主観と、たぶん相手も殺していないんじゃないかという感情的な憶測だよ。この二つは両立しないし、だから君はジレンマに陥っている。犯人が不在ならば手軽にそれらが解消できるからね」

口振りから、メルも私がやったとは考えていないように見える。少し安心したが、それなら結局、元の木阿弥《もくあみ》だ。

「君はジレンマを持っていないのか？」

「私にジレンマなどないよ。銘探偵に解決できない事件など存在しないからね」

普段なら頼りになる台詞だが、今回ばかりは空元気ではないかと疑ってしまう。

犯人は私でなくメルカトルでもない。しかし容疑者はこの二人に限られる。この状況で事件を解決できるミラクルな方法などありうるのだろうか？

「じゃあ、どう解決するつもりなんだ」

私は詰め寄ったつもりだったが、暖簾《のれん》に腕押し。大欠伸《おおあくび》をしながらメルは答えた。

「それなら、もう取り掛かっているよ」

3

「取り掛かっている？　取り掛かるもなにも、君はソファーでふんぞり返っているだけじゃないか」

　もしかして実はタヌキに化かされていて、目の前のメルは本物ではなくこの地に何百年と住む古狸《ふるだぬき》で、密室荘も明日になれば野原になっているんじゃないか……つまらない妄想すら真実らしく思えてくる。それくらいバカげた状況だった。

「もうするべきことがないからだよ。あとは待つだけだ」

「待つって何をだ。警察を呼んで任せるのか？」

「君には全てを噛《か》んで含めなければならないようだね。密室荘には死体という不条理が存在する。この不条理を解消しない限り私か君かどちらかが犯人であるというジレンマがつきまとう。ここまではいいね」

「ああ。それでさんざん疑心暗鬼になっているんだ」

　私は深く頷いた。外では野鳥の声がリズムを刻んでいる。昨日までは心地よかったその響きも、今は答えを急《せ》かす私の心を反映しているかのようで、耳障りだった。

「ではこの不条理がどこから湧出しているのか考えてみればいい」

「ドアと窓に鍵が掛かっていて、密室になっていることか？」

私の答えに、

「それは不条理を形作る外壁ではあるが、原因ではない」

メルカトルはにべなく首を振る。

「しかし……密室だから今の窮状があるんじゃないのか？」

「違うね。不条理の根源は、地下室の身許不明の男の死体だよ」

メルはちらっとキッチンに目を向けたあと、

「この死体の存在は全く論理的ではない。私は昨晩ドアも窓も全て施錠した。それにも拘わらず死体は地下室に忽然《こつぜん》と現れた。問題は、犯人がどう抜け出したのかではなく、なぜ死体が現れたかも含まれる。この死体を解決しない限り、この事件は何も解決しないんだよ」

「密室から抜け出すだけではなく、密室に運び入れる問題もか。でも、それも同様に不可能なんだろ」

「ああ、不可能だ。だから不条理なんだ。不条理とは世界の認識が無意味であることを具現するものだ」

「素直に諦めて不条理を受け入れろというのか？」

「私はカミュではない。不条理を不条理でなくすればいいだけだ」

まるで禅問答だ。

「よく解らないな。死体が現れたにせよ、犯人が消えたにせよ、さっきから何も前進していない気がするんだが」

「君にはそう映るかもしれないが、そうではない。問題がはっきりすれば、解決も容易になる」

相変わらず自信に満ちた態度を崩さない。しかし彼がただの自惚《うぬぼ》れ屋でないことは、私が一番よく知っている。

「どうするんだ？」

「よく悪臭は元から断てというだろ。不条理の元を断てばいい。そうすればこの世界は再び平和に戻る」

「密室殺人に効果的な消臭剤でもあるのか？」

少しばかり厭味《いやみ》を滲《にじ》ませて尋ねたが、メルはその程度の厭味では全く心に響かないとばかりに鋼《はがね》の胸を張り、

「そもそも君が最初に引っ掛かったのは、私がセメントを頼んでいたことだろ。答えはすぐそこにあるじゃないか」

セメント……を消臭剤代わりに？

「もしかして地下室ごと埋めてしまうのか！」

「そう、固めてポンだ。罪体がなければ犯罪は存在しえない。倫理的に問題があると君は云うかもしれないが、不条理な死体には不条理な解決がふさわしい」

冗談ではなく、百パーセント本気で云っているようだ。メルは消臭剤ではなく廃油処理

剤代わりにセメントを流し込むつもりらしい。あまりの荒技に啞然《あぜん》とする私をよそに、彼は言葉を続ける。

「君が起きてきたとき、ちょうど知り合いの業者に頼んで手配してもらうところだったんだよ。急な上に場所が遠いので直ぐに来られないが、今日中には片がつくよ」

メルのことだから、まともな業者には頼んでいないだろう。だが、それは問題ではない。

「でも死体がある以上は犯人が存在するんだろ。死体を埋めるというのは、君がその犯人に負けを認めたことになるんじゃないか?」

「負け、とは穏やかじゃないね。捜査は勝ち負けではなく真実の追究だよ」

まるで正統派の名探偵のような台詞を口にする。

「綺麗事はいいよ。僕には君が、解けない謎から目を背けているようにしか見えない。それに君を陥れようとする手掛かりを残す犯人なら、いくら埋めても、死体がここにあると警察に密告するんじゃないのか?」

「美袋君、君は勘違いをしているね」メルは一転諭すような口振りに変わると、「解けない謎ではない。犯人は私か君か、それを解けばいいだけだからな。私にしてみれば、私ではないのだから君が犯人であることを証明するだけでいいわけだ。それに君が警察に密告すれば、私は即座に君が犯人であるという推理——それは推理でも何でもないが警察は信じるだろう——を述べるだけだ。君もそれくらい承知しているだろうから、警察に密告しないはずだ。つまり何の問題もない」

「やっぱり君は僕を疑っていたのか！」

私は思わず立ち上がった。今までさんざん鬼のような仕打ちに遭わされてきたが、これほど裏切られた思いに囚《とら》われたのは初めてだ。

「疑ってはいない。確信しているだけだよ。最初から何度も云っているだろう。論理的には私か君か、どちらかしか犯人ではありえないと。不条理というのは現象として死体が存在することではない。死体があることによって、私か君のどちらかが殺したことになるんだ」

「だから僕は殺してないって云ってるだろ」

「まあ、落ち着きたまえ。頭に血を上らせても良いことなどひとつもないからね」

メルはコーヒーカップに口をつけ、最後の一口を飲み干した。

あまりにも優雅な様に、私も拍子抜けしてソファーに腰を下ろす。それに激昂《げきこう》に任せていれば、メルに搦《から》め取られてしまうかもしれない。

「君が実際に殺人を犯したかどうかは重要ではないんだよ。君が自分の無実を証明するか、もしくは私が犯人であることを証明しない限り、私にとって君が犯人でしかありえない。もちろん自分は殺していないと確信している君にとっては、私が犯人なんだろう？　だったら解決法は一つしかない。簡単なことなんだがね。私は永年の友人を失いたくないし、疑いたくもない。それは君にとっても同様だろう？」

途端に大人の態度を迫るメル。

私は慌てて心の中の天秤に良心の分銅を載せた。

たとえ私が反対してもメルは構わず遂行するだろう。また状況を悪化させれば、メルは私を警察に引き渡すかもしれない。無実でありながら何年も塀の向こうで暮らすことになるのは目に見えている。

「しかし……それだと一生この別荘を使い続けることになるぞ。他人に売り渡してほじくり返されたりすれば罪が公になるんだから」

私が軟化したのを察したのだろう。メルは薄ら寒い笑みを浮かべると、

「今さら気にすることもない。地下に死体が埋まっていようが、私がここを気に入っている限り関係はないよ。むしろ〝密室四の四〟という地名に箔《はく》がついて結構なことじゃないか」

「密室ではなく、ドアが開いていたことにするとかでは駄目なのか？」

「それでは罪体が存在することになる。しかも私は探偵だ。一般人とは違って、自分の別荘で起こった事件の犯人を捕まえなければならない。捕まえられなければ――当然捕まえることは不可能だから――私は無能な探偵の烙印《らくいん》を押されることになる。かといって、犯人のでっち上げは趣味に合わない」

「……休養で来るのに、死体が眠っている別荘でリラックスできるのか？」

「それも一興だ」

メルカトルは鼻で嗤《わら》い一蹴する。薄々感じていたが、人間の死体も虫の死骸も、彼にとっ

ては同等な存在なのかもしれない。明日には階下の死体のことなど忘れてのんびりウッドデッキのロッキングチェアに身を預けていることだろう。

この別荘も事故物件になるのか……。虎の子のオアシスを失った私は、ただただ肩を落とすしかなかった。

招き猫対密室

若竹七海

若竹七海（わかたけ・ななみ）

東京都生まれ。立教大学卒。九一年、『ぼくのミステリな日常』でデビュー。二〇一三年、「暗い越流」で日本推理作家協会賞（短編部門）受賞。本格推理小説に青春ミステリー、コージー・ミステリー、ホラーと多彩な作品を手掛ける。著書は他に『閉ざされた夏』『スクランブル』『悪いうさぎ』『静かな炎天』など。

全身がひどく揺さぶられたように思い、ぼくは目を覚ました。

まぶたが重く、目を開くことはできなかった。寝惚《ねぼ》けた頭でぼくは考えた。目を開くこともできないのに、目を覚ましたといえるのだろうか。それどころか、目を開くなんて不可能だ、開くのはまぶたじゃないか……。

夢の縁で足を滑らせかけ、かろうじて〈めざめ〉の領域に踏みとどまった。鈍く痛む頭を振り、咳《せき》こんで、両目をこする。

手には、ざらりとした、不思議な感触が伝わってきた。ぼくは数秒考え、それから不安にかられて顔をかきむしった。耳元まで続くその感触は、やがてこめかみで粘《ねば》りついて終わり、指にくっついてきた。ぼくは隅を指でほじくって、一気に引き剝《は》がした。こめかみが強く痛み、同時に現実感を呼び覚ました。

ここは、いったい、どこだろう。ぼくはなにをしていたのだろう。

ぼくは目を瞬《まばた》かせ、指に絡まったガムテープを振ってみた。ぼんやりとした視界のなかでハンドルが見え、計器と、真っ白になった硝子《ガラス》が見えてきた。ぼくはぽかんとなった。

ぼくは、自分の車のなかで眠っていたのだった。

でも、なぜわざわざ目にガムテープなど、貼っていたのだろう。ガムテープをよく見ると、目のあたる場所には紙が貼りつけられていた。道理で、両方のこめかみは痛んだが、目のまわりは痛まなかったわけだ。用意周到だな。明るさを遮《さえぎ》るために、自分でこんなことをしたのかな。ダッシュボードにはサングラスが入っているのだから、それをかければよかったのに。

笑いかけたとき、ひどい吐《は》き気《け》が襲ってきた。ぼくは口を押さえて咳こんだ。はずみでクラクションが派手に鳴り響いた。窓を開けなくちゃ、扉を開けなくちゃ、外に出なくっちゃ。早く、一刻も早く。苦痛が全身を揺さぶった。それは鋭い苦痛ではなく、どこか甘い、優しく包み込んでくれるような苦痛だった。すっぽりと抱き締められたい、そう願いたくなった。ぼくは唇からよだれを垂れこぼしながら、必死にもがいた。だめだ。しっかりしなくては。外に出るんだ。ドアを開けるんだ。

もがくうちに、手はドアに伸び……記憶がよみがえった。

＊

李朝《りちょう》のものらしい巨大な長持のうえに、古い、傷だらけの招き猫がぽつんとのっている。はりこだろう、手のひらにおさまる大きさの、とぼけた顔つきの猫で、最近はやりの、いやに媚《こ》びているような招き猫とは一味も二味もちがう。絵筆を握って思うままに目鼻をつけたとみえて不細工だが、そこがいい。顔を近づけてよく見ると、ソバカスのような細かな点々がいい加減に散らしてあった。よほど無精《ぶしょう》な作り手によるものだろうが、それがまた、なんともいえない温かみを醸《かも》し出している。

「長持が、お気に召《め》しましたか」

〈一平堂《いっぺいどう》〉の主人が声をかけてきたのを、振り向きもせずに見とれたまま、南条《なんじょう》は答えた。

「気に入りましたよ。と、言っても猫のほうだけど」

「そうですか。それは残念。長持のほうなら、お譲《ゆず》りしないでもないんですが」

「だって、これ、李朝の偽物《にせもの》でしょう」

「わかりますか」

南条は初めて視線を猫から外し、主人ににこりとしてみせた。

「かまをかけただけ。ま、本物を買うお金はないし、気に入れば偽物だろうと関係ないのだけど、どのみちうちはダメだ。こんな家具置く場所、ないから」

「それはおたがいさまですけどね」

「この猫は非売品？」

「そういえば、この猫、どことなくお客さんに似ていますね。ソバカスの散っているところなんか。いや、そんなこと言っちゃ悪かったかな。こいつ、いわくつきの猫なんですよ」

所狭しと古本が並べられたカウンターの奥に、分厚い眼鏡をかけ、年季の入った綿入れ半てんを着て納まっているからずいぶんと爺《じじ》むさく見えるが、おそらく三十になるやならずの主人は、読み耽《ふけ》っていた『催眠療法のすべて』というしみだらけの本を置いて嬉《うれ》しげに言った。話好きな点も、年寄りじみている。

「いわくつきと言うと」

「いえね、時々消えるらしいんですわ。持ち主に言わせると、あったはずの部屋から煙のごとく消え失せる。かと思うと、突如として元の場所に戻っている。薄気味悪くなって売りに来たんですよ」

「それはまた、商売の下手な売り主だね。不吉だからって、値切ったのだろう」

「いや、ただで置いていきました。実を言うと先月、私の中学時代からの友人が持ってきて、そのよしみで受け取ったんですが、私も気に入ってしまいましてね」

主人は細面《ほそおもて》を歪《ゆが》めるようにした。

「都筑道夫《つづきみちお》さんのお作でしたか、持ち主の福を吸い取る招き猫の話があったでしょう。こいつはそれかもしれません。その同級生、境《さかい》っていうんですがね、彼の家はこのあたりじゃ知らぬもののいない大富豪だったのですが、二年まえにこいつを手に入れてから、不幸続きでね。祖母はぼける、父親は倒れる、母親は旅芸人と駆け落ち、妹は出戻ってくる」

「旅芸人って……戦前の話のようだね」

「ばあさまが長持ちしているんで、相続税をとられずにすんでお屋敷もそのままですが」

「なら、運はいいのじゃないか」

「家族が病人だらけじゃ、そうも言っていられないでしょう。年寄りの世話というのは実際たいへんですよ。特に身体《からだ》は元気でも、頭がぼけてしまったりすると」

主人は気が咎《とが》めたような顔つきになって言葉を切ると、

「まあ、でも、境の父親は身体のほうは不自由だが、頭はしっかりしている。うちにはいいお得意様なんです。その頼みじゃ断われない。それに、境の家では不幸の象徴のようにいわれてましたけど、私自身はこの猫、気に入ってしまいましたからね。しかたがありません」

「なんのかんのといって、結局は手放したくないのだね」

南条は笑った。

彼は独身で、親から引き継いだ不動産業を営んでいる。世間では不況を脱したなどと言われているらしいが、不動産業もかつてのように千客万来というわけでもない。ただ、もともと家業は学生相手にこぢんまりとしたアパートを紹介するのが主で、面倒くさがりの彼はその方針を変えなかったから、儲《もう》けも少ないかわりに、売れない物件を抱えて四苦八苦することはないし、銀行に下手な融資を頼んだこともない。好景気の頃には良い物件へと住み替えを図る人種が多かったのが、今では逆に安い物件へ移り住む人が増えて、どのみち客足はあるのだった。

二月三月に入ると、この商売、忙しさが増す。今のうちにと南条は一月の末、久方ぶりに旅行でもと愛車を転がして、鎌倉にやってきた。江ノ島の旅館に宿をとり、町なかを散策中に、骨董《こっとう》も並んでいるこの古本屋に行きあった。戦前の小説や心理学の本が多く、佐々木邦《ささきくに》の本が数冊見つかって喜んでいたのを商売柄めざとく見て取った主人と、なんとなく口がほぐれた。渋茶と椅子《いす》が出て、小一時間も腰を据《す》えてしまっている。

「で、猫はどういうふうに消えたりついたりするのだい」

「そんな、クリスマス・ツリーじゃあるまいし。いえね、この猫は、境のばあさまのお気に入りだったんだそうで。二年まえに旅芸人と駆け落ちした母親が買ってきて、猫と交換のように家を出たんですな。ばあさまにしてみれば、娘の形見ってところです。その分、父親は嫌ってまして。捨ててしまえと何度も言われたのだそうです」

「すると、境くんの母親の母親なんだね、そのばあさまは」

「父親は婿《むこ》養子なんですよ。話は戻りますが、その猫、父親の気持もわかるが境にとっては母の形見だ。それに境は猫好きで、白い猫に芸もなくシロと名づけてかわいがっているんですよ。そんなわけでむげに捨てるのもいや、といって目だつところに飾っておくわけにもいかず、母親の元居室に置いてあったのだそうです。その部屋というのが二階の一番奥にありまして、母親が出ていったあと、父親が自ら鍵を掛けて、鍵は肌身はなさず握っていた。要はその部屋、開《あ》かずの間《ま》になっていたわけで」

「どんな家なんだい、それは」

「洋風建築のお屋敷ですよ。鎌倉文学館には行きましたか」

「うん。前田《まえだ》家の別宅だったという、あれだろう」

「あんな感じですね。庭はもっと小さいし、見晴《みは》らしだってあれほどよかありませんが、外見だけでも一見の価値はありますよ。さて、猫ですが。いくら開かずの間といっても、半年に一度くらいは風を通さなくてはならない。盆暮れには境の妹が父親をなだめすかして鍵を借り、掃除をします。一昨年《おととし》の盆、境が妹と一緒に部屋に入ってみるとあら不思議、猫が消えている」

〈一平堂〉主人、仕方話《しかたばなし》である。南条は呆《あき》れて、

「なんだ、君は落語研究会の出身かい」

「いいえ、科学クラブです。今でも時々、境たちと科学の実験の真似事《まねごと》をするのが趣味でして。もっとも、猫を消したことはありませんが」

「猫はどうせ、ばあさんが持っていったのだろう」

「確かに、ばあさんが大事に隠したというのならわかります。消えた理由はそれでいいとして、ではなぜ、また出てきたんでしょうねえ。それに、一昨年の初めから、ばあさん監禁状態なんですよ。いや、監禁とは聞こえが悪い。徘徊《はいかい》がやまず、山に迷い込んで凍死しかけたり、車にぶつかったり、結局、死なせるよりはましだってんで、境がばあさんの部屋を、言ってみりゃ座敷牢《ざしきろう》に作り替えたんです。この店の五倍くらいの広さはあるお座敷なんで、閉じこめられてるって気分にはならずにすむし、週に二度は厳重な監視付きで散歩もさせてる。気苦労なことです。境のやつまだ三十一歳だというのに、白髪《しらが》だらけになりやがった」

「それでも猫は消えた」

「そして出てくる。だいたい、ばあさんと父親は恐ろしく仲が悪い。父親がばあさんに貸すわけはない。そして鍵は父親の持っている一本きりなんです」

「それじゃ、父親の仕業《しわざ》だろう」

「だから、出てくるのが不思議だっていうんですよ。父親の仕業なら、捨ててしまっておしまいだ。そうでしょ。それに、父親は寝たきりです。倒れて、女房に逃げられたのだからしかたがないとはいえますが、扱いが難しく、母親似の境など側《そば》にも寄れない。近づけるのは妹だけだそうですよ」

「それなら、妹さんの仕業だ」

「いったい、何のためにそんな真似するってんです？」

南条は返事に困って顎《あご》をかき、話を変えた。

「するとこの猫は、半年にいっぺん消えて、また半年にいっぺん出てくるんだね」

「消えて出たのが二回ずつ、計四回の不思議ですわ」

主人は渋茶をすすり、南条は首を捻《ひね》った。

「その部屋に秘密の通路でもあったんじゃないのか」

「猫が通って遊びに行ったとでも？」

「そんなはずはないが。猫は境くんの母親が手に入れたと言ったね」

「そうです。もっとも、本人はそれこそ猫と入れ違いに、姿を消してしまいましたがね」

「旅芸人と駆け落ち。いまどき、そんな話があるんだねえ」

「なに、噂《うわさ》です。ぼけた年寄りと気難しい病人抱えて、傾きかけた家を支えるために、ずいぶんと苦労していらしたんですよ。その唯一の楽しみが旅役者の舞台を見ることでね。それでそういった噂が立ったんでしょう。個人的にはどうかと思いますよ。そんなお金はなかったはずだ。私は骨董のほうは専門じゃありませんが、境の母親がこっそりと壺《つぼ》やら掛け軸やら着物やら持ってくるので、ずいぶん融通《ゆうずう》してたんです。うちの母親と境の母親は幼なじみで、頼まれたんじゃ、いやとは言えません。昔のことだけはよく覚えてたから、うちの母親も。あたしたちは双子って言われてたもんよ、なんて言ってね」

「亡くなったのかい、お母さん」

「境の母親が行方不明になったのと同時期でしたよ。確かに双子でしたな、あのふたりは。顔かたちもだが、婿を取った時期もなら、最初の子どもをみごもった……って私と境のことですが、それも同じ頃。挙句《あげく》に同じ時期に消え失《う》せたんだから、上出来《じょうでき》といえば上出来ですが」

　主人は気まずそうに言葉を切り、茶をすすった。

＊

わかったのだ。ぼくが誰で、なぜこんなところにいるのか、なぜ強い吐き気を覚えるのか、わかった。

ぼくは口元を押さえ、こみあげてくる吐き気を抑えながら、振り向いて後部座席の窓に目をやった。そして呪った。本来ならすでにはずれているはずの排気ガスを取り込むホースが、半分落ちかかったままくっついていて、少しずつだがガスが車内に流れ込んでいるのだ。わざわざガムテープにそれとなく砂をつけ、好加減《いいかげん》にホースを取りつけて、やがてはホースは自然とはずれ、下に落ちるようにしておいたのだ。

そう。ぼくは偽装殺人を図ったのだ。被害者はぼく、そして犯人はあいつ。あいつはぼくを排気ガスによる自殺と見せかけて、ぼくを殺そうとする。が、運よくぼくは助かる。ぼくの証言で、あいつの身に起こるはずのことが、誰にでも納得がいくものになる。あいつもいま、ぼくと同じように車のなかにいて、もがき苦しんでいるはずだ。いや、もうとっくに死んでいるかもしれない。ぼくよりも早く車のなかで、しっかりと固定されたホースから送り込まれる排気ガスを吸い込んで。

助かったぼくは、警察の取り調べにこう言うのだ。

「ぼくは長い間、ぼくの母の死に彼が関係しているのではないかと疑っていました。彼はそのことを知って、ぼくを自殺に見せかけて殺そうと思い立ったのでしょう。つまり、ぼくの疑いは間違ってはいなかったのですね。……え？　あいつも車のなかで？　ぼくと同じ方法で自殺を？　そうですか。気の小さな男でしたから。やってはみたものの、罪の意識に耐えられなかったのでしょう」

すべては彼のせいになる。ぼくは自由になる。

そういう筋書きの計画なのだ。

死ぬつもりなど、本当はないのに。

ぼくは苦しさに喉《のど》をかきむしった。生きていたい、と心底思った。本当なら誰かに発見されるまで、ここでじっと待つつもりだった。だが、自力で脱出したところで、さほど疑われやしないはずだ。

ぼくは再びドアに手を伸ばしかけ、不意に強い不安に襲われて、その手をひっこめた。

激しい動悸《どうき》がこめかみで脈打っている。どうしたのだ、ぼくは。たかがドアを開けて、外へ転がり出るだけだ。早く、早くしないと。

だが、ぼくはぼやけた視界のなかで、ひどい恐怖とともにドアを見ていた。

怖《こわ》い。ドアが怖い。怖くて、さわれない。

ぼくは汗ばんだ指をこすりあわせた。こんなふうになってしまう理由は、ひとつしか考えられない。

ぼくは暗示にかかったのだ。

＊

翌日の早朝、宿を出た南条は車を駅前の駐車場に預け、徒歩で観光に出た。冬特有の透明感のある朝で、寒かった。彼はマフラーを巻き直して正月明けの街を見回した。平日のことで人けも少なく、ひとりで歩くには寂《さび》しすぎる感じがした。おまけに、考えてみれば、これといった名所は見つくしていた。南条は通行人を呼び止めて、境邸の行き方を尋ねた。

こんな季節なのに、道に数枚の落葉が散っていた。住宅街をとぼとぼ歩きながら、南条は猫の話をつくづくと考えてみた。猫が現われて消える。勘違いでないとするならば、犯人がいるはずだ。猫が勝手に出歩くわけもない。

そう思ったとき、鼻に傷のある白い猫が現われて、甘ったれてきた。境がかわいがっているという白猫を思い出して、シロ、シロと呼んでみると、いよいよぐにゃぐにゃになってまとわりつく。ところが、いざ手を出すと、猫は急用を思い出したかのように路地に入り、振り返って南条を呼んだ。他にすることもなし、と猫にひかれて路地に入り込むと、にわかにひらけた庭へ出た。主人の話どおりの洋館がそびえ立っている。ここが、と驚く気持と、うかつにも他人の庭に入り込んだきまり悪さで、南条は急いで周囲を見回した。来た道は塀《へい》の破れ目だった。

きびすを返《かえ》しかけたとき、シロが小屋の前をうろついているのが目に留《と》まった。塀の脇にあるプレハブで、景色を台無しにしている。

猫はしきりと小屋の扉をひっかいては、あとずさり、訴えるように南条を見た。しかたなく近寄って、思わず身を引いた。かすかだが、異臭がする。ガソリンの臭《にお》いのようだ。どうやら車庫のようだった。だから排気ガスの臭いもするし、エンジンの音もするのだ。

扉を閉めたまま、エンジンをかけるなんて……ちょっと待て。そんなばかな。

南条は小屋に飛びついた。扉を引き開けて、まず目に入ってきたのは車の後部に不自然に取りつけられたホースだった。暗がりに目が慣れるにつれ、ホースが窓にガムテープで固定されているのが見えてきた。

あとはもう、無我夢中だった。扉を開け、もがき苦しんでいる人間を引きずりだし、はずみで車庫のコンクリートの土台に転がってしまい、玄関に飛び込んで大声で助けを求め、青ざめた顔で現われた娘に救急車を頼み、いきがかりで同乗し、病院に送り届け、境邸に取って返し、警察の事情聴取に応じた。我に返ったときには、南条は境邸の寒々と広い食堂で、妹が取り寄せたサンドウィッチをぱくついていた。

「ほんとうにどうもありがとうございました。南条さんに見つけていただかなかったら、兄はどうなっていたことか」

境の妹は範子《のりこ》といった。彼女は青ざめた顔でサンドウィッチをほんの一口嚙《か》んで、置いた。

「いや、礼ならシロと〈一平堂〉の主人に言って下さい。彼の話を聞いていなければ、このお屋敷を見ていこうなどという気は起きなかったでしょうし、猫に誘われなければ、庭に入り込むこともなかったのですから」

「シロも忠義な猫ですわね。今時珍《めずら》しいわ。もっとも、こんな家に住んでいるわたしたちはみんな、今時珍しい生き物ですけど」

「〈一平堂〉の主人に聞いたのですが、ご病人を抱えてたいへんなようですね。お兄さんも気苦労が多かったとか」

「まあ、一平さんもおしゃべりですこと」

範子は一瞬、つんとなったが、

「でも、おっしゃるとおりですわ。わたしはどちらかといえばのんきな質《たち》なんですけれど、兄は母に似て神経質ですの。それに気分にむらがあって、わたしに髪を切るようにしつこく言い出したり、いつもは縦のものを横にもしないくせに、急に濡《ぬ》れ雑巾《ぞうきん》で部屋中、すみずみ磨きたてたり。そうそう、シロも寄せつけなくなりましたのよ。あんなにかわいがっていたのに。猫の傷、ごらんになりまして」

「はあ」

「兄がやったんです。追い払おうとして。それなのに、シロったら」

範子が涙を拭《ぬぐ》い、南条はサンドウィッチを胸につかえさせた。

「どうも、すみません」

「なにも南条さんがあやまられることはありませんわ。兄はだいたい、この二か月ほど、普段にも増して、おかしかったのですもの。この寒いのに、絶対ドアを閉めさせなかったり、変なことばかり言うんですのよ。スポンティニアス……なんとかって言葉、ご存じですか」

「はあ?」

「なんだかややこしい言葉なんですけど、要するに、人体自然発火という意味です。なにかのきっかけで、人体が火の気《け》もないのに自然に燃え上がって灰になるらしいんです。原因は不明だというんですけど、兄はそれを怖がっていたんです。変な話でしょう？」

「そりゃあ、変な話です」

南条は力をこめて請け合った。

「世の中には、怖いものが他に山ほどありますからね。自然に燃え上がるのを恐れているひまはありません」

範子はくすくすと笑いだした。

「わたしも同じ意見ですわ。一平さんからお聞きになっていらっしゃると思いますけど、家にはもっと現実的な不安が山ほどあるんです。祖母が死んだら相続税をどうしようとか、家を手放すことになったら寝たきりの父を抱えてどこに行ったらいいのだろうとか、仕事と介護の両立は無理だとかね」

さっぱりとした口調だった。南条はほっとすると同時に、一見か弱そうなこの女性の底力に圧倒される思いだった。それに気づいたらしく、範子は、

「先の心配をしていても仕方ありませんから、笑い飛ばすことにしてますの。正直言って、わたしが兄で、兄がわたしならよかったのにと思いますわ。兄は生活能力のないひとなんです。仕事をしても長続きしないし、かといって家のことなどまったくできません。日々ぶらぶらと本を読み、知識を蓄《たくわ》えるだけが好きなんです。そのくせ、心配だけはわたしの

十倍はいたします」

範子は溜息《ためいき》をついた。

「もっと家にお金があって、のどかな頃に生まれていれば、ひとかどの道楽者として、歴史に名を残したかもしれません。でも、残念ながら、いまの時代にはあわないひとなんです、兄は。といって兄が自殺を図るなんてこと、絶対にない。兄ほど先を怖がる人間はおりません。だから何億人にひとり起きるか起きないかといった、人体自然発火なんてものまで怖がったのですもの。なぜ、兄は自殺を図ったりしたのでしょう」

「失礼ですが、範子さんはお兄さんがガレージに閉じこもりきりになっていることに、気づかなかったのですか」

「このとおり、家は広いんです」

範子は気負《きお》った様子もなく答えた。

「それに、わたしの部屋は二階、祖母の部屋の隣で、家の裏側ですから庭でキャンプ・ファイアーが始まっても気づきませんわ。それに、午前中は家事で忙しくしておりますし、兄は正午を回らないと起きてはきませんし。ですから」

「でも、事故には見えませんでしたよ。間違いで排気ガスをホースで車に引き込むなんてことは、ありようもないでしょう」

範子はしばらく黙って庭を眺《なが》めていたが、失礼、父の様子を見てきます、と席を立った。やがて戻ってはぐらかされた格好の南条は、サンドウィッチをちぎりながら口に押し込んだ。

てきた範子は、思いつめた様子で南条に言った。

「ご迷惑でなければ、南条さんに聞いていただきたい話がありますの。お時間があれば」

「かまいませんよ。急いで帰っても、待っているひとがいるわけじゃなし」

「すみません」

範子は唇を噛み、しばらく視線を宙にさまよわせていたが、やがて口を開いた。

「わたし、友人がおりませんの。特にこういうことを相談できる友人が。と申しましても、ばかばかしいことなんです。あの、猫のことなんです。いいえ、シロではなくて、以前家にあった、招き猫のことなんですけど」

「〈一平堂〉に飾ってあった、あの招き猫ですか。傷だらけの、古ぼけた、おたくにあった」

いわくつきの、という言葉を、南条は際どいところでのみこんだ。範子の顔からさあっと血の気が引いたのだ。

「〈一平堂〉にありましたの、あの猫」

「ええ」

「それも、店に飾ってあったのですね」

「カウンターの後ろの長持の上にのっていましたよ」

「それでは、わたしの思い違いだったのでしょうか。そうだとしたら、ひどい疑いなのですけど」

「それでは、猫を消したのはやはり、あなただったのですね」

南条は身を乗り出した。範子は驚いたように目を見張った。

「そんなことまで話したのですか、あのひと」

「もとはといえば、あの猫をぼくが気に入って、それからおたくの話になったのです」

南条は弁解した。

「いわくつきだから売れない、彼はそう言って、そのいわくを話してくれたのです。それがあなたの仕業であることは、ぼくが自分で考えたのです。猫が勝手に身を隠すわけはないし、とすると誰かが猫を移動させなくてはならない。おばあさんは自由に出入りできず、お父さんはお身体が不自由で、唯一の鍵を大切に持っていらっしゃる。合鍵を作る機会、そして部屋に出入りできる機会、それをお持ちなのはあなただけでしょう。動機については、わかりませんが」

「最初は消えたわけではありませんでしたの」

範子はけだるそうに言った。

「猫が消えたことに気づいたのは、兄でした。部屋を開けて気づいたわけではありません。兄は、いなくなった母をとても慕《した》っていて……時々鍵穴から母の部屋を覗《のぞ》いては、思い出に耽っていたらしいのです」

範子は顔を赤らめた。

「おかしな兄だと思われるでしょうが、兄は兄なりにつらかったのですわ。――さて、鍵穴から見たところ、猫が消えていて、兄は不思議がっていましたが、わたしはさして気にもとめませんでした。お盆が来て、窓を開けに部屋に入って、片づけをしていて気づいたのですが、猫は棚の後ろに落ちていただけでした。なくなったことに気づく少しまえ、地震があったのです。あれは紙でできていてとても軽いから、震度三くらいの地震でも落ちてしまったのでしょう。早速拾《さっそくひろ》い上げたのですが、うっかり猫を、いつもの棚ではない場所に置いてしまったのです。鍵穴からは見えない位置でしたから、兄は本当に消えたと誤解したのですね。はっきり申しませんでしたから、兄の誤解には気づかなかったのですが」

「で、次に部屋に入ったときに、猫の位置を戻したのですね。それで、お兄さんは消えた猫が現われたと思われた」

「ええ、たぶん。でも、二度目に消えて、現われたのは、間違いなくわたしが意図的にしたことです」

「それはまた、なぜ」

　範子はつらそうな目つきになった。

「ほんのささいなことなのです。あるとき、一平さんがうちにみえたのです。お茶を運んでいって、何気なく話を聞いていると、兄が猫が消えたことを申しました。すると、一平さんが、こう言われたのです。それは、お母さんが家出をするときに残していった猫なのだろう、どこで手に入れたのだろうね、と。驚きましたわ。だってわたし、母がいなくなる数日まえに、あれとそっくりな猫を、〈一平堂〉で見ているのですもの」

「それは」

南条は困惑して、範子の言葉の意味をゆっくりとかみしめた。徐々にわかってきたことがあった。

「つまり、猫はもともと〈一平堂〉の売り物だった、と」

「ええ。もっとも、最初のうちは似たような、別の猫かもしれないと思いました。ただ、だんだんですけど、気になり始めたのです。ひとつには、一平さんのお母さんの亡くなり方ですけど」

「あなたのお母さんがいなくなった頃に、亡くなられたのでしたね」

「一平さんのお母さんは、海で亡くなったのです。詳しい病名は存じませんが、祖母と同じような症状がありまして、一平さんが目を離したすきに、海へ落ちるかなにかして、溺れられたようです。数日たってご遺体が見つかったとき、まずうちに連絡がありました。遺体は母のものだと思われたのです。岩にこすられたらしいひどい傷で顔の識別が困難だったためと、わたしが家出人捜索願いに添付した写真のなかの母と同じ着物を着ていらしたものですから。生活費の足しにと、母が〈一平堂〉に引き取っていただいた着物を、一平さんのお母さんが着てらしたわけですわ。結局、一平さんのお母さんだということがわかったのですけれど」

南条は内心不審に思った。それと招き猫と、どういう関係があるのだろう。範子はひとりうなずいて、

「疑い深い人間と思われるかもしれませんが、わたし、母が駆け落ちをしたなんて信じて

おりませんの。なにか、よほどのことがないかぎり、そんなことをするような母ではありません。招き猫がきっかけで、わたしは母の行方不明について、よくよく考えてみることにしました。母が消えた日、一平さんのお母さんが海で溺れたことと、母が持ち帰った招き猫とを。それから、偶然ですけれど、あの直前に〈一平堂〉に招き猫を売ったという人がわかったのです。そこで、わたし、こっそり父から鍵をとって、猫を出し、その方にお目にかけましたの。鑑定していただこうと思って」

「それで、どうだったんです」

南条は息苦しさを覚えながら、飛びつくように尋ねた。

「間違いなく、その方が〈一平堂〉に売った猫だそうです」

「それで、主人にいきさつを尋ねてみたのですか」

「いえ、それが」

範子は囁《ささや》くように言った。

「その方が言ったんです。猫は確かにもとは自分の持ち物だったけれど、一つだけちがっているところがある、と。南条さんは、あの猫にソバカスが散っていたことを覚えてらっしゃいますか」

「ええ。そこがぼくに似ていると、〈一平堂〉に言われましたよ」

「でも、猫にはもともと、ソバカスなどなかったというんです」

南条は範子をしげしげと眺め、間の抜けた声になった。

「かびでも生えたんですかね」

「わたし、もっと恐ろしいことを考えましたの。それで、調べてもらいましたの。時間がかかりました。その調査のために、猫は、いわば消えていたんですわ」

南条は数秒間、黙っていた。それから、威勢よく立ち上がって、テーブルの脇を行ったり来たりし始めた。

「で、結果は」

「人間の、血でした」

ふたりはしばらく、お互いの顔を食い入るように眺めあった。やがて、南条は喉に物が詰《つ》まったような声になった。

「それで、どうしたのですか」

「どうしたらよいか、わからなかったのです。〈一平堂〉のお母さんの事件が起こったあいだに猫に血がついたことと、その猫を持ち帰った母が行方不明になったことと、猫の出所について一平さんがごまかしを言っていることと。恐ろしい方向に想像は進みましたけれど、なんの証拠もないのですもの。血とはいっても飛沫《しぶき》ですわ。なにかのはずみ、たとえばカミソリで顔を切ってしまったときなどについただけかもしれません。どうしたらよいか方法が見つかるまでと思って、母の部屋に猫を戻しておいたのですが、きっと猫が現われたり消えたりするので、気味が悪くなった兄が暮れに部屋を開けたときにでも持ち出して、〈一平堂〉に渡してしまったのですね。気づきませんでしたが」

〈一平堂〉は身体が元気なばかりの病人の世話がいかにたいへんか、口を滑らせていた。なにかのはずみで、店で母親を殴ってしまった。理由は売り物の着物を着込んでいたことか、疲労が重なって苛立《いらだ》ったためか、それはわからない。ともかく、そのさなか猫に血が飛び、しかしそれに気づかぬまま、境夫人に売ってしまった。店に飾っているところを見ると、今でも気づいていないのかもしれない。

気を失った母親を海へ運び、溺れさせた。その現場か、なにか証拠を、〈一平堂〉は境夫人に見られたと勘違いしたのかもしれない。そのあとなにが起こったのかは、直接の関係もない南条でさえ、考えたくもなかった。

南条は身震いをして、それから気づいた。

「すると、お兄さんのあの、自殺は」

「自殺だとは思いません。一平さんが嚙んでいるのだと思います」

範子はきっぱりと言い放ち、南条は狼狽《ろうばい》した。

「しかしですね。ぼくがお兄さんを見つけたとき、お兄さんは半分目覚めてしきりともがいていた。あまり暴れるので、外に引きずり出すのに苦労しました。もし、〈一平堂〉の主人があの細工《さいく》をしたのだとしたら、お兄さんはどうして、車から逃げ出そうとしなかったのでしょうか」

範子はうつむいて、それはそのとおりなのですけど、と呟《つぶや》いた。南条は重ねて言った。

「それに、主人がお兄さんを殺そうとする動機はなんですか。お兄さんはあなたの疑惑に気づいていたのでしょうか」

「いいえ。気づいていたとしたら、一平さんに対して普段通りにふるまうことはできなかったと思います。何度も言うようですが、兄は神経質で、母をとても愛しておりましたから」

「〈一平堂〉の主人は、よくお兄さんとお会いになるんですね」

「ええ、しょっちゅう。兄にとっては唯一の、心を許せる友人ですから」

範子の声音《こわね》には苦々しいものがこもっていた。

「仮に、兄が自殺を図ったのだとしたら、その原因は一平さんにあるに決まっています。あの方、変なことばかり兄に吹き込むんですもの。科学クラブだかなんだか知りませんけど、例の人体自然発火、それを兄に吹き込んだのも一平さんですわ。兄は一平さんの言うことだったら、なんでも聞くんですもの。あの方がまた、それをいいことに面白半分に兄を脅《おど》して」

「でも、それだけでは」

「ええ、わかっています。でもあの方、絶対なにか企《たくら》んでいますわよ。やはり、警察に調べてもらったほうがいいでしょうか」

南条は腕組みをして考え込んだ。

「あなたのお母さんが家出をなさったときのことを、もう少し詳しく聞かせてください。家を出られたのを、どなたもごらんになってはいらっしゃらないんですか」

「母が家を出たのは、前後の関係から午後二時くらいだと思われるんです。わたしは祖母に付き添って病院へ、兄は朝から友人に紹介されたという仕事の面接に行っておりました。家には父がひとりでおりましたが、母には会っていないと言っています。父はベッドに横たわったままですので、母のほうから会いに行かなければ、会えませんでした」

「お母さんは猫を置きに、いったん家に戻ってきたわけですよね」

「ええ。そのとき、細々《こまごま》とした身の回りの品を持っていきました。売った着物と引き換えに手に入れたはずのお金もありませんでした」

「となると、問題は」

南条は言い淀《よど》み、目つきで先を促《うなが》す範子から視線を外した。

「あなたのお母さんの失跡や〈一平堂〉の母親の事故死——ということにしておきますが——に関わっているのが、〈一平堂〉の主人だとは言い切れません。もしかしたら、あなたのお兄さんが関わっていたのかもしれない」

「なぜ、兄が」

「怒らないで聞いてください。第三者、たとえば警察がこういう風に判断しないとも限らないでしょう。つまり〈一平堂〉から帰ってきたお母さんは、もしかしたら実際に家出をしようとしていたのかもしれません。それを帰宅したお兄さんに見つかってしまった。母親に捨てられると知ったお兄さんは逆上し、お母さんを、その」

「殺したとでも」

範子の唇がかすかに動いた。

「そのとき、猫に血が飛んだ」

南条は気まずく言葉を継《つ》いだ。

「殺したかどうか、それはわかりません。〈一平堂〉の母親が事故死したのは偶然か、さもなければお兄さんがやったとも考えられる」

「兄が、どうして」

「あなたが考えた〈一平堂〉の主人の犯行のときと同じですよ。その現場を、〈一平堂〉の母親に見られたと思ったからだ」

「そんなはずは、ありませんわ」

叫ぶ範子を、南条はどこか冷静に観察していた。この娘は聡明《そうめい》だ。いまぼくが言ったのと同じことを、すでに考えていたにちがいない。いや、むしろ、彼女は〈一平堂〉の主人よりもさきに兄を疑ったのだろう。そして、兄に当てはまるのと同じ疑惑が〈一平堂〉におきかえることができると気づき、こうしてぼくに聞かせてみせたのだ。〈一平堂〉を犯人にして、第三者を納得させられるか、どうか試すために。

「どっちにしても」

同情を苦くのみこみながら、南条はサンドウィッチの礼とともに立ち上がって言った。

「ふたりの母親の事件が起こったのは、もう二年もまえのことなのでしょう。それなのに、いまなぜお兄さんが自殺しなくてはならないのか、あるいは〈一平堂〉がお兄さんを殺さなくてはならないのか、それがまったくわかりませんね。お兄さんが自分で車から逃げ出そうとしなかった以上、殺人とは思えませんが。それに」

　南条は娘の後について歩きながら、思いついて明るく言った。

「少なくともお兄さんは助かったじゃありませんか。なにが起きたか、きっと話してください ますよ。あなたも疑惑を胸に閉じ込めておくようなことをせずに、笑い話にでもして、直接お兄さんに聞いてみたらどうですか」

　玄関を出た。すでに弱々しくなった冬の日ざしが斜めに差し込み、五百坪はあるだろう広大な庭を照らし出していた。境がやっているのか、素人くさいがこざっぱりと手入れされている。範子は皮肉に唇を歪めた。

「南条さんって、いい方ね。でも、あなたがわたしだったら、兄の言うことを信じることができまして」

　返す言葉に困った南条に、範子は追討ちをかけてきた。

「いまなぜ、っておっしゃいましたよね。二年もまえの事件なのに、なぜいまさらって。わたし、時々考えますの。この庭、とても広くて、なんでも隠せそうだって。そう、お思いになりません？」

「あなた、まさか」

「想像ですわ。こんなところに閉じこもっていると、想像は悪い方向へとばかり、転がってしまうんです。——数か月まえから、祖母の具合がとても悪いんです。心臓が弱っていて、長いことはないようですの。そうなったら、税金なんて払い切れないから、この庭も人手に渡ります」

男のようにぺこんと頭を下げると、範子はきびすを返して家のなかへ姿を消した。南条はつぶしてしまった一日と、答えのでない疑問を抱きかかえて歩き出した。どこからともなくシロが現われて、礼を言うかのように南条の足元にまとわりついてきた。南条は手を伸ばし、あわててひっこめた。静電気が指を刺したのだ。

顔をしかめて指をなめ、やがてはっとした。降りられるはずの車から、境が降りられなかったのは、なぜだろう。

猫を嫌うようになった。人体自然発火を恐れるようになった。ドアを開け放しておくようになった。誰かが——恐らくは〈一平堂〉が、境に少しずつ暗示をかけていったのだとしたら。発火の恐怖を植えつけ、その発生を静電気に因果《いんが》づけ、静電気の起こりそうなもの、猫やドアノブといったものへの嫌悪を覚えさせ、ドアのノブからやがてはドアを開けることそのものへの恐怖を、暗示によって植えつけていったのだとしたら。

内側からドアの開け閉めのできる車は、その暗示によって密室と化したのだ。

南条はぶらぶらと歩き出した。そんなことができるのかどうか、わからなかった。〈一平堂〉にそのような技術があるのかも。ただ、範子の話では、境は神経質で繊細、かつ脆《もろ》い性格の男のようだ。彼らの祖母が死にかけていて、いずれは家を出ていかなくてはならないという現実的な不安に白髪も増えていたという。そういった状況であれば、唯一心を許せる友人の言葉は、砂に水がしみこむように、受け入れられたのかもしれない。

ゆっくりと歩いて、山の端《は》に夕焼けが広がり始めた頃、〈一平堂〉に到着した。店にはシャッターが降りていて、近所の人間らしい数人のおばさんたちが、興奮を押し隠すように早口で話し合っていた。南条は彼女らに近づいた。

「〈一平堂〉さんで、なにかあったのですか」

「お知りあいですか」

気の強そうな女が仲間に先んじて答えてきた。うさんくさそうにこちらを見るので、しかたなくうなずいた。

「昨日会ったばかりなのですが、どうしたんですか」

「昨日、お会いになったんですって。まあ、いやだ。〈一平堂〉さん、変わった様子じゃありませんでした?」

「さあ、気づきませんでしたが。なにか」

「自殺したんですよ、山道に車を止めて、排気ガスを車内に引き込んで。運が悪いわねえ、いつもなら人通りがそれなりにある場所なんですよ。でも今日は、特に冷え込んだから誰も通りかからなくって。発見されたときには手遅れで、かわいそうに、相当苦しんだっていうんですよ、なにがあったか知らないけど、なにも死ななくたってねえ」

南条はまくしたてるおばさんの声を背中に受けながら、ぼんやりと〈一平堂〉をあとにした。わからなくなった、と彼も思った。〈一平堂〉が死んだことで、範子はますます兄の言うことを信じられなくなるだろうな、と思った。偶然かしらとも考えた。〈一平堂〉

が境を殺そうとして、自分が殺されかけたというつもりだったのか、その逆か、暗示の件を考えに入れるなら、〈一平堂〉のほうが境を殺そうとしたように思えるが、もしかして、無理心中のようなものだったのか。

江ノ島が逆光にシルエットを見せていた。南条は途方に暮れて足元の砂を蹴った。

＊

ぼくは震《ふる》える手を幾度《いくど》もドアに伸ばしてはひっこめた。怖い、怖い。

こみあげてくる吐き気のさらに奥から、やがて笑いがこみあげてきた。

ミイラ取りがミイラになった。

そもそもばあさんがいけないのだ。元気であと十年は生きるだろうと思っていたのに、余命いくばくもないという。そうなれば、土地は売り払われるだろう。プレハブの車庫は撤去される。コンクリートの土台は壊され、二年まえに埋めたものが見つかってしまう。あのときは慌てていたから、庭の隅に隠しておいた死体を、夜中に建築中のプレハブに運び込み、とっさに生乾きのコンクリートを掘り返して埋めておいたのだが。事故に見せかければよかったのかもしれない。もう一人と、同じように。

早いところ、罪をなすりつけなくてはならなかった。格好な人材は身近にいた。自分よりも動機がわかりやすい人間。暗示にかかりやすく、自分の言うことならなんでも聞くだろうあいつ。

境。

それが……ぼくは遠ざかっていく意識のなかで、ひたすら笑っていた。店の本を読み、暗示のかけかたについて勉強した。やつが本当にドアに触《さわ》れなくなったとき、これでうまくいったと思った。境を脅し、あらかじめ細工をしておいたやつの車へと押し込め、扉を閉めた。それだけでよかった。やつは運転席で暴《あば》れ出したが、どうやってもドアに近づくことすらできなかった。懐中電灯のあかりに照らし出された境がものすごく暴れるのを、ぼくは勝ち誇ってのぞきこんでやった。

だが、やはりぼくは素人だった。ぼくは、情けない、境にかけたはずの自分の暗示に、自分自身でもかかってしまっていたのだ。たぶん、もがき苦しむ境の姿がぼくに恐怖を……ああ、できない。車のドアを開けることが、どうしてもできない……。

解説

千街晶之

　ミステリーというジャンルの出発点は、エドガー・アラン・ポーが一八四一年に発表した「モルグ街の殺人」(『モルグ街の殺人・黄金虫』所収、新潮文庫)であるというのが通説になっている。つまり二〇二三年現在、ミステリーは百八十二年の歴史を持っているわけだが、この作品は密閉されたアパルトマンでの惨劇を扱っているため、密室ものの歴史も全く同じ長さということになる。

　密室というと、扉も窓も施錠されていて出入り不可能な部屋を思い浮かべるのが普通と思われる。しかし、現場となった建物の周りに犯人の足跡がなかったり、目撃者が見張っていて誰も近づけない場所で事件が起きたり……といった場合も密室に含めることが多い。江戸川乱歩の『孤島の鬼』(角川ホラー文庫)における海水浴場の殺人のような、開放された衆人環視の場所での事件も広義の密室に含める場合もある。

　この百八十二年間、密室もののミステリーがどれだけ執筆されてきたのかは不明だが、膨大な数に上ることは間違いない。代表的なものだけでも、海外では、イズレイル・ザングウィルの『ビッグ・ボウの殺人』(ハヤカワ・ミステリ文庫)、アーサー・コナン・ドイルの「まだらの紐」(『シャーロック・ホームズの冒険』所収、創元推理文庫)、ガストン・

ルルーの『黄色い部屋の謎』（創元推理文庫）、メルヴィル・デイヴィスン・ポーストの「ズームドルフ事件」（江戸川乱歩編『世界推理短編傑作集2（新版）』所収、創元推理文庫）、S・S・ヴァン・ダインの『カナリア殺人事件』（創元推理文庫）、ロナルド・A・ノックスの「密室の行者」（江戸川乱歩編『世界推理短編傑作集4（新版）』所収、創元推理文庫）、F・W・クロフツの『二つの密室』（創元推理文庫）、エラリー・クイーンの『チャイナ蜜柑の秘密』（角川文庫）、レオ・ブルースの『三人の名探偵のための事件』（扶桑社ミステリー）、カーター・ディクスン（ジョン・ディクスン・カー）の『ユダの窓』（創元推理文庫）、マルセル・F・ラントームの『騙し絵』（創元推理文庫）、ピーター・アントニイの『衣裳戸棚の女』（創元推理文庫）、ランドル・ギャレットの『魔術師が多すぎる』（ハヤカワ・ミステリ文庫）、ジョン・スラデックの『見えないグリーン』（ハヤカワ・ミステリ文庫）、ビル・プロンジーニの『迷路』（徳間文庫）、ポール・アルテの『第四の扉』（ハヤカワ・ミステリ文庫）、ピーター・ラヴゼイの『猟犬クラブ』（ハヤカワ・ミステリ文庫）、ジェフリー・ディーヴァーの『魔術師《イリュージョニスト》』（文春文庫）等々が存在している。

日本では、戦前に江戸川乱歩の「D坂の殺人事件」（『江戸川乱歩傑作選』所収、新潮文庫）や小栗虫太郎の「完全犯罪」（『日本探偵小説全集6　小栗虫太郎集』所収、創元推理文庫）などの作例があるが、開放的な日本家屋で密室を構成することが難しかったせいもあり、本格的な開花は戦後を待たなければならなかった。この時期から現在に至る代表的作例を挙げるなら、横溝正史の『本陣殺人事件』（角川文庫）、高木彬光の『刺青《しせい》殺人事件』

（光文社文庫）、天城一《あまぎはじめ》の「高天原の犯罪」（『天城一の密室犯罪学教程』所収、宝島社文庫）、鮎川哲也の「赤い密室」（北村薫編『下り〝はつかり〟――鮎川哲也短編傑作選Ⅱ』所収、創元推理文庫）、笹沢左保《さほ》の『霧に溶ける』（祥伝社文庫）、陳舜臣の「方壺園」（同題短篇集所収、ちくま文庫）、中井英夫の『虚無への供物』（講談社文庫）、仁木悦子《にきえつこ》の「二つの陰画」（『名探偵コレクション②　面の巻』所収、出版芸術社）、海渡英祐《かいとえいすけ》の『伯林《ベルリン》――一八八八年』（講談社文庫）、森村誠一の『高層の死角』（角川文庫）、大谷羊太郎の『殺意の演奏』（講談社文庫）、都筑道夫の『最長不倒距離』（光文社文庫）、山田風太郎の『警視庁草紙』（角川文庫）、山村美紗の『花の棺』（光文社文庫）、泡坂妻夫の「右腕山上空」（『亜愛一郎の狼狽』所収、創元推理文庫）、赤川次郎の『三毛猫ホームズの推理』（光文社文庫）、竹本健治の『匣《はこ》の中の失楽』（講談社文庫）、逢坂剛の『裏切りの日日』（集英社文庫）、梶龍雄の『リア王密室に死す』（徳間文庫）、島田荘司の『斜め屋敷の犯罪』（講談社文庫）、東野圭吾の『放課後』（講談社文庫）、法月綸太郎の『雪密室』（講談社文庫）、有栖川有栖の『46番目の密室』（講談社文庫）、笠井潔の『哲学者の密室』（創元推理文庫）、京極夏彦の『姑獲鳥《うぶめ》の夏』（講談社文庫）、山口雅也の「侘《わび》の密室」（『日本殺人事件』所収、双葉文庫）、森博嗣の『すべてがFになる』（講談社文庫）、二《に》階堂黎人《かいどうれいと》の『人狼城の恐怖』（講談社文庫）、芦辺拓の『時の密室』（講談社文庫）、愛川晶の『巫女の館の密室』（光文社文庫）、歌野晶午の『密室殺人ゲーム王手飛車取り』（講談社文庫）、柄刀一《つかとうはじめ》の『密室キングダム』（光文社文庫）、青崎有吾の『体育館の殺人』（創元推理文庫）、井上真偽の『その可能性はすでに考えた』(講談社文庫)、今村昌弘の『屍人荘の殺人』(創元推理文庫)、辻真先の『たかが殺人じゃないか　昭和24年の推理小説』(創元推理文庫)、米澤穂信の『黒牢城』(KADOKAWA)、白井智之の『名探偵のいけにえ　人民教会殺人事件』(新潮社)等々、やはり枚挙に遑《いとま》がない。密室の扱いも、トリックが作品の中心と言えるものから、密室自体は付随的な要素であるものまで多種多様である。

また密室ものをメインとしたアンソロジーや競作集も多く、H・S・サンテッスン『密室殺人傑作選』(ハヤカワ・ミステリ文庫)、エドワード・D・ホック編『密室大集合　アメリカ探偵作家クラブ傑作選(7)』(ハヤカワ・ミステリ文庫)、中島河太郎編『密室殺人傑作選』(サンポウ・ノベルス)、渡辺剣次編『13の密室　密室推理傑作選』(講談社文庫)、鮎川哲也編『密室探求』(文庫版は全二巻、講談社文庫)、山前譲編『真夜中の密室』(飛天文庫)、鮎川哲也監修・山前譲編『密室の奇術師　本格推理展覧会　第一巻』(青樹社文庫)、『ミステリーアンソロジー　密室殺人事件』(角川文庫)、二階堂黎人編『密室殺人大百科』(全二巻、講談社文庫)、二階堂黎人・森英俊編『密室殺人コレクション』(原書房)、『大密室』(新潮文庫)、『密室レシピ　ミステリ・アンソロジーⅢ』(角川スニーカー文庫)、『密室と奇蹟　J・D・カー生誕百周年記念アンソロジー』(創元推理文庫)、『THE密室』(実業之日本社文庫)、『鍵のかかった部屋　5つの密室』(新潮文庫nex)、『ステイホームの密室殺人　コロナ時代のミステリー小説アンソロジー』(全二巻、星海社FICTIONS)などが思い浮かぶ。

これだけ膨大な密室ものが乱立すると、そのトリックを分類・整理しようという流れも当然のように出てくる。ジョン・ディクスン・カーの『三つの棺』（ハヤカワ・ミステリ文庫）では、名探偵のフェル博士が「密室講義」を行っている。密室の分類としてはこれが最もメジャーであり、今世紀に入っても中国製のミステリー映画『唐人街探偵　東京MISSION』で引用されていたほどである。他にも、クレイトン・ロースンの『帽子から飛び出した死』（ハヤカワ・ミステリ文庫）、H・H・ホームズ（アントニー・バウチャー）の『九人の偽聖者の密室』（国書刊行会）、ポール・アルテの『死まで139歩』（ハヤカワ・ミステリ）などで、カーを補足するかたちで密室の分類が行われている。日本では、江戸川乱歩の「類別トリック集成」（『江戸川乱歩全集　第27巻　続・幻影城』所収、光文社文庫）を先駆として、天城一の「密室作法」（『天城一の密室犯罪学教程』所収）、二階堂黎人の『悪霊の館』（論創社）、小森健太朗の『ローウェル城の密室』（ハルキ文庫）、柄刀一の「時の結ぶ密室」（二階堂黎人編『密室殺人大百科　下』所収、講談社文庫）、西尾維新の「掟上今日子の密室講義」（『掟上今日子の挑戦状』所収、講談社文庫）などで分類が試みられている。

密室トリックについては、現在までにアイディアは既に出尽くしたという見方もある。一九四一年、アメリカのミステリー評論家ハワード・ヘイクラフトは『娯楽としての殺人　探偵小説・成長とその時代』（国書刊行会）の中で、これからミステリーを書こうとする新人に向けて「密室《ロックド・ルーム》の謎は避けよ。今日でもそれを新鮮さや興味をもって使えるのは、ただ天才だけである」（林峻一郎訳）と警告している。また、紀田順一郎は一九六二年に佐藤俊名義で執筆した「密室論」（『幻想と怪奇の時代』所収、松籟社）で「密室に夕暮が訪れた。門のかかった分厚い扉をこじあけようとする者は既にない」「現代でも密室は古典として存在している。過去の遺産である。しかし『黄色の部屋』とても、前時代の与えた賞讃で辛うじて命脈を保っている、その他の密室一般はその余光にすがって生きている、老いた無形文化財にすぎない」と述べている。そのような遥か昔に悲観論が記されていたにもかかわらず、右に記したように日本では密室ものが絶えず発表されてきた。少し前までは、それは日本の特殊事情であるという見方が一般的だったけれども、一時期は密室ものがあまり発表されなくなっていた英米ですら、日本のミステリーが翻訳により逆輸入された影響もあって、最近は『レイン・ドッグズ』（ハヤカワ・ミステリ文庫）のエイドリアン・マッキンティ、『死と奇術師』（ハヤカワ・ミステリ）のトム・ミードら、密室ものを積極的に執筆する新人が登場している。

何故、ミステリー作家たちはこれほどまでに密室の魅力に取り憑《つ》かれているのだろうか。そのような疑問が湧いたところで、本書の収録作を読むことでその答えを探ってみよう。本書では、現役作家の比較的新しめの作品（一九九〇年代後半以降）から、密室ミステリーの逸品を選んでみた。

青柳碧人は、数学ミステリー『浜村渚の計算ノート』（講談社文庫）で第三回「講談社Birth」小説部門を受賞してデビューした。本格ミステリーを軸としつつ、その作風は特殊設定ミステリー、倒叙ミステリーなど幅広く、トリックメーカーとしての強みを活かした作品が多いという印象だ。

「密室龍宮城」（初出《小説推理》二〇一七年六月号）は、著者のヒット作『むかしむかしあるところに、死体がありました。』（双葉文庫）のうちの一篇。この連作は、日本の昔話の世界を背景に、アリバイ崩しや倒叙などミステリーのさまざまなモチーフを扱っているが、本作の背景は「浦島太郎」、モチーフは「密室」。龍宮城で起こった密室殺人（といっても被害者は人間ではないが）の真相を探るために浦島太郎が推理するという内容であり、そのトリックは「浦島太郎」の世界でなければ絶対に成立しないような奇想天外なものだ。

大山誠一郎は、唯一の長篇『仮面幻双曲』（小学館文庫）を除く著書がすべて短篇集であることからも窺《うかが》える通り、短篇においてこそ本領を発揮するタイプの本格ミステリー作家であり、数多くの短篇がアンソロジーに収録されている。文庫化の際に大幅改稿するなど、自身の作品の研磨を怠らない姿勢も注目される。

「佳也子の屋根に雪ふりつむ」（初出『不可能犯罪コレクション』二階堂黎人編、原書房、二〇〇九年六月）は、不可能犯罪が起きると時空を超えて現れる正体不明の名探偵、通称「密室蒐集家」が活躍する連作『密室蒐集家』（第十三回本格ミステリ大賞受賞作。文春文庫）の一篇。医師が自宅で殺害され、外に積もった雪には被害者以外の足跡がない。唯一、犯行可能だった主人公・佳也子を、密室蒐集家はいかにして窮地から救うのか……。少ない登場人物の中で意外性を演出するという難事に挑んで、見事に成功させた傑作である。

恩田陸は、ホラー、ファンタジー、SFなどあらゆるジャンルを得意としている印象がある作家だが、その中でミステリーも一つの大きな柱であることは間違いない。『夏の名残りの薔薇』（文春文庫）や『ユージニア』（角川文庫）など、長篇ではオープン・エンドを特色としている一方、『象と耳鳴り』（祥伝社文庫）に収録されているような短篇では、江戸川乱歩が言うところの「奇妙な味」と謎解きを絶妙に融合させている。

「ある映画の記憶」（初出『大密室』新潮社、一九九九年六月）もそのような短篇である。語り手の「私」が昔見たある映画について調べているうちに、その中の出来事に似た叔母の溺死事件を回想する内容だが、著者の作品には『木曜組曲』（徳間書店）など、過去に起きた未解決事件について推理する「回想の殺人」ものが幾つかあり、本作もその系譜に連なる秀作だ。なお、作中の映画『青幻記』は実在しており、本作が発表されたアンソロジー『大密室』に併録されたエッセイ「密室、この様式美の極み」によれば、主人公の体験は（山本周五郎の原作だと勘違いしていた点なども含め）著者自身のそれを踏まえているという。

貴志祐介はホラー作家としてデビューしたが、恩田陸同様、ジャンルに囚われることがないタイプの作家である。そんな著者が初めて挑んだ本格ミステリー『硝子《ガラス》のハンマー』（角川文庫）は、防犯コンサルタント（実は泥棒）の榎本径と弁護士の青砥純子のコンビが難解な密室殺人の謎に挑む長篇だった。この作品が好評を博したためシリーズ化されたが、『狐火の家』『ミステリークロック』（ともに角川文庫）など、いずれも考え抜かれた密室トリックをめぐって犯人と榎本の頭脳対決が繰り広げられる内容となっている。

「歪んだ箱」（初出《野性時代》二〇一〇年五月号）は、その「防犯探偵・榎本」シリーズの一篇。このシリーズには、犯人が最初から明かされている倒叙ミステリーが幾つか含まれているが、本作もそうである。高校教師の杉崎は自分に欠陥住宅を売りつけた悪徳工務店社長を殺害し、ある方法によって密室での事故死に見せかける。さて、そのトリックとは……というのが解くべき謎だが、欠陥住宅という現場、主人公のキャラクター設定などが有機的に組み合わさったトリックとなっていて、隙のない仕上がりを示している。

中山七里は『さよならドビュッシー』（宝島社文庫）で第八回『このミステリーがすごい！』大賞を受賞してデビューし、その後は凄まじいほどの勢いで作品を発表している作家である。『贖罪の奏鳴曲《ソナタ》』（講談社文庫）や『護られなかった者たちへ』（宝島社文庫）など、映像化された作品も多い。

「要介護探偵の冒険」（初出『別冊宝島一七一一「このミステリーがすごい！」大賞STORIES』、二〇一〇年十一月）は、『さよならドビュッシー 前奏曲《プレリュード》 要介護探偵の事件簿』（宝島社文庫。『要介護探偵の事件簿』を改題）の一篇。デビュー作でヒロインの祖父として登場した香月玄太郎が探偵役である。彼は下半身が不自由となり車椅子生活を送る身だが、安楽椅子探偵としてではなく、自ら犯罪の現場に出向いて調査するのが常だ。密室で建築士が変死した事件を扱った本作では、奇想天外な密室トリックそのものより、その実現可能性を綿密に検討した点こそが読みどころと言える。

東川篤哉は『密室の鍵貸します』（光文社文庫）でデビューして以降、一貫してユーモア本格ミステリーを執筆し続けている稀有《けう》な作家であり、ギャグに伏線を紛れ込ませる技巧にかけては右に出る者がいない。二〇一〇年刊行の『謎解きはディナーのあとで』（小学館文庫）は、本格ミステリー界では珍しい大ベストセラーとなった。

「霧ケ峰涼の屋上密室」（初出《月刊ジェイ・ノベル》二〇〇九年七月号）の主人公・霧ケ峰涼は、鯉ケ窪学園高校の二年生で、探偵活動を行うことを趣旨とする「探偵部」の副部長である。本作では、霧ケ峰涼が教育実習生の先生と会話している最中、屋上から女子生徒が落下してきて、先生が下敷きになってしまう。屋上は密室状態であり、状況から見ると他殺の線はあり得ないが、落下した生徒は自殺を否定した……という奇妙な事件だ。最後に明かされる真相は意外であると同時に、あまりにも皮肉な味わいに溢れている。

麻耶雄嵩は『翼ある闇　メルカトル鮎最後の事件』（講談社文庫）でデビューし、『夏と冬の奏鳴曲《ソナタ》』（講談社文庫）などの問題作を発表し続けている異才である。著者が生んだ探偵役は、不可謬《ふかびゅう》の「銘探偵」メルカトル鮎、神様を自称して殺人を予言する少年・鈴木、使用人たちに調査も推理も任せきりの貴族探偵など風変わりなキャラクターばかりだが、そのことによって著者の作品群は、どんな探偵役でも本格ミステリーは成立するかという実験の様相を呈している。

「密室荘」（初出『メルカトルかく語りき』講談社ノベルス、二〇一一年五月）はメルカトル鮎シリーズの一篇。本作には、メルカトルとそのワトソン役である美袋三条《みなぎさんじょう》の二人しか登場人物はいない——死体を別にすればだが。「密室」という地名が気に入ったという理由でメルカトルが数年前に購入した別荘で、見知らぬ男の他殺死体が発見される。密室状態の別荘にはメルカトルと美袋しかいない。二人のうち一方が犯人でしかあり得ないのに、何故かそれが成立しない……という、ロジカルさと不条理さが両立した展開は著者独自の持ち味だ。密室ものには、このような可能性も残されているのである。

『ぼくのミステリな日常』(創元推理文庫)でデビューした若竹七海は、洗練されたユーモアと、背筋が凍るような人間の悪意という、一見相反する要素を含む小説を得意としている。「暗い越流」(同題短篇集所収、光文社文庫)で第六十六回日本推理作家協会賞短編部門を受賞したことからもわかるように、切れ味鋭い短篇の名手である。

「招き猫対密室」(初出《小説NON》一九九七年二月号)では、ある古本屋の主人と客が、曰くつきの招き猫にまつわる不審な現象について会話を繰り広げる。一方、それと並行して、「ぼく」という一人称で表される人物が、自分の車の中に閉じ込められている様子が描かれる。一般的な密室の概念とはやや異なるものの、被害者と犯人以外の第三者にはどうしてそんな事態になったのかわからない心理的な密室を描いており、皮肉と恐怖が混淆《こんこう》した余韻を残す著者ならではの短篇である。

こうして収録作を通読すると、トリックの実行可能性の検討をメインに据えた作品あり、結末の意外性を重視した作品あり、不条理小説めいた作品あり……とヴァラエティに富んでいるのみならず、密室を通して各作家が自身の作風の特色を強く打ち出している点が極めて興味深い。

先にタイトルを挙げた『鍵のかかった部屋　5つの密室』は、（今では時代遅れと見なされている）鍵と糸を使った密室というテーマを敢《あ》えて五人の作家に与えた競作集だったが、同じテーマでも作家によって異なる仕上がりとなっている。そのことが示す通り、密室については誰が書いても同じになるなどということはなく、各作家独自の味が必ず滲《にじ》み出る。つまり、密室とはミステリー作家の自己表現の手段として最適のテーマであり、だからこそその命脈が絶えることはないのではないか……と、先の「何故、ミステリー作家たちはこれほどまでに密室の魅力に取り憑かれているのだろうか」という疑問への私なりの答えを出して本稿を締めくくることにしたい。

（せんがい　あきゆき／文芸評論家）

〈底本〉
青柳碧人「密室龍宮城」（双葉文庫『むかしむかしあるところに、死体がありました。』双葉文庫・二〇一九年）
大山誠一郎「佳也子の屋根に雪ふりつむ」（『密室蒐集家』文春文庫・二〇一五年）
恩田陸「ある映画の記憶」（『図書室の海』新潮文庫・二〇〇五年）
貴志祐介「歪んだ箱」（『鍵のかかった部屋』角川文庫・二〇一二年）
中山七里「要介護探偵の冒険」（『さよならドビュッシー前奏曲　要介護探偵の事件簿』宝島社文庫・二〇一二年）
東川篤哉「霧ケ峰涼の屋上密室」（『放課後はミステリーとともに』実業之日本社文庫・二〇一三年）
麻耶雄嵩「密室荘」（『メルカトルかく語りき』講談社文庫・二〇一四年）
若竹七海「招き猫対密室」（『バベル島』光文社文庫・二〇〇八年）

密室ミステリーアンソロジー
密室大全《みつしつたいぜん》

朝日文庫

2023年7月30日　第1刷発行

著　　者　青柳碧人《あおやぎあいと》　大山誠一郎《おおやませいいちろう》
　　　　　恩田《おんだ》 陸《りく》　貴志祐介《きしゆうすけ》　中山七里《なかやましちり》
　　　　　東川篤哉《ひがしがわとくや》　麻耶雄嵩《まやゆたか》　若竹七海《わかたけななみ》
編　　者　千街晶之《せんがいあきゆき》

発 行 者　宇都宮健太朗
発 行 所　朝日新聞出版
　　　　　〒104-8011　東京都中央区築地5-3-2
　　　　　電話　03-5541-8832（編集）
　　　　　　　　03-5540-7793（販売）
印刷製本　大日本印刷株式会社

Published in Japan by Asahi Shimbun Publications Inc.
定価はカバーに表示してあります

ISBN978-4-02-265108-2

落丁・乱丁の場合は弊社業務部(電話 03-5540-7800)へご連絡ください。

送料弊社負担にてお取り替えいたします。